最後的魔術家族 The Zuo Family

俟之末

生於四大魔術家族俟家，為龍鳳胎妹妹，被帶往左家後，與左伯訂下婚約，以未婚妻的身分待在左家長大成人，受左家的保護。

俟吾

俟家當家，又稱「先祖」，曾與魔鬼交易享有俟家子孫的魔術天賦與壽命，至今已活五百歲，擅長讓人飄浮的咒術「閻浮眾生」，為左伯之死最大的嫌疑人。

侯之初
生於四大魔術家族侯家，為龍鳳胎的哥哥，也是左季的兒時玩伴。得知先祖與魔鬼的交易後，便帶著妹妹逃到左家要求庇護。

家族不聞不問。
左仲
左家二兒子，與左叔為雙胞胎，擅長逃脫術，曾經洗劫中央銀行。
左眩三
左家第六十五代當家，育有四子，也是「魔術兄弟會」的十長老之一。魔術師身分退休後受邀出任文化部長，有極高的政治手腕，有「被魔術師耽誤的政治家」之稱。
左伯
為台灣四大魔術家族左家之長子，被稱為百年難得的天才，年僅三十歲便已是揚名海內外的魔術師。卻於世界巡迴最後一場表演當晚離奇失蹤。

所謂魔術表演，重要的是表演，不是魔術。

最後的魔術家族

吳威邑 著

The Zuo Family

如果有一天誓言受到重視、知情者恪守祕密、手法也不再遭人披露，那定會是一個舞台炫目、大師輩出、表演毫無破綻的輝煌年代；可怕的是，人們將無法區分魔術與巫術的差別。霎時台上亂石飛舞、火炬點燃、絞繩垂掛，貪圖掌聲的魔術師們回過神才發現懷裡那本《巫術探索》也著了火，逐頁燒成了灰。於是他們悔恨痛哭、他們祈求禱告，然後意識到，那群揮舞重鎚的屠夫終究是捲土重來了。

目次

第一部

獎懲處的黃鶴

1

那天觀眾帶著極度不滿的情緒離開了小巨蛋。

為期一年的「Subversion 顛覆」世界巡迴魔術表演從高雄起步，魔術師左伯踏遍五大洲，造訪四十四個國家，完成九十九場演出後，他終於來到最終站的台北場；這段期間，在各國媒體的吹捧下左伯成了大師，更在巡迴期間獲獎無數，回台前一個月，門票老早銷售一空，當天館內更是座無虛席，然而在一萬五千人的昂首期盼下，大魔術師左伯卻意外缺席了。

一隻鴿子從沒關好的鳥籠中鑽出，飛向了看台。

只見主持人忙不迭地來回確認，最後回到台前，神情凝重地宣告演出取消。登時館內一片寂靜。當麥克風發出尖銳雜音、像根針似地戳破館內膨脹的氛圍，台下不滿的情緒終於爆發。面對群情激憤的觀眾，主辦方承諾會進行退費，只要保留票根，並在官網上登錄票上流水號及退費帳號，就會在一個月內收到退款。

但觀眾仍不領情。

有人撕碎了海報，有人揚言提告，更有人直接爬上舞台砸毀燈具，見事態嚴重，主持人這才在慌亂之中解釋左伯已經失蹤了。主辦方解釋，左伯習慣獨處為表演做準備，基於手法保密原則，四名貼身保鑣只能在門外待命。開場之前，左伯的經紀人來到休息室和門外的保鑣交談，眼看時間就要到了仍不見左伯出來，於是經紀人敲門進入房間，這才發現裡頭已空無一人。

在沒有對外窗，唯一出口又有保鑣守著的情況下，左伯離奇失蹤了。

「關於左伯大師的失蹤，公司方面已在第一時間通知警方，也懇請各位給我們和警方一點時間，無論是退費還是大師的後續情況，有任何消息，我們都會在官網上發布新聞稿，並持續更新……」

這場鬧劇在工作人員協助散場下暫時告一段落。

一出小巨蛋，數以萬計的觀眾全倚賴公車、捷運和計程車等交通工具載運離開，為了分流，不少人選擇步行前往其他較遠的運輸點搭車。步行的路程中，人們依舊熱烈談論左伯的失蹤，不少人拿出手機打算在社群網站上發文，但網路媒體老早接獲消息，版上報導早已鬧得沸沸揚揚，甚至還附上了主辦單位向觀眾致歉的影片，發覺晚了一步，於是人們摸摸鼻子，乾脆自拍自己被大魔術師左伯晃點，只能在台北街頭閒逛的照片來博取關注，而堵塞街道的人流、手中的票根及周邊顯眼的地標，自然成了拍攝時的背景選擇；然而當一名女子以四十五度角向上拍攝，打算讓身後的一〇一大樓入鏡時，她放大了拍攝畫面，然後不自覺叫出聲來。

不只她，其他人很快也發覺異樣，紛紛高舉手機拍攝。

傍晚時分，台北的天空清朗無雲，橘紅色的彩霞在灰白夜空中拓開，宛如紗布上一抹陳舊的血，散發著痛楚下的生命底蘊，繁華忙碌的台北也在喧鬧一天後逐漸安靜下來。

而他就在那，在一〇一上空，以仰躺之姿，準備與城市一同入眠——

那是大魔術師左伯。

在夕陽沉入樓與樓之間、夜幕降下之前，人們驚嘆地看著左伯表演著他最拿手的飄浮魔術，車輛停下、行人止步，甚至有人看得出神，讓手機停在錄影畫面卻忘了按下開始鍵。

在那之後，左伯所屬的經紀公司沒有收到任何一人上網登記退票，一個也沒有。

觀眾不是撕去了票根，就是將其裱框留念，並不約而同表示他們根本沒有退票的理由，因為那天左伯確實做出了前所未有的精彩表演，同時也讚嘆橋段設計之大膽，讓他們見證了只有極致魔術才能創造的奇蹟。

2

藏於玉井山區的濟小塘廟突然一陣騷動，一名十七、八歲的少年裸著上身衝了出來，乩童老唐拿藤條追在後頭，兩人在廟前的龍眼樹下一前一後對峙著，最後還是老唐眼明手快，一個假動作逮住了少年，掄起手裡的藤條就是一陣猛抽！

「師父！藤條那麼粗會打死人啊！」

「死？就是要把你打死！」

挨老唐揍的少年叫左季，是左家這代的么子，被送來當乩童已整整一年，半句符令口訣也記不住，只學了點皮毛，坐在那只鐵椅上搖頭晃腦怪腔怪調，方才覺得熱，趁老唐去芒果園裡辦事，他取下了牆上嚇人的乩童五寶，其中鯊魚劍和月斧都是白鐵造的，摸上去十分涼快，於是左季同七星劍一塊拿到神壇下一字排開，脫了上衣便躺在上頭，本只想小睡一會，不料這一覺竟睡到了晚上。老唐提著魚湯和粥回來不見徒弟身影，神壇下卻傳來如雷鼾聲，不看還好，一捱近瞧見了那荒唐光景，氣得他拿來平時趕猴用的藤條，二話不說便將人一頓暴打。

「你這不學無術的模樣，我怎麼跟你爸交代？」

左季一聽立刻回嘴：「師父放心，他就是沒期望過我什麼，才把我扔來這鬼地方！」

「還頂嘴！信不信我揍得你滿地找牙！」

「啊啊——不要揪我耳朵啊！」

氣歸氣，但老唐心底清楚左季說的一點也沒錯。

這座小廟僅十五坪大，由紅磚青瓦建成，古樸簡單，卻已有三百年歷史，壇上供奉一尊紅泥像，是魔術業的祖師爺濟小塘，神壇右側是籤詩櫃，櫃上放置籤筒、筊杯和點香用的大紅蠟燭，左側則擺了張生鏽的圓鐵椅。撇開它算得上是座古蹟，這廟也就比防空洞要來得明亮通風些，外觀毫無美感，又座落深山野嶺，自然談不上香火鼎盛，說它是魔術人士眼中的聖地，其實更像魔術圈裡的殘障學校，專收左季這樣未成年的問題人士，不求他們能像濟小塘當年那樣修道有成、登仙成佛，只求能自力更生，盡可能不丟家族顏面。

冷不防，廟裡的蠟燭忽然熄滅了。

老唐像察覺了什麼，鬆開左季的耳朵，沉著臉將人從地上拉起。

「還不快把衣服穿好！」

左季抓起地上那件沾滿塵土的汗衫，才剛套上，便被老唐拖到廟門前。

「又怎麼了呀……」

老唐拍了左季的腦門喝斥道：「噓！閉嘴！」

霎時風搖樹林、夜犬哭號，一道人影現身於茂密的樹叢之中，那人穿著一身漆黑的緊身衣物，頭戴黑色軟呢帽，一路上毫不費力地穿過帶刺的灌木叢朝兩人走來。詭異的是他徒步上山，又是從林中來，身上不但沒沾黏半片落葉，腳下更無泥濘痕跡，當老唐上前招呼時，他竟筆直撞去，下一秒便像幽靈一般穿透了老唐來到左季面前。

「唷，老弟。我來帶你回家了。」

「唉？」

不等左季開口，那人從口袋裡拿出一枝麥克筆，分別在左季的汗衫和短褲上草草點了幾筆，隨後他將筆向上一拋，當老唐和左季目光隨著筆桿上移，那人用一聲響亮的拍手拉回兩人的視線，左季回過神時，身上的白汗衫已變成一套剪裁合身的黑西裝。

「不用謝我了。」那人接住落下的麥克筆後嘻皮笑臉地說道。

左季則嘆了口氣：「二哥是指我的夾腳拖依然是夾腳拖嗎？」

「唉？」

對於二哥左仲突然到訪，左季感到十分煩躁，更不用說左仲毫無顧忌在濟小塘廟的範圍內使用「魔術」，連帶惹惱乩童老唐，場面變得更難以收拾。

「在祖師爺廟是禁止使用魔術的。」

「我又沒在廟裡。」左仲反駁。

「在廟埕的範圍也是一樣！」

「先等一下，老唐，」左仲雙手抱胸說道：「你說的廟埕是指樹下這塊空地嗎？」

「我指的是整座山頭！」老唐氣呼呼地揮動手裡的藤條，「聽好了，自滿永遠是大忌！你們的魔術是神明給的，是神通、是天賦，但在這社會上要吃魔術師這一行飯，全得仰賴祖師爺賞不賞這一口飯吃，就算是你大哥左伯那樣天賦了得的大魔術師也不例外！能表演魔術到出國巡迴，就是祖師爺眷顧，每年他來這拜拜的時候，可都是乖乖騎車上來，沒用上半點魔術；他是如此，你們父親是如此，整個魔術圈放眼望去皆是如此，不談論天賦高低，光是講輩分，就還輪不到你這小鬼在祖師爺廟前班門弄斧！」

是的，對這世上大多數魔術師而言，魔術從來就不只是魔術。

魔術是曾被宗教迫害的巫術，是童話裡的魔法，是古代修行者苦練的神通，又和佛家禪學、道家方術，以及元素鍊金、陰陽五行源自一脈。魔術是與生俱來的，卻非人人皆有，有幸擁有這項天賦的人便是「魔術師」。在早期的人類社會裡，魔術師作為祭司、先知和巫醫，主導了醫學、信仰和知識的傳承，卻也因為魔術多變的樣貌和用途，到了中古世紀，新興宗教在歐洲逐漸普及、與權力有了掛勾，有心人便暗中掀起人們心底最深沉的恐懼，隨著巫術殺人和魔鬼作祟等謠言四起，魔術族群終於受到人們反撲制裁。大量的魔術使用者無端遭到捉捕，歷經粗糙的審判後，除了願意轉替教廷辦事的魔術師得以脫身，餘下之人全以和魔鬼勾結之名被處死刑——溺斃、焚燒、亂石砸死——數以萬計的魔術大師、性情古怪的獨居老嫗，以及生性淫蕩的擠牛奶女工相繼死去。在那個時期，獵巫像把野火，把該燒的、不該燒的，連同寶貴的魔術知識一同吞噬殆盡。

然而物極必反。

一位叫雷吉諾．史考特的人，發現在漫長的魔術歷史中，有不少沒有魔術天賦，卻用各種機關技巧譁眾取寵進行魔術演出的「表演者」，也無端受到了獵巫風波的牽連，於是他細究兩者差異，得以判讀出誰是真正的魔術師，而誰又是假魔術之名、行人間戲法，長年依附在魔術族群底下混口飯吃的凡人表演者；他不顧教廷的反對與威脅，出版《巫術探索》這本書，解釋了許多人們為之驚恐的巫術，不過是利用理論、機關以及手法做出的娛樂表演，和那些行使撒旦力量的魔術師截然不同。

自此之後，雷吉諾．史考特被稱為最早的「破魔人」，是他在獵巫的洪流中強行分出一支分流，使魔術師被視為巫師魔女，而魔術則成了表演者口中一門取巧的騙術；於是那些可憐的凡人，以及大量願意放下自尊來學習人間戲法的正統魔術師，得以從肅清的巨錘下被挽救。

從這刻起，魔術這個詞不再專屬於這群天賦不凡之人，他們反倒成了依附者。

為了生存，這些活下來的魔術師各個熟讀《巫術探索》，將其奉為圭臬，暗中持續鑽研魔術的同時，也打心底重視被他們稱為「凡人演出」的戲法表演，最終這群魔術師擺脫獵巫的陰霾，成功在人類社會立足，自立門戶，並以家族為單位存續至今。

左家便是其中一支。

此魔術家族傳自東漢末年一道家方士左慈。

有傳聞左慈修習道術有成，年紀輕輕便知曉煉丹、通達鬼神，歷史上更有左慈戲曹一說。鄉村野史就記載過左慈從盛水的銅盤裡釣出松江鱸魚、為買生薑只消片刻便往返蜀魏兩地，甚至還曾隔空取物盜來曹操珍藏的美酒供眾人飲用，惹得曹操大怒、暗下殺心；左慈察覺惹來殺身之禍，故在宴會上舉杯敬酒後便起身穿牆而過，曹操派手下大將許褚追去，只見滿街都是左慈，後又傳聞左慈已逃上了山，化身為羊遁入羊群之中，許褚再次追上，對羊群謊稱曹公並無殺心，只想測試左慈的能耐，這時一隻老山羊起身說道：又何須如此呢？許褚見狀立刻揮刀砍了羊頭，豈料所有的山羊全都起身複述：又何須如此呢？許褚驚嚇之餘仍命人斬下所有山羊的腦袋後離去，山羊脖頸自行接合又活了過來，而左慈自然是逃過一劫，之後便雲遊四海，並留下台灣左氏這一條血脈。

由於左家血統純正，家學淵源，被譽為台灣四大魔術家族之一，不難理解為何左仲會如此目中無人，任憑老唐發怒，他仍自顧自地查看方才的變裝魔術究竟哪裡出了問題，最後受不了，才見他小聲問道：「老弟，你這一年來到底是怎麼過的呀？」

「干你屁事！」左季雙手抱胸說道，「說吧！父親大人派你來做什麼？」見二哥欲言又止的模樣，左季進到廟裡搬出那張鐵椅，不由分說便把左仲一屁股按了上去。

「這是幹麼？」

「這鐵椅是個法寶，」左季瞇著眼說道，「叫『三六天罡伏魔刀座』，是我受訓時用來觀乩坐禁用的。除非旁人出手幫忙，不然只要坐在上頭的人心術不正或有所欺瞞，就永遠起不來。」

左仲試了幾回，屁股還真離不開椅座。

他冷笑：「這不是瞧不起人嗎？我左仲可是遁走三界、人稱『人中神足』的逃脫大師，區區一張破椅子……區區一張破椅子……」五分鐘過去，左仲仍滿頭大汗坐在那張椅子上，文風不動。他試過幾招魔術，無論是「遁入他界」還是「通透無我」，每當他企圖使用魔術脫逃，那鐵椅便會幻化成刀座，將他困於三十六把刀刃之中，動彈不得。

「試啊，你再多試試，那法寶就連紅孩兒也逃不了。」

當老唐從後院的精舍端來一盤冰鎮芒果津津有味吃起來時，左仲終於放棄了。

左季露出滿意的微笑：「二哥終於要說了嗎？」

「我的好弟弟，我不是早就說了嗎？」左仲沒好氣說道，「父親大人派我來接你回去呀。」

「放屁。」

左季收起了笑臉。

打死他也不信，父親會突然改變主意接他回家，當初只說了一句左家不需要沒有表演才能的孩子，隨後就把他扔到這座破廟逼他學乩，他便徹底明白家族聲譽永遠是父親眼中的第一順位，像他這樣沒有表演才能的魔術師，可謂家族之恥。

對，這座濟小塘廟之所以貴為聖地、卻少有魔術師來拜，是因為它專收有「魔術天賦」卻沒有「表演才能」的未成年魔術師，希望他們能藉由學乩的過程，習得揣摩觀眾心理的技能，要是成年之前還學不來，又不甘天賦被埋沒，興許還能轉任「請神人」，隨便找間廟、用通靈魔術做一名貨真價實的乩童，怎麼也能圖個名利雙收，再差一點便只能做一些和魔術師完全不相干的工作，以「隱術士」的身分輕鬆過活。簡單講，會送到這來，可謂死馬當活馬醫，是逼不得以的最後手段。老唐說不是他在自誇，出生於魔術家族卻沒有半點魔術天賦的他，憑藉出眾的表演才能，混跡於各大宮廟，被稱作百年一遇的神童，靠得全是他懂信徒、更懂裝神弄鬼，最後還得到祖師爺欽點，鎮守濟小塘廟。

「總之來我這邊，不出半年，包準成為家喻戶曉的魔術大師！」

「但師父，我都要滿一年了還出不了關欸……」

也就是說，以左季目前的進度，是絕不可能提前出關的。

「欸，小季，我們別玩了好嗎？」左仲求饒道。

「誰跟你玩了？」左季不耐煩地揮手，「快說！家裡到底發生什麼事了？」

左仲嘆了口氣，終於說出真相。

「就大哥突然不見了啦。」

「什麼？」

左季和老唐不安地互看一眼。

相較兩人的嚴肅以待，左仲卻聳聳肩，一派輕鬆說道：「我早就說過了，左伯他不想繼承家族，沒人信，現在可好，左伯逃走了吧？我猜父親大人之所以派我來瞧瞧你這一年來把『表演』學到什麼程度，八成是想破罐子破摔，要你回家代替大哥繼承家族吧！」

3

和老唐告別後，左仲背著左季飛快下山。

一路上左仲使用了他擅長的位移魔術「如意行」，只要是他視野中能落腳之處，就能瞬間抵達，以一步抵百步的飛速前行；偶有失誤撞上山壁或巨木等障礙物，他便藉由穿牆術「通透無我」進行閃避。途中他們閃過一個遛狗的阿婆，好在一身黑衣未被察覺，只引起犬隻狂吠，兄弟憋笑憋得差點都內傷了，但也拜這速度所賜，兩人很快便下了山。

「這邊。」

放下左季後，二哥左仲朝對街走去。

一輛古董金龜車停靠在一間雜貨店前的白線上，店老闆站在門前一臉氣急敗壞卻又無可奈何的模樣，左季隨即發現，當左仲拿著鑰匙朝車輛走近，車底下的白線悄悄變回了不能臨停的紅線。

在店老闆的怒視下，兩人迅速上車。

發動了引擎，左仲抹著汗氣喘吁吁地解釋：「在設有監視器的大馬路上，我們還是開車比較保險。」

左季聳聳肩，懶得說穿這明顯是二哥體力不足的藉口。

車輛高速行駛在台一線上。

左仲搖下了車窗，讓沁涼晚風吹進車內。他放著張震嶽早期的歌〈男子漢〉，一邊跟著哼，一邊輕輕拍打著方向盤，結果太過陶醉閉上了眼，險些和對向沙石車相撞，左季氣得讓他路邊停車，暴揍他一頓後兩人才重新上路。

這次換左季開車，左仲則在副駕駛座上乖乖幫忙探查路況。

「二哥，你說大哥不見，到底是怎麼回事？」

「八成就是逃家了吧！」

左季皺眉罵道：「胡說八道！你當大哥是你嗎？」說完他感到一陣心煩，於是透過魔術讓方向盤自動駕駛，而他一手垂掛在窗外吹風、一手拿著車上冷掉的黑咖啡慢慢啜飲，不再說話。一股不安的氛圍像夜色，透入安靜的車內後逐漸蔓延開來。

左伯的失蹤太不尋常了。

左季心想，恐怕他的傻二哥一點也沒察覺到，父親叫他回來不是對大哥徹底失望所以想換繼承人，而是意識到這件事並非表面上那麼單純，才緊急把他召回。畢竟那可是左伯，既有極高的魔術天賦、又熟稔表演技巧，總是穩重可靠的他，人生中做過最荒唐的事恐怕也只有讀小學時翹過一堂課，和曾經洗劫中央銀行的二哥左仲，以及菸、酒、賭來者不拒的三哥左叔截然不同。最讓左季印象深刻的是，大哥左伯在十八歲生日那天舉辦「入師祭」，各大家族的族長幾乎都親自前來祝賀。那年左季八歲，他頭一次看到家中那麼熱鬧，而大哥穿著古老華麗的黑色長袍，一頭長髮在頭上束成髮髻，神情莊重地來到庭院中間，在從容應付賓客祝賀的同時，還不忘對他眨眼，並動動手指，讓盤子裡最後一塊芋頭蛋糕騰空而起、朝他飛去。左季心想，這樣溫柔可靠又總是不忘照顧他人的大哥，怎麼可能一聲不響就消失？再說，父親大人也不是老得不能動彈，就算一時聯絡不上大哥，只要他老人家繼續執掌家中一切，再費點功夫把人找回來即可；會派左仲前來找他只有一個原因，那就是事態已經失控，在摸清情勢前，最好整個家族的人都聚在一起，才是上上之策。

「我覺得父親大人太小題大作了，」左仲突然說道，「你也是。」

「二哥。」

「幹麼？」

左季轉過頭看著他說道：「不是小題大作，而是因為父親也意識到了，最壞的情況，是左伯已經死了。」

左家宅邸建於日治時期，地處市中心，採中國宮廷式的建築風格，外圍紅牆聳立，入內則庭中有湖，三層樓高的塔樓矗立湖中，景緻古雅清麗，花鳥魚獸隨處可見，在多重、且構成方式十分複雜的魔術保護下，旁人所見，現今的左宅只是一座占地寬廣、巨木聳立的市立公園，除了擁有左家血脈的人，外人一概需受邀請才得以入內，且只要主人一個念頭，便能輕易將人驅逐，故此宅邸在魔術界被喻為天下第一霸道居所。

如今當家作主的，是曾經享譽盛名的大魔術師左眩三。

告別舞台後，左眩三選擇走向人群，因他長年對魔術界的貢獻，以及對表演藝術的了解，媒體一傳出風聲，他便在第一時間大方表示，如果真有這個機會的話，十分樂意出任文化部長，為台灣文化產業盡一份心力。這一做便是四年。在民眾眼裡，這位頭一次從政的魔術師表現意外地好，大家都笑他是一個被戲法耽誤的政治人物，又或者他的魔術師身分才是一個高明障眼法。

但都不是。

知情的人就會明白，左眩三根本不是什麼新手政治家。有人的地方就有政治，這是自古不變的道理，人類社會是如此，魔術圈自然也不例外。各家族間的和諧共榮，靠的不是什麼強而有力的魔術，而是扎扎實實的政治；要搞政治，就需要一個具有權威以及公信力的組織。

這點魔術兄弟會絕對當之無愧。

兄弟會以十名長老會員為首，底下又分為獎懲、守護、整肅等處室，共有一千零八十名隱術士在世界各地待命，藏於各行各業之中，隨時準備為族群的榮耀服侍或犧牲。領導他們的，便是長老會員。也就是說，在魔術圈裡，十長老的地位至高無上，且極為重要。

左眩三便是其中一人。

由於家族強盛，左家每任當家都擔任過兄弟會的長老會員，且具一定程度的話語權。然而特權世襲自然容易引人詬病，故傳至左眩三這代時，他以低調為由、發函表示他將不會出任長老會員，導致其他覬覦權柄的家族為了搶奪空出的席次而發生嚴重的衝突，最後還是由其他長老會員投票，強制賦予了左眩三長老的權責，紛爭才得以平息。

有人問，難道左眩三真的不想要這份魔術界的最高榮耀嗎？

不，他要，他連做夢都夢見自己當上了長老會員；但他知道，這份殊榮不會一直都那麼理所當然，左眩三的父親是個傲慢的人，偏偏魔術天賦屬平庸之輩，更多次在表演時穿幫而出盡洋相。眼看左家的聲譽一點一滴地磨耗著，當輪到左昡三成為新任當家時，他心裡清楚，左家曾經不可撼動的地位，已在其他崛起的家族眼中成為一塊美味的肉餅，於是他使了詐。

「父親，如何讓人們心服口服如果是我們家將要面臨的課題，自然不會只有我們被考倒。」在面對父親的責難時，左昡三跪地說道。當他父親問他打算怎麼做時，他說了一句：「以退為進，一個再簡單不過的詐術。」他告訴父親，他想證明從來就不是左家要那一席次，而是那席次非左家不可。

就這樣，只靠一封信，他便在魔術界激起了巨大的波瀾。

誠如他所想，當有家族為了爭奪席次而彼此發起魔術死鬥，導致事態擴大、險些造成族群曝光，大家這才意識到之所以這樣的危機先前並未發生，全是因為左家之於這份殊榮，絕對是實至名歸、毫無爭議的，而說服左昡三重新接下長老會員一職，無疑是眼下危機唯一的解方。

幾番推辭後，左昡三終於謙遜地接受了。

那是他頭一次展現出他高明的政治手腕，這份能耐，也讓他在日後多起重大事件中扮演十分重要的決策角色；然而左眩三老了。即便他依舊是長老會員中最具權威的人，即便他拿下了人類社會的話語權，但在外人眼中，他已然是頭老獅子了。

這一切都歸咎於左伯的才華太過耀眼。

備感驕傲的同時，左眩三過了很久才認清那份才華終究會使左家再次置於危險之中。好比此刻，為了左伯失蹤一事，在事前完全沒有知會的情況下，魔術兄弟會派遣了三名隱術士來到左宅想要商討對策，多次不得其門而入後，三人乾脆就在外頭等著。

左眩三不打算見他們。

湖邊廊道上，他以炭火焙茶，湖面則清楚映照出那三人在公園內徘徊不去的身影。帶頭的是一個叫黑石的男人。當左眩三透過湖面倒影，與黑石對上眼時，黑石像感應到了什麼，突然停下腳步。

彷彿在找尋視線來源，黑石仰頭搜索一陣後開口說道：「左大人，我是整肅處的黑石，今天是為了您兒子左伯的事前來。我身後這兩位分別是獎懲處的黃鶴，還有守護處的紅淵。」

停頓了會，他又轉向了另一面。

「想請教您，是否知道左伯的下落？我們有事想找他。」

炭白、水滾、茶湯熟。

午夜時分，左眩三替自己倒了杯老茶，毫不理會屋外喧囂，他緩緩啜了一口濃茶，隨後想到什麼似地放下了手中的茶杯，瞇起雙眼凝向遠方。

「這時間，左季是該回來了。」

湖中，黑石身後閃過一陣光亮，像被什麼東西吸引了注意，他轉身朝公園外頭走去。

4

「欸！那裡那裡，我剛剛好像看到父親大人了。」

「哪裡哪裡？」

「大門入口那裡啊！二哥沒看到嗎？我們是不是回來晚了啊？父親大人看起來真的很生氣耶——」

「季！」

「幹麼？」

「呃——這樣吧！等等我去停車。父親問你就說我找不到車位……對，就說沒車位了。這一帶都沒了。」

左季在公園前十字路口下了車，二哥左仲則直接從副駕鑽進了駕駛座，一句保重了便迅速駛離。望著遠去的車輛，確定自己已不在左仲的視線範圍後，左季嘆了口氣，轉身打量擋在公園入口處的三名兄弟會隱術士，一人西裝筆挺手提公事包，一人頂著一顆有爬蟲刺青的大光頭、著汗衫短褲，還有一人穿著寬鬆的連帽套頭衫，低著頭、默默立於二人身後，兜帽底下一片漆黑。

掃視三人後，左季開口問道：「魔術兄弟會派人深夜到訪，有什麼事嗎？」

其中戴著眼睛、打扮像銀行經理的男子上前一步說道：「你好，我叫黃鶴——」

「我知道。」左季打斷他的話，「我知道您，黃鶴先生。我大哥左伯當年的『梅林獎』就是在您的推薦下頒發的。」

黃鶴似笑非笑地點點頭，並搓著手說道：「像左伯先生那樣的天才，在漫長的表演生涯中得到這個獎項，也是無可厚非的，這件事左大人也十分理解我們的立場……」

「不，家父非常生氣呢。」

「我是說真的。別看我這樣，怎麼說我也是左家的人，今年入秋一滿十八就會舉辦『入師祭』，不再是什麼小鬼頭了。都說魔術師下台不談戲法，我們就開門見山說吧！這個圈子裡，有誰不知道『梅林獎』這個在一般人眼中被稱為魔術師最高頭銜的獎項，實際上是為了警告在『凡人演出』中過度使用魔術的魔術師，而由兄弟會釋出的一種嚴厲訊息……我大哥左伯他啊，是出了名地喜歡表演啊。長年待在官僚體系的您，可能不會明白吧？他甚至拜了一個普通人為師，就為了學習道地的『凡人演出』，這樣的他，是絕不可能在公開演出時使用魔術的；但當他誠摯寫信向黃鶴先生您解釋，您卻只回了一句：『那樣的表演若非使用魔術，是不可能完成、也不會有人相信的。左伯先生，請看在左家聲譽，坦然認錯吧！』無論是人間戲法還是真的魔術，向外人公開手法都是大忌，所以左伯根本無法進一步替自己辯駁，那是我頭一次見到他哭，在他十九歲那年，他憑著多年的努力在魔術界嶄露頭角，但黃鶴先生卻踐踏了他的努力，這樣的您，我又怎麼可能會忘記呢？」

黃鶴先生的臉僵住了。

在這尷尬局面下，一旁的光頭男子突然發出冷笑：「早就聽聞左大人有四個兒子，大兒子左伯天賦驚人、表演嫻熟，是百年難得一見的天才，另外有一對雙胞胎左仲、左叔，各別以逃脫術和讀心術見長，儘管品格缺陷，一個喜愛偷盜、一個好賭，若不走魔術師這一條路，以隱術士的身分替家族辦事，也都還算得上是可用的人才；倒是那個左家的小兒子……外界謠傳，左家的小兒子被他父親送到了濟小塘廟，按古法練起乩來了。不諳表演技巧也就算了，聽說也沒什麼魔術天賦，就這樣送去練乩，難不成是想讓自己兒子當老唐的接班人嗎？」

一旁，黃鶴忍不住笑出聲來。

光頭男子正打算繼續譏諷，左季忽然沉下了臉。

「唐國壽是侍奉祖師爺的人。」左季一個字一個字地說道。

黃鶴的笑聲嘎然而止，光頭男子也閉上了嘴。

左季豎起了一根手指，語帶威脅說道：「我再說一次，而你聽好了，你口中的『老唐』，也就是魔術界稍有格局的人都會尊稱一聲老師的唐國壽，他老人家是當前唯一一個受到欽點、有資格侍奉祖師爺的大人物，不是區區一個兄弟會的劊子手能任意置喙的。」

光頭男子眼底閃過一絲凶光。

「你知道我？」

「整肅處的黑石。」左季直視對方的雙眼，「不是什麼厲害的人物，會為人所知通常不是好事，自己要檢討。」

一道青筋橫過黑石的光頭，上頭像四腳蛇的刺青彷彿活了過來。

只見他低聲咒罵，並向前一步舉起手來，危急時刻，左季忽然消失了。

事實上並非如此。

左季仍在原地，只不過有人以某種障眼法隱匿了他。這時，原先一直站在黑石與黃鶴身後、穿著寬鬆連帽套頭衫的第三人終於有了動作。他走上前，擋在黑石與隱了身的左季之間，並脫下帽兜。

黑石皺眉問道：「紅淵，妳這是做什麼？」他口中的紅淵是名漂亮的女子。

她說：「這裡是左家。」

黑石仍不願退讓。

於是紅淵又說了一次：「黑石，這裡是左家，而你剛才想要對付的人，是左大人的兒子。你不會是忘了我們此行的目的吧？」

「忘了的人是妳吧？紅淵。」黃鶴側身抱胸、撇嘴說道：「左伯在眾目睽睽之下使用了那麼驚人的飄浮術——那可是台北一〇一耶！可不是一聲警告就能解決的事，更何況他是得過『梅林獎』的魔術師，可謂前科累累呀！」

「沒有證據，就稱不上是事實。」

黃鶴尖聲說道：「事實是妳身為執法人員，竟然打算包庇那個小鬼！」

「事實是，極盡所能弭平紛爭、維持各方和諧，是我們守護處的職責。」

在紅淵的據理力爭下，黃鶴碰了一鼻子的灰。

最後黃鶴悻悻然退開，不再說話。

黑石笑了。

他一臉無所謂地聳聳肩，並恫嚇性地在左季消失的地方繞了幾圈後朝地上吐了口唾沫。

「看來左家的小兒子也不是完全沒半點本事嘛，」他眼珠咕溜溜轉著，「左大人給你生了張利嘴。」說著，他在左季面前停下。

儘管黑石的目光聚焦在左季身後，左季依然明顯感受到他發出的惡意。

「我會再回來的。」語畢，黑石朝一旁的電話亭走去。握住門把後，他低吟幾句後拉開了門消失在透明的玻璃門後。黃鶴則站在路旁，拿著一條金絲帕一揮，一輛加長禮車隨後而至。

上車前，黃鶴望著公園入口處一棵南洋杉說道：「左季先生，再麻煩轉告令尊，針對左伯濫用魔術一事，敝人將召開裁罰委員會，身為十長老之一，他同樣可以出席，但基於利益迴避原則，他老人家並無投票權。以上。」

禮車駛離。紅淵又等了一會，確認公園周邊恢復了平靜，她才上前摸摸左季的頭，藉由接觸，解除左季身上的障眼法。

「紅淵姊姊，剛剛真是好險。」左季微笑說道。

冷不防，紅淵伸手彈了左季的鼻子一下：「你知道整肅處的都是一些殺人不眨眼的劊子手，幹麼跟人家起衝突？」

左季搓著發燙的鼻子，面露苦笑。「因為那些傢伙在提到大哥時口無遮攔，我一時沒忍住。」

「所以我不出手的話，你打算怎麼做？」

「揍他。」

「揍他？」紅淵揚起眉毛，冷豔的臉浮現一絲藏不住的笑意，「你打算用拳頭揍一個整肅處的隱術士啊？我們家左季還真是有出息呢。」說完她便以迅雷不及掩耳之勢揪住了左季的耳朵用力一扭，左季立刻痛得哇哇大叫。

「當不成魔術師要改當流氓啦？」

「——等一下、哎呀——」

「這麼厲害，怎麼連我也打不贏啊？」

「——紅淵姊姊，拜託——我是說真的，耳朵它——耳朵要掉下來了啦！」

紅淵哼了一聲鬆開了手，而後神情轉為凝重。

「你老實說，你大哥的事你知道多少？」

「我剛知道。」左季揉著耳朵說道，「二哥說他只是翹家罷了。」

紅淵搖頭：「左仲以為你大哥是他嗎？」

左季乾笑兩聲，接著追問：「所以紅淵姊姊也沒和大哥聯絡上嗎？」

紅淵聳聳肩。

這時左仲已停好車出現在對街。他先是朝這裡探頭探腦，發現紅淵也在後、便鬼鬼祟祟地朝這邊跑來。左季注意到紅淵像要說些什麼，最後還是打住了。

「魔術兄弟會那邊會怎麼做？」

望著逐漸逼近的左仲，紅淵寓意深遠地說道：「別擔心，左家的地位不會那麼輕易就被撼動，除非……左伯的失蹤只是一個開端。」

「什麼意思？」

「守護處最近在追一個案子，我擔心左伯也被捲入其中了。」

說著，紅淵將一只玻璃瓶塞到左季手中。

左季匆匆瞥了一眼，發現那瓶子裡裝著透明液體，一顆眼珠飄浮其中。

「？」

「幫我交給你父親，他看到就會明白了。」

簡單說完，紅淵轉身朝火車站的方向走去，只見她將兜帽套上，眨眼便消失在夜色之中。

這時左仲終於過了馬路，小跑步來到左季身後。

「紅淵姊呢？」他東張西望說道：「奇怪，她剛剛不是還在這裡嗎？」

「你看錯了，那是父親大人。」

5

湖邊涼亭，左眩三擺了棋盤，照著棋譜一子一子地下，旁有侍童一男一女替他沏茶搧扇。亭外台階下，左季伏跪在地，頭也不抬就這樣等了一個小時，直到那棋局排完，左眩三才闔上了書、起身來到台階前，隔空從左季身上取來那只裝著眼珠的玻璃瓶。

「你告訴外人，入秋時，家族會替你舉行入師祭，是嗎？」

「孩兒剛才的確這樣說，但那是——」

「我人還沒死，你倒是在外頭自己做起主來了，是嗎？」

「孩兒不敢。」

「黑石他剛才是真的想殺了你。」

「孩兒知道。」

「你知道嗎？你不應該知道吧。因為這就像你和那黑石素未謀面，卻能精確說出他的名字和職位那般不可思議。」左眩三提高了音調：「左季，你剛才用了魔術對吧？」

左季把頭壓得更低了。

見他默認，左昡三的嘴唇一抿，神色嚴厲地痛斥：「就為了得到這點情報、好讓你逞口舌之快，你竟然在三名兄弟會隱術士面前用了高階的讀心術……要不是紅淵那聰明的孩子出手，你打算被人譏諷幾句，就失手殺掉一名整肅處的隱術士嗎？簡直愚蠢至極！」

左季慌忙認錯。

「父親大人，孩兒知錯了！」

「算了，起來吧。」

左季聽得出來，這聲「起來」，充斥著恨鐵不成鋼的無奈。

左季並非沒有魔術天賦，相反的，父親曾語重心長地告訴過他，他的魔術天賦遠在自己與左伯之上，更是近五百年來少有的厲害；然而父親也明白表示自己並不以此為傲。父親說：「因為歷史上有太多太多的偉大魔術師，一時鋒芒畢露，便重新喚醒了人類對我們的恐懼。」這是歷經過一次又一次的宗教清掃、付出慘痛代價後，魔術師們學到的寶貴一課——他們終於明白，不諳表演就意味著無法隱於人群之中，而沒有表演才能卻又擁有強大魔術天賦的魔術師，無論誕生在哪個時代，對整個族群來講，都是如同詛咒一般的存在。

父親決定將左季送去濟小塘廟練乩的前一晚也像今天這樣召見了左季，一樣的亭上亭下，只不過父親當時是背對他的，且聲音很輕很輕：「季，若是讓外界知道你的存在，無論左家是否還持有長老會員的席次，整肅處的隱術士將會一個接著一個蜂擁而至，他們會像人類肅清異己那般追殺你，直到你在殘酷的魔鬥中耗盡體力死去。如果可以的話，就待在濟小塘廟不要回來了。」左季知道父親當時在哭，而他對此無能為力，於是順應父親的安排，安靜磕頭離去。

如今這份無能為力卻有轉機。

「老唐說了，表演這塊，你是成不了才了。」左昡三平靜地說道，「與其讓你在那虛度光陰，不如在這個節骨眼回來替家族做點事。」

左季驚訝地看著父親。

父親端詳著瓶中的眼珠，接著說：「這玩意我會調查，至於你……季，我要你去把左伯找出來。」

「父親是相信大哥還活——」

「不，」他別開了臉，語氣僵硬說道：「他最好是在那場魔術表演中發生意外死了。如果沒有，那就由你親自了結他。與其讓他活著丟盡家族顏面，倒不如由你這個『下一任當家』動手，也算是清理門戶。這樣一來，對外你能宣稱因為兄長在表演中意外身亡，作為弟弟的你此生將不會進行公開演出，而是致力於魔術傳承與開發，藉此紀念左伯對魔術界的偉

6

「季，幫我把那個瓶子拿來。小心一點。」

地下室裡，年幼的左季小心翼翼捧著裝滿淡黃色液體的瓶子來到桌前，大哥左伯則背對著他繼續忙碌。左季又等了一會，禁不住好奇，他繞到桌子對面。在那張擺滿科學儀器和各種瓶罐材料的不鏽鋼桌前，左伯持刀在蠟燭下緣切出兩道刻痕，將一條肉眼難見的彈力繩纏在上頭，另一端則綁在左手的戒指內側，反覆測試如何讓蠟燭自然順暢地從袖子裡彈出，直到技巧熟練，左伯才拿來那瓶液體，拆去封口，在燭芯的棉線上滴了兩滴，再用鑷子將搓鬆的棉線重新轉緊，最後把蠟燭塞進袖子便大功告成了。

「季，看好了喔，這是哥哥新學的『人間戲法』。」

「戲法？」

左伯跳上不鏽鋼桌，有模有樣地向各方鞠躬，他張開雙手表示手裡什麼也沒有，接著在彈指的瞬間，手中便憑空出現一根蠟燭，在左季的驚呼聲中，左伯一臉神祕將蠟燭湊到嘴邊，瞇起眼用力一吹，霎時火光乍現，蠟燭瞬間點燃，將他沉醉其中的臉容照耀得一片光亮。當下左季看呆了。他驚訝地發現大哥平時親切和藹的臉孔，在那燭火照耀下竟是那般詭魅動人，彷彿他手中握有的不是一根能自燃的蠟燭，而是世間罕見的奇珍異寶。

「好厲害！是怎麼變的？」

「是科學喔。」

「那是什麼？」

「嗯……就是一種更普及、人人都能辦到的魔術吧。」

「那大家不就都和魔術師一樣了嗎？」

「確實沒有什麼不同啊。季，你剛才拿的瓶子裡面裝的是二硫化碳，我在裡面加了白磷的粉末，因為二硫化碳揮發得很快，滴在蠟燭的棉線上，等二硫化碳被我這樣一吹揮發完了，白磷就會接觸到空氣，而這個白磷是很容易燃燒的東西，只要常溫就能點燃……」

聽著大哥左伯喋喋不休地講解各種能用在戲法上的奧妙科學，儘管一個字也聽不懂，但左季明白了一件事，那就是他的大哥很喜歡很喜歡人間戲法，因為他當下為了被大哥讚揚，在地下室召喚了火靈，火舌轉眼便在各種化學物品的助長下蔓延開來！然而左伯只是淡淡說了一句：「季，人間戲法和魔術是不一樣的。」接著左伯拿起桌上的水杯，喃唸幾句、將水灑向空中，轉眼大火便消失無蹤，那隻凶暴的火靈則被他輕鬆盛入杯中，倒蓋在不鏽鋼桌上。隨著杯中氧氣耗盡，火靈也消失在杯子裡，留下一小塊焦炭。左季還沒反應過來，左伯已來到他身後遮住他的視線，再次移開時，被大火燒得面目全非的地下室竟回復了原狀，正當左季覺得厲害時，他注意到大哥的左手手掌有一塊燙傷，是被打翻的白磷灼傷的，看到大哥因為自己受傷，他難過地哭了；但左伯卻摸了摸他的頭，然後說道——

「——這正是比起魔術、我更喜歡人間戲法的原因；因為它被創造的唯一理由，就是帶給人們歡樂。」回憶至此，左季不自覺說出了大哥最常說的一句話，然後濕了眼眶。

他在湖上廊道走著，回想那次事件之後，大哥總是戴著白色的手套遮掩手掌上的傷疤，卻不願用任何魔術消除疤痕，左季知道那是大哥想藉此提醒他，魔術能辦到各式各樣的事，像是支配、移位、預言，同時也可能對他人造成無法挽回的傷害。

抹了抹眼淚後，他發現主屋旁的獨立別館透出一絲光亮。

那是「她」的住所。

左季第一次見到她，是去同校好友侯之初家裡玩耍的時候。當時兩人在古堡般的西式洋房裡玩捉迷藏，左季意外闖入一處地窖，發現那裡囚禁著一個渾身赤裸的女孩。隨後而至的侯之初只平淡地表示那是他的雙胞胎妹妹，接著便拉著左季上樓吃點心。後來他得知了女孩的名字，叫侯之末。雖然左季不敢詢問女孩被關的原因，但每次去侯家，他都會帶一塊麥芽糖偷偷拿到地窖去給女孩。直到左季和侯之初畢業後考進了不同國中逐漸疏遠，這樣的關係才告一段落。

再次見面是在某個下著雷雨的夜裡，侯之初牽著妹妹的手出現在公園裡，他大聲哭喊，甚至蓋過雷聲，驚動了左家人，左季一發現深夜到訪的是自己的好友後，便在父親的同意下接待了兄妹二人。

「請收留我妹妹吧。」

一見到左昡三，侯之初便立刻下跪磕頭。

左昡三二話不說便讓童僕們搭起屏風、協助兩兄妹更衣，並將火盆搬進了室內。被炭火烤暖的小屋裡，溼透的衣物洗淨後吊在屋簷下，左仲和左叔撐著傘、打著哈欠在庭院戒備，兩兄妹則在左季的安撫下圍著火盆取暖，左伯更是貼心端來熱薑茶和一大盤堅果巧克力讓他們能在短時間內補充熱量。等兄妹倆的嘴唇和手指恢復血色，不再打哆嗦後，左昡三才開口問道：

「他知道你們逃出來了嗎？」

侯之初聲音顫抖地問：「他會來找我們嗎？」

誰？

左季在腦中努力回想，那棟藏在石牆後頭的西式建築裡，是否藏有這樣一號叫人害怕的人物。印象中，每回去侯家玩耍，他都不曾在那幢屋子裡看到僕人以外的人；只有一次，當他跑去地窖看完侯之末準備離開時，中途遇到一個穿著唐裝、年約五六歲的小男孩與他擦肩而過，他之所以記得男孩，是因為他的眼睛和嘴巴細得像道縫，皮膚像紙一樣皺皺的，模樣十分古怪。當時的左季回頭想和男孩打招呼，男孩卻已不見蹤影，於是左季找到侯之初問他是不是有一個弟弟，侯之初卻突然臉色發白，並立刻趕他回家。

「我見過這個人對吧？」左季問道。

侯之初緩緩點了個頭：「是『先祖』。」說完他便忍不住衝到屋外吐了。

妹妹侯之末一臉擔心起身時，左伯搖頭，示意她不要過去。

「讓他一個人待一會。」

侯之初倚著欄杆朝院子裡狂吐，嘔到只剩一點酸水，他才背靠柱子頹坐在地，左季上前想扶他進屋，但侯之初卻甩開了他的手，宣洩似地痛哭了起來，幾經情緒折騰，在大夥的耐心陪伴下他終於恢復平靜，但仍不願意進屋，彷彿保持這樣一點距離，他才能說出那個長年積壓在心裡的祕密。

「那是在很久很久以前，大約在唐代的時候，我們家族出現了頭一個得到上天眷顧、賜予魔術天賦的人，他叫侯元，但因為天賦不高卻愛誇大自己的本領，最後終於因為魔術不靈而被斬首，族人也被流放海外。侯元的後代雖然擁有魔術天賦，但都不成氣候，為了振興家族，某代族長建議族人放棄來自上天恩典的魔術，轉而侍奉惡靈魔鬼，效仿數百年前巫術盛行的年代，以靈魂為代價換取強大的魔術。族人們都被他說服了。他們相信這是替家族贏回威信的唯一希望，他們甚至改稱那人叫『先祖』，藉此洗刷祖先侯元被斬的汙名，好讓家族重新來過。

「在魔術家庭中長大的孩子一定都聽過『大魔術師阿茲凱恩』的故事，那是一個魔術橫行的年代，男人以靈魂為代價得到使役魔鬼的權力，女人則透過與魔鬼交媾換取魔術天賦。為了重整秩序，大魔術師阿茲凱恩在上帝的指示下前往地獄的出口，準備將地獄封印，卻被盤據出口的魔鬼利未安森阻止了。於是阿茲凱恩提出了一個賭局，只要他贏了，利未安森便要替他看守地獄出口，如果輸了，利未安森便能拿走他的靈魂。利未安森大笑，問阿茲凱恩想賭什麼，阿茲凱恩轉身在地獄的出口上變出一座高塔，指稱擁有龐大蛇身的利未安森無法自由進出那座塔的狹小入口，利未安森二話不說化作人形，輕鬆進到了塔內，這時阿茲凱恩也跟了進去，並從內部鎖住了塔，任憑大魔鬼利未安森如何變化都出不了門，意識到自己上當受騙後已來不及了，阿茲凱恩成功透過自我犧牲贏得了賭注，從此魔鬼便再也無法來到人間。

「這個故事就像常見的寓言一樣，沒什麼特別的，就算在魔術師聽來，也太過虛幻不實，但這些都是真的——地獄是真的，那裡充斥著魔鬼也是真的。家族歷史記載，先祖曾經接待過一名受傷的男子，男子模樣清秀、穿著寬鬆的衣物，只說打擾一晚便會離去。當晚先祖拿換洗衣物給男子時，意外看見男子赤裸的上身布滿傷痕之外，他背上還有一個可怕的紋身，像是某種野獸。男子察覺先祖在門外後便喚他進來，他告訴先祖自己並不是人類，而是一名負責看管魔鬼的『地獄人』，見先祖不信，他又解釋身上的傷痕是他在追捕逃出地獄的魔鬼時所受的傷，隨後拿出一顆銅鑄的龍形獸首，先祖立刻認出那是當年圓明園丟失的十二生肖獸首。那名自稱是地獄人的男子說，這類因為戰爭而散落各地的古老飾品，吸收了戰火下的血與罪，就成了降靈術中合適的媒介，當初他監管的魔鬼就是以這種方式被召喚到人間，並寄宿在獻祭用的死屍、暫留人間，他費盡力氣才把魔鬼重新關進地獄裡。先祖感到好奇，便問了那頭魔鬼現在在哪？地獄人回道：就在我的身體裡。

「先祖告訴族人，那是多年前的事了，而如今，正是他們需要一頭魔鬼的時候，說完先祖便將族人們帶入地窖，他們驚恐地發現，有一名男子被鐵鍊鎖在那裡，骨瘦如柴卻又生氣蓬勃……對，這個被長年囚禁在地窖裡的人，就是當年借宿的地獄人，先祖將男子拖出來壓在院子裡的石桌上，聯合族裡的男人將他殺死，並把龍頭獸首當作媒介，集體使用了降靈魔術將地獄人體內的魔鬼召喚出來，正當大夥興奮地手舞足蹈，準備向魔鬼許願時，先祖卻拿起了獸首，對魔鬼下了第一道命令——「偉大的魔主啊！」他說：「殺光他們，自此之後，侯家世世代代的子孫，魔術天賦和壽命全歸我有，靈魂歸你。」魔鬼允諾。從那之後，侯家倖存的女人們在十八歲之前就必須完成產子，等孩子一出生，魔鬼便會立刻出現奪走母親的靈魂，並將其剩餘壽命和魔術天賦交予先祖；也許是因為先祖做了如此大逆不道的事，上天降下報應，只要誕女孩，多半容易夭折，而男孩則沒有生育能力，這導致侯家最終一脈單傳，隨時可能會斷絕血脈……但就我所知，先祖已經活了五百年。這表示在這漫長的歲月中，他依然是個贏家。」

說到這裡，侯之初神情絕望地縮成一團。

大夥則在聽完侯家可怕的家族歷史後，久久無法回神，庭院裡的左仲甚至連傘拿歪了淋溼大半邊肩膀都沒發現。

左伯是最先緩過情緒的：「所以你才帶妹妹逃了出來。」

「是的。既然先祖必須在孩子成年前生子獻祭，只要我妹妹在十八歲生日之前都待在這個天下第一霸道居所，讓先祖無法依約完成獻祭，魔鬼便會取走他的靈魂，那麼這個詛咒也就會解開了。」

始終繃著臉沒有說話的左眩三，在聽到侯之初的請求後突然開口：「但我們為什麼要這麼做？」

「父親大人——」

左季一開口便被魔術定住。

在左眩三的怒視下，左伯也閉上了嘴。

「魔鬼確實無法進到這裡來。」左眩三說，視線落在火盆邊熟睡的侯之末，「但如果只是想破除詛咒，那現在殺了這孩子，不就什麼事都沒了嗎？」

侯之初回到屋內，再次伏跪在左眩三身前。

「家裡的奴僕，都是侯家歷代族人的屍體。」他說，「先祖侯吾從地獄習得了一種名為『返生樂傀』的魔術，能任意操控死屍，很早我就知道那些人都已經死了，就算會動也稱不上是人，先祖更是從未和我交談過，也因為這樣，對於侯之末的遭遇，我一直表現得麻木不仁，那是因為在我的認知裡，屋子裡的人是死的，是沒有意義的，外頭的人們才是真正活著的。直到有一天，一個死僕前往地窖送飯時，腳踩到釘子，侯之末她二話不說就跪了下來，用顫抖的雙手替死僕取出釘子，小心得就像那根釘子是扎在自己腳上一樣，然後她用被子上的布料替那個死僕包紮。過程中，我突然發現那個死僕在哭。一個已經死了數百年的屍體，在被當成活人一般對待後，竟然流下了眼淚……那一刻我才確信，侯之末她比我更值得擁有正常人的生活；而我之所以能像個平凡人一樣活著，只不過是因為在先祖眼中我一點價值也沒有，如此而已。所以我想讓她活下去，不管用什麼方式，我想讓侯之末像一個普通人家的女孩，因為新衣服而開心、因為吃到美食而感到幸福，然後在未來某天因為被喜歡的人告白而雀躍不已。所以拜託了，請你們收留她吧！為了還這份恩情，我願意做任何事，任何事都可以！」

左季記得很清楚，那天公園颳起了一陣怪風。

就在侯之初剛把事情的原委交代清楚，公園裡出現了數十道人影，手持各種兵器，身姿異常詭譎，左季很快便認出那些人全是侯家的僕人，也就是侯之初剛才提到的死僕。侯之初嚇壞了。他縮在地上，儘管身旁是溫熱的火盆，他仍舊抑不住地直打冷顫。由於有結界的保護，死僕們只能在偌大的公園腹地裡漫無目的地遊蕩，就像在霧裡前行一般，始終難以突破。

直到那人出現，左季才明白侯之初之所以如此恐懼，不是沒有原因的。

他就站在庭院裡。

不是公園的任何一片土地，而是扎扎實實地立於左宅庭院裡——就好比電影裡的主角藏在單向玻璃後頭觀察屋內徘徊的凶手，下一秒凶手卻突然轉身猛力敲打玻璃那般叫人毛骨悚然。

霎時左仲讓那人頭上的雨水化成針，左叔則是收起了傘、翻轉傘柄後將傘變成了一管機槍噠噠噠噠地朝那人掃射了起來。豈料針和子彈全都落了空。兩人吃驚之餘，立刻準備發起下一波攻擊，卻被左昡三一聲低喝制止了。

這時大夥才察覺那並非實體，只是投射的影像。

「我是先祖侯吾。」

侯吾一開口，左季便頭痛得險些暈厥，左仲、左叔和侯之初更是立刻跪地嘔吐。該怎麼說？那聲音像撕紙、且再更刺耳一些，比鋸鐵聲細微但更難以忍受。更駭人的是，侯吾的形象雖然是個十歲左右的男孩，但他的皮膚乾如枯葉，像被火燒過般糾結一塊，導致他的臉孔宛如一張揉皺的宣紙，五官之扁平，幾乎像是有人用美工刀在上頭隨興刻下的，每當他說話呼吸時，那些應該被稱作眼耳口鼻、卻過分深沉漆黑的孔洞便會不自然地抖動、並發出粗啞的氣音，彷彿戴著一張人皮面具。

掃視眾人後，他再度開口：「我來帶迷路的孩子回家了。」他說，並歪頭望向火盆邊抱著妹妹發抖的侯之初。

左眩三走上前擋在雙方之間。

「這兩個孩子是小犬的同學，今天一時貪玩忘了時間，我讓他們先在屋裡歇下——」

「說謊！」

侯吾大怒，一開口、口中便傳出數十人尖叫般的雜音。

毫無預警的，離他最近的左仲和左叔騰空飄起，他們雙手撕扯著脖子、痛苦掙扎，彷彿有條看不見的繩索勒住他們的頸項，兩人很快便漲紅了臉，喘不過氣來。最先反應過來的人是左伯，只見他拾起撥火鉗，不急不徐地從火盆裡夾出一塊燒白的炭扔入庭中，泥水頓時沸騰蒸起形成濃霧，隨後他接過童僕手中的葵扇往屋外一搧，水霧頓時結成一片冰霜！霎時，侯吾的影像在冰霜反射下開始不定閃爍，他的聲音變得模糊難辨，也進而失去了對魔術的掌控力，左仲和左叔藉機斷開束縛後落下，摔了一身泥水，左眩三則朝侯吾伸出雙手，大喝一聲「退」！天上頓時墜下一道又一道紅銅門，轉眼便從四面八方將侯吾封住，待門一一開啟，裡頭已空無一人。

隔日侯之初醒來，無人再提前一晚發生的事。

在左季的苦苦哀求下，左眩三只說答應讓侯之末那孩子留下，待活過成年後便嫁給左伯，既是左家未過門的媳婦，就會當作自家人保護，並問侯之初之後有何打算，侯之初苦笑搖頭，他拜別了左昡三便踏出左宅，頭也不回地消失在熙來攘往的街道上。

兩年過去，也許是忌憚左伯，又也許礙於這天下第一霸道居所對家主曾經驅逐過的對象極為警戒，侯吾未曾再訪左宅。

左季原以為會就這樣一直平靜下去，但噩耗還是降臨了。

對於左伯突然失蹤，作為未婚妻的侯之末想必心裡也不好受吧。左季是這樣想的。於是他上了橋，朝湖畔別館走去。午夜小雨落下，捲起的竹簾隨風來回輕擺，藉著屋內透出的燭光，他看見侯之末上了淡妝、穿著華貴端坐窗邊，凝視著受雨波瀾的湖面，模樣美得不像是個凡人。

左季看呆了。

也不知道過了多久，一對童僕來到侯之末身後，擔心她著涼，特意送來一件大褂，並替她放下捲簾。直到侯之末的身影完全消失在簾幕後頭，左季才轉身折返，這時身後忽然傳來侯之末的聲音。

「你回來了。」

他回過頭，看見侯之末披著紅色大褂，在童僕的陪伴下出了屋子，兩人隔橋相望。

「剛被父親大人召回。」

「嗯。」侯之末淺淺一笑後說道：「好好奇你起乩的樣子。」

左季輕嘆了口氣。

他說：「我照過鏡子，那樣子糟透了。」

7

別館側殿，侯之末準備了陶製的擂缽和油茶樹枝製成的擂棒，將花生、南瓜子、芝麻、黑豆、生薑和茶葉加入缽中，一杵一杵磨成泥，加入少量的桔皮和桂皮再次研磨，最後沖入熱水，一碗香氣濃郁的擂茶便完成了。

左季接過那碗石綠色的茶湯，眨了眨眼。

「這次是客家擂茶？」

「嗯，是新買的客家食譜書，」侯之末得意地說道，「擂缽和擂棒是網路上買的，很方便。」

上次是印度咖哩。

上上次則是西西里辣醬。

也許是被保護的日子太過寂寞，又也許是看多了左伯為了開發新的人間戲法、日以繼夜在地下室做實驗，連帶習得勇於嘗試的精神，不知從什麼時候開始，侯之末也在樓裡附設的小廚房做起了料理，從最初那模樣架式彷彿在進行嚴謹的化學實驗，到後來逐漸能做出和食譜書照片相似、尚可入口的餐點，最後終於在入住左家期滿一年時，因為獨立準備了六菜一湯的豐盛晚餐受到大家誇讚，而首次展露笑顏。

那頓晚餐是左季吃過最好吃的一頓飯。

雖然菜有點鹹，湯也略帶焦味，但餐桌上卻有著家人的味道。

從那時開始，他便常常在侯之末嘗試新菜色時自願試菜，又因為左季總是滿嘴好吃，常常讓侯之末不知從何改進，所以他們做了約定，那就是試菜的時候不能說謊。

兩人甚至為此結過血誓。

當左季放下陶碗，看見侯之末拿出一把小刀在指尖戳出一道傷口時，他才驚覺自己上當了。

侯之末開口問：「最壞的情況是左伯已經死了對吧？」

「不對！大哥的魔術天賦那麼高——」

就在左季試圖反駁的當下，侯之末手指上的傷突然止不住地湧出鮮血，很快便染紅了她身上的大褂。她將手舉高，像在提醒左季，一旦他違背誓言在試菜的時候對她說謊，她只要透過一個小傷口就能拆穿，在魔術的驅使下血會因為謊言的餵養流淌而出，除非左季說出真話，不然被欺騙者將會因為血液流乾而亡。

她又問：「是侯吾做的，對嗎？」

「與左家為敵，他沒那個膽！」傷口的血依然在流。

「我看過一〇一那則影片了，左仲哥給我看的，那是反重力的飄浮魔術。」

「我不確定……」

「飄浮魔術是侯吾擅長的魔術之一，」侯之末的語氣轉為著急，「那天晚上你們都見識過了，不是嗎？那個魔術叫『闍浮眾生』，受術者會被看不見的絞繩懸吊而起，一旦離地就使不出魔術了，在氣絕身亡之前還會感受到灼燒的劇痛，而左伯在影片中的樣子，幾乎——」

冷不防，左季重捶桌面。

「不要再說了！」

侯之末閉上眼睛，平靜地問：「你們會趕我走嗎？」

「不會！」

左季從來沒想過自己會如此憤怒，當他回過神時，屋內所有的東西全都敗壞了；雜糧佐料發了霉，桌椅風化碎裂，連父親左眩三透過魔術造出的童僕「蓮生童子」也在無形的壓力下炸裂成殘破的莖葉和腐花。察覺自己的失態後，左季背對著侯之末，低吟了一句：「釘子、木槌、規矩，工匠昨日至此。」就像過往左伯替他收拾那場大火的殘局那樣，他將屋內毀壞的景象恢復原狀。

他說：「沒有人會趕妳走。」侯之末指頭上的血流止住了。

「左季……」

「我是認真的。我發誓，我絕對不會讓人這樣對妳。」

左季不敢說的是，左伯親自照料侯之末入住湖畔別館時，他人就在附近，立於湖中廊道上遙望著橋那端的風景。那日也像今夜一樣下著小雨，湖岸楊柳隨風搖曳，睡蓮在陰雨中閉合，左伯體貼地替她撐傘，將未婚妻帶入屋內好好安頓。一會童僕將簾子捲起，左季再次見到了她。她來到窗邊，而捲簾上凝著的晶透雨珠滴落到她凍紅了的白淨臉龐上。一瞬間，他懷疑那粒雨珠不是雨珠，也不曾從別處落下過，而是一直在她臉上，原本平靜的臉容因為那滴雨的關係增添了一抹哀傷。儘管她表情未曾改變，儘管那也不真的是淚，看上去卻是那樣毫無違和。當下左季不禁思考，那裝潢雅緻的精巧樓屋對她而言究竟算什麼？

是家嗎？

還是另一座牢籠？

「左季，我們算是青梅竹馬嗎？」

「青梅竹馬？」

「對，」她認真地點點頭，「就像紅淵姊姊和左伯那樣。」其實她知道這個聯姻是虛設的。

左季看著她的嘴唇。

他以為她的嘴唇在顫抖，隨後發現，顫抖的其實是他自己。

侯之末苦笑，說：「我很清楚我沒有選擇，在這裡，這間湖邊小屋的日子沒有什麼不好，我應該感謝，應該任聽安排，因為事實是我能活下來就是一種貪心。可是人就是會想要更多。我的意思是，左伯很好，真的，大家都喜歡他。」

「妳呢？」

他問。

乾涸的喉嚨吞嚥口水，左季問道：「妳喜歡大哥嗎？」

侯之末笑而不答。

她說：「左季，如果有一天我想離開這裡了，你願意帶我走嗎？」

左季沒來得及做出回應。

因為他聽到了鈴聲。

宛如一道警鐘，全台所有的魔術師都在那一刻聽到了濟小塘廟的鐘聲響起。

8

左季趕到庭院時，父親和左仲已在那等著。

見到父親手裡拿著龜甲和銅錢，左季立刻明白要出大事了。左慈當年修習道家方術，最終羽化登仙的傳說人盡皆知，儘管飛仙一事在現代魔術師眼裡看來，絕對和反重力魔術或五行遁術脫不了關係，但前者需要極高的控制力，離地幾吋事小，要做到騰雲駕霧只要一個差錯便是墜地而死，後者則是源於道家複雜的魔術系統，若非師承正統，也不過淪為起乩相命之流，多半只能知曉過去、進而胡謅未來；故提及觀星卜卦預測未來，魔術界還無人敢質疑左家在道學上的造詣，而左眩三正是歷代家主最精於此道之人。

然而左眩三卻不輕易卜卦算命，他甚至曾以此為由認真訓戒了左叔。

「左叔，你知道什麼是預言嗎？」

「預知未來。」

「對。人人都想預知未來，而我能，我在你這個年紀時已精通道家五術，你爺爺每天起床第一件事就是到門口拿報紙，順便丟掉一疊磚頭厚的信，那些信多半是知情者寫來的，為的是從我口中求得一個未來。然而當這些沉迷占卜算命之人真的來到我面前時，我卻看見了死亡。各種不同程度的死亡。前程的死，希望的死，以及生命的死。知，是人們最原始的欲望，也是一切煩惱的源頭，故不知同時也是人們一生最大的福報。」

左叔當時才剛展露一點魔術天賦，不明白父親究竟是想鼓勵他學習傳統道術亦或在勸退他，他只能似懂非懂地望向他的雙胞胎兄弟左仲，可惜左仲一心想將抓滿糖果的手從狹窄的瓶口中拔出，根本沒有注意到這段對話；倒是年幼的左季在旁邊懵懵懂懂聽著，也在日後做了一個見證，他的三哥是如何因為熟稔讀心術而痛苦不已，最終沉淪於世俗玩樂之中難以自拔；同時他也間接明白父親的預言從未改變過什麼，只是提前知曉了自己的兒子將承受和自己同樣的痛苦罷了。

如今為了那警鐘，父親再次進行了他最厭惡的卜卦。

只見左眩三將三枚古錢放入龜甲，朝地上拋擲出去，反覆六次，隨後喃唸幾句，龜甲便在他手中逐漸焦黑泛出煙氣、如受火焚燒般裂了開來。過程中，左仲和左季大氣都不敢喘一下，直到左眩三讀卦望甲、掐指算完，原先緊繃鐵青的臉色稍緩，兄弟倆才開口問道：

「是大哥的事嗎？」

左眩三搖頭：「是天下事。」語畢，他帶著兩個兒子來到牆邊一扇破舊的木門前，春聯兩側分別寫著：魔性自來何需渡、術數排開火水風，橫批：見祖師爺。長年緊鎖此門的無孔銅鎖在三人走近時自動彈開。回頭看了兩個兒子一眼，左眩三先行過門而入，左仲和左季隨後跟上。一切就如同古訓所寫，凡聞警鐘響者，即受祖師爺召見，屆時無孔鎖開，越過掛壁死門便可直通濟小塘廟。

一跨過門檻，左季驚訝地發現門外竟是廟埕。

當他回頭一望，竟有百來扇門圍繞著濟小塘廟、以卦象排列的方式往八方展開，各魔術家族的人紛紛從門內走出、照著古訓來見祖師爺；更叫人吃驚的是當眾人低聲交談不知所以之際，侍奉於各地廟宇、由魔術家族出身的乩童們在起乩的情況下透過位移魔術憑空現身，背對廟埕中央擺著的那張鐵椅，頸項低垂像在等待什麼，下一秒，眾人便見老唐一手持握狼牙棒捶打自己鮮血淋漓的腦袋，一手拿著籤筒緩步從廟中走來。

「師父？」

左季迎上前，卻發現裸著上身的老唐除了一身自殘的傷痕，他兩眼一隻朝上一隻朝下，嘴裡更是不斷喃唸著他平時愛聽的民謠〈望春風〉。

那是老唐起乩的象徵。

來到那張三六天罡伏魔刀座前，老唐蹬了蹬腳一屁股坐下，籤筒往腿上用力一擱，筒中一百零八支籤即刻噴出，彷彿受到什麼力量牽引似地在空中繞著老唐轉，緊接著老唐雙眼一閉，眾乩身便突然抬頭、數十張嘴與老唐同調開口，用兩種截然不同的語氣自問自答了起來。

「問！」

「為何事來問？」

「為國運。」

「國運乃凡間事，與眾何干？」

「因凡者不得此籤，故憂慮，故問。」

對話至此便中斷了。

眾人等著。數分鐘過去、宛如幾個鐘頭之久，正當有人開口質疑老唐是否和其他乩童串通戲耍大家，冷不防老唐一歪頭朝那人所在的方向揮下手中的狼牙棒，那人頓時身子一僵、像憑空遭受重擊似地倒地抽搐，最終口吐白沫昏死過去。當老唐再次睜開雙眼，用左季不曾見過的凌厲目光掃視眾人後，他的左手像被吊起般往上一指。

「給，籤於此。」

「謝祖師爺。」

霎時，眾乩童退駕軟倒在地，那些浮於半空的籤便突然失重落下，放眼望去除此一支直立插地，其餘全數平倒。老唐一陣哆嗦後忽地向後倒去，左季一個箭步上前扶住了他，並從口袋裡抽出一條手帕替他擦汗。

老唐稍稍清醒後喃喃說道：「傍晚燒香的時候，我突然聽見有人在叫我，好多好多人在我耳邊叫我，說我不務正業、敷衍了事……我說我沒有呀，我閒下來的時間都在山腰上種芒果呢！然後他們開始罵我，我像有螞蟻在皮膚底下爬，癢得我靜不下來，我就拿一把香腳打頭打背，還是止不住癢，抬頭看見牆上的七星刀、刺球、月斧、鯊魚劍和狼牙棒，我實在太癢了隨手抓來就往身上拍，拍著拍著就不那麼癢了，然後回過頭我就看見他們都來了……」

「誰？外面那些魔術師嗎？」

老唐搖頭：「不是。是葛玄、吳猛、左慈、徐光、劉伯溫那些已故的大魔術師們。他們一個個圍著敲打我，藉著我的手，用狼牙棒啊鯊魚劍一下一下敲打我，然後我就什麼也不記得了。」

左季查看老唐身上的傷勢，卻發現擦去血跡後，老唐身上竟毫無外傷。

眾人一見嘖嘖稱奇。

「不會是又在演了吧？」

「怎麼演？老唐如果能變得出傷害無效的魔術，還會在濟小塘廟教表演嗎？」

「果然是祖師爺顯靈了！」

「所以那支籤是……」

看著大家一人一句，老唐愣了愣、彎身拾起那支籤後再次瞥了群眾一眼。

他低聲問：「左季，我真的起乩了啊？」

「你都把自己的頭當西瓜劈了，還假得了嗎？」左季晃著染滿鮮血的手帕說道。

就在這時，一名老者從群眾間走出，他蓄著長鬍，穿著藍色的運動夾克，大夥見他走來紛紛讓出路，並稱呼他一聲冷大人，就連左眩三都在他伸出手時主動上前扶他。

「這老頭是誰？」

唉唷一聲，老唐彈了左季的耳朵一下，說：「那是冷謙冷大人！你小子不知道他是誰？他和你父親一樣是兄弟會的十長老之一，還是一個魔術界的活化石！他最早被野史記載，是在元代的時候，算一算，他老人家活到現在也已經六百多歲了。」

「那他比祖師爺還老，幹麼還受召前來啊？」

一旁左仲忍不住說道。

左眩三隨即怒斥：「仲，不得無禮！」冷謙則大方笑說沒事、沒事。

他轉向眾人說道：「左家出了左伯這樣的大魔術師，便說明了魔術造詣與年紀無關；而祖師爺修得道仙之名，受後輩景仰尊為魔術業的祖師爺，立廟宇、供膜拜，更是當之無愧；反觀老朽不過懂一些長生學，多活了些日子，許多魔術依舊一知半解，要待修成正果那日到來怕是沒有指望了，但一些事還算是有經驗，這次聽到祖師爺廟敲響警鐘，便覺不對，想必大家也知道這兩天國內出了一件大事，左大人精通卜卦，來這裡之前應該也算到了對吧？」

左昡三點了個頭，兩人視線不約而同落在老唐身上。

冷謙微笑說道：「唐國壽，知道自己替祖師爺抽出了一支國運籤嗎？」

老唐望著手裡的籤，突然閉口不語。

眾人這才想起南鯤鯓代天府今年沒抽出國運籤一事。由於各家媒體均用上了「德不配位」、「國家恐有重大災難」或是「台灣將會面臨重重危機」等充斥政治算計的聳動標題，以至於大家將此事當成了趣聞，從沒進一步思索抽不出籤的真正原因。

「是我們。」左季喃喃說道，「關於今年的國運，神明想要示下的對象不是凡人圈，而是我們這些魔術師。」

他突發的言論引來了父親左昡三的嚴峻目光，但他卻再也忍不住了。

「這和大哥的失蹤一定有關——」

「閉嘴！」

左昡三本想將左季攆回門內，人群中卻有人出聲附和。

「左大人又何必如此生氣呢？」是整肅處的黑石。

他向眾人行禮，並朝左季走來。

「這少年說得很對，左伯大師的最終演出才剛引起軒然大波，緊接著本該由總統抽出的國運籤卻跑來了我們的濟小塘廟，明眼人一看都曉得兩者之間必有關聯。」

「你究竟想說什麼？」左昡三問。

黑石也不再拐彎抹角：「左大人，如果說，祖師爺是想警告我們，我們之中有人打算為了自身的名聲地位鋌而走險，將整個魔術族群的祕密置於大眾面前，那今天這排場也就說得過去了，不是嗎？」

「胡說八道！」

左昡三正要開口反駁，左季便先一步出聲怒斥。

「祖師爺的籤都還沒解，你一個小小整肅處的隱術士倒是未卜先知了，」他說著，轉身面向群眾，「各位前輩都見過我大哥左伯，一定明白左伯他不是那種只在乎自身榮辱，將大局棄之不顧之人。只可惜樹大招風，因為眼紅我大哥的成就、想在他頭上安個罪名的人實在太多，恐怕從這廟埕往下排，都能排到半山腰了。各位只要上網查一下就會發現，對他表演的批評絕不比讚譽少，像這樣對我大哥的人格誣衊不是頭一次、也不會是最後一次。但我希望大家可以想一下，先是失蹤引起注意，又在地標建築一〇一上空進行那種誇張到毫無破綻的反重力魔術、造成民眾高度討論，這樣分明會引來魔術兄弟會注意的脫序行徑，隨便一個有腦袋的人都不會這樣做吧？更何況如果左伯他真的為了名氣這樣操作，又為什麼在取得他想要的效果後要躲起來呢？」

眾人聽了左季這番解釋，議論紛紛了起來。

左季見風向已被帶起，連忙接續說道：「我懷疑那場表演，實際上是一次襲擊事件。」

此話一出，群眾譁然。

冷謙頗為訝異地問：「何以見得？」

左季解釋：「大家都知道這世上有三種魔術，一旦敢演、必成大師，其一是逃脫、二是傷害無效。逃脫魔術是我二哥左仲的拿手絕活，但他膽子小又有幽閉恐懼症，所以無法在人前演出常規的水箱逃脫或是活埋再現；後者傷害無效則是要像老唐這樣有祖師爺的加持才能確保萬無一失。兩者無疑都是在玩命。唯獨反重力的飄浮魔術不但常見、且通常透過道具便能輕易達成——飄浮的絲巾、飄浮的撲克牌，物體愈輕巧愈容易達成；然而人體飄浮就不是這麼一回事了。飄浮魔術最著名的表演者是大衛・考伯菲，在他之後，鮮少有人以人體飄浮聞名世界，因為一旦在空曠的場地進行高空行走或懸空飄浮，便幾乎不可能有機會使用繩索等道具，由此可見人間戲法是不可行的，只能依賴真正的魔術，也就是道家方術中的『飛仙』或禪宗的『坐飛禪』。除了祖師爺和幾位已故的老祖宗們，當前擅於此道的魔術師，恐怕也只能做出短暫的、在安全高度下的適度騰空，所以我想請教在場的各位，換作是你們，出身在千年魔術世家、被譽為百年難得一見的魔術天才、進行了巡迴世界的百場演出、得獎無數，擁有如此聲望和地位之後，究竟出於什麼理由，能讓你們不惜冒著生命危險，在一千六百六十六英呎高空進行人體飄浮？沒有。我想不出來。」

黑石的臉色變得十分難看。

冷謙追問：「那麼小兄弟的意思是，不是左伯，而是有人對他使用了飄浮魔術？但是要將反重力魔術施於他人身上，恐怕比自身飄浮還難……不，真要說的話，老朽確實知道這麼一號人物。那人叫侯吾。是侯家的當家，自稱先祖。」

左季點了點頭。

「冷大人和我想的一樣。」他說，並提高了音量：「在場的各位，有人見到先祖侯吾嗎？如果沒有的話，我希望能在獎懲處召開裁罰委員會時，將冷大人的這一席話列為證詞，傳喚侯吾出面解釋，並請各位前輩做一個見證，在祖師爺降駕的今晚，各家族的代表都受召來此，全台包含唐國壽老師在內六十四名請神人也無一缺席，唯獨侯吾不見蹤影。種種巧合，太過離奇，還望各位理解我想替大哥證明清白的心情。」

就在大夥為此事熱烈交談之際，黑石突然拍起了手來。

「左家小少爺口才之好，在下佩服。」

左季冷冷回道：「黑石先生還有什麼話想代表魔術兄弟會發言的嗎？」

「有左、冷二位長老在此，在下怎敢越矩？」他狡猾回道，「也請各位不要如此仇視兄弟會，自創立以來，魔術兄弟會便致力於平衡各界的衝突，要做到這點，需要十分宏觀的格局，而不能總是感情用事；也因為如此，自然常在行動上表現得不近人情。好比這次事件，你也許可以說服在下相信這事有蹊蹺，但那些好奇的人們可就不好說了。」

「什麼意思？」左季警覺地問。

「雖然只是剛開始，但網路這東西可怕之處就在於傳播速度，稍早守護處的人發現有人在網路上對左伯最後一場魔術表演提出了質疑，認為那已超過了科學所能解釋的範疇，甚至發函給德國超科學調查協會『ＧＷＵＰ』，指出左伯恐怕是一個真正的巫師。不知各位有沒有想過，為什麼像ＧＷＵＰ這樣的團體會設立在德國？因為德國是中世紀獵巫行動最猖狂的國家啊！想必過了今晚，輿論就會一面倒地指向左伯出身的魔術世家，以及他的父親左昡三在出任文化部長前、曾在拉斯維加斯表演過的預言魔術也同樣準確得叫人難以置信，只要一吸引媒體的目光，就會有更多『巧合』被挖出來，到那時，同樣出身魔術世家的現役魔術師們將會成為延伸報導的最佳題材，而事件則會像一場野火一樣，迅速延燒、難以澆熄。」

「那全是你的臆測！」左季反駁。

黑石搖了搖頭：「歷史已告訴我們，每場獵巫行動的開頭都始於某人的大膽臆測。」

可惡。

左季的腦袋飛快轉動，卻找不出黑石半點漏洞。前一秒他才成功說服了在場的魔術師們，讓他們相信這一切全是有人在暗中針對左伯，甚至讓侯吾成了頭號嫌犯，如今卻被黑石反手一拍，攪得一團混亂。

這還不是最糟的。

大夥爭執的這段時間，老唐已來回廟中一趟，手中的籤也換成了一張籤詩。

在眾人的注視下，左季從老唐手中接過了那張籤詩。

龍伯追鳥山樓高攀

百姓喧囂止於下山
鳥返樓搖龍伯墜下
蒼生惶惶惴惴不安

不可能。

讀完籤詩，一滴冷汗凝在了左季鼻尖上。老唐則抖著身子，一臉不安地望向眾人。

「蒼生惶惶惴惴不安，」他說，「各位，下中之下，此籤大凶！」

第二部

一代大師左眩三

9

「自作聰明！」

一回到左宅，門一關，左眩三回頭便重重打了左季一巴掌。

左仲見狀嚇了一跳，連忙拉著左季一同跪下，希望父親能夠息怒，但他甚至不明白父親生氣的原因；畢竟左季剛才那番言論不但說得對極了，也確實說明了眼下處境並非左伯造成的。

「父親大人，我不明白您為什——」

「二哥！不要說了。」

左季阻止了二哥左仲再說下去。他將姿態伏得更低，以求父親諒解。

左眩三長吁了口氣：「你說的一點都沒錯，現場魔術師們無一不對你刮目相看，就連方才散會前，冷謙都忍不住當眾誇你……但情況有變嗎？沒有。你想將侯吾置於整起事件的中心，你做到了。你想讓大家明白左伯是個識大體的人，你也做到了。但你沒料到的是，有人會在網路上公開質疑左伯的表演涉及超自然力量，更沒料到祖師爺會賜下那支下下籤！你沉不住氣、你下了一道險棋，你今日鋒芒畢露唯一達到的效果，就是讓人知道要對你有所提防！」

「孩兒知錯了。」

左季率直認錯。

對於父親的嚴酷，左仲則忍不住大罵父親不通人情，隨即起身跑開。

望著左仲遠去的背影，左昡三嘆了口氣：「他要是有你一半的心思膽識，又怎麼會只在家當個隱術士？」

「二哥他是捨不得您。」

左昡三不當一回事地哼笑一聲，隨即話鋒一轉問道：「那籤詩你怎麼看？」

「廟裡的籤詩和典故我聽老唐說過，詩裡提到的『龍伯』是中國神話裡一個虛構的國度，出自《列子》和《山海經》。龍伯國的國民均是巨人，相傳這些巨人還會燒龜甲進行占卜；我記得詩的前兩句描述巨人追著鳥爬上山上的塔樓，山下有人圍觀，無論是燒甲占卜還是詩中意象的描述，這不管怎麼看都是在暗指出身道術世家的大哥飄浮在台北一〇一上空一事，而後兩句，則明確指出群眾將會因為龍伯巨人墜下而感到恐慌。要不是起乩的人是老唐，我會以為連這濟小塘籤也是黑石黃鶴之流、共謀設計陷害大哥所準備的。」

「放肆！這一百零八支濟小塘籤、以及對應的八言詩是不外傳的，只這小廟裡備有一套，何來設計之說？你把祖師爺放哪去了？」

「是孩兒口無遮攔了。」

左眩三揮了揮手，讓左季起身。

回想今晚的種種，真正令他感到怪異的是別件事，而左季顯然也注意到了。

「父親大人，您認識黑石嗎？」

「不認識。」左眩三頓了頓，接著說：「你是不是想問，這個黑石究竟為什麼要死咬著左伯不放？甚至毫不顧及我長老會員的身分……除去他曾濫用整肅處職權對多名魔術師行使暴力，以及企圖殺害一名關帝廟的請神人而遭到短暫的停權，我對他這個人毫無印象。」

「關帝廟的請神人？」

「那人我也認識，就是一個微不足道的乩童罷了。八成是在言行上得罪了黑石吧。說來這也不是什麼新聞，明明同樣都是無法成為大魔術師的人，請神人看不上那些活在家族或兄弟會陰影下的隱術士，隱術士則打心底瞧不起利用通靈術賺錢的請神人，更不用說黑石服侍於兄弟會的整肅處，裡面多的是血氣方剛的傢伙，為了整肅秩序而失手把人打殘是常有的事……怎麼，你覺得黑石和你大哥的失蹤有關？」

左季斷定：「不，我不認為黑石有那本事。」

「哦？」

「父親大人，我是這樣想的，大哥如果要藏，沒有人找得到他；反之，若大哥真的遇害了，能傷得了他的自然也不會是黑石這種角色。既然如此，與其追查大哥的下落，倒不如先從黑石這邊下手。畢竟詩意難解，如果說大哥的失蹤真的是造成國家動盪以及家族威脅的主因，那弄清楚黑石針對大哥的目的，便是眼下唯一破口。」

左眩三哼了一聲，瞇起了眼睛：「臭小子。誰不曉得你只不過是想替你大哥爭取更多時間？」

「孩兒不敢。」

左季明白，父親其實也希望大哥平安無事，不然也不會在聽聞濟小塘廟傳來警鐘時如此慎重地卜起卦來，確定了此趟前去不會聽到大哥的死訊，這才帶著他和二哥動身前往。

「無所謂，就依你吧。」最終左眩三說，「別像你三個哥哥那樣讓我失望了。」

「孩兒謹遵教誨。」

10

幾日下來，那首籤詩一直縈繞心頭，叫人難以入眠。

確定左伯不會主動現身破除大家的疑惑後，這日左季特意早起來到了南門路上，打算拜訪左伯的老師。那是位在街角的連棟透天厝，建築三棟連通，老舊的外牆貼著灰藍色馬賽克磁磚，由於屋主長年定居海外，一樓租給了一家咖啡廳業者，二樓則裝設大面積的櫥窗玻璃，上頭布滿灰塵和黑色雨痕，導致展示在櫥窗內那一套套造型浮誇、塑膠感厚重的舞台服裝看上去更顯廉價，宛如隨處可見的萬聖節道具。

「打擾了。」

騎樓下，左季拉開老舊的折疊式拉門，沿著狹窄的磨石子樓梯上到二樓，褐色的鋁製玻璃門上掛著銅質門牌，上頭刻著「陳明亮入門魔術教室」，一按響門鈴他便聽到東西打翻的聲音，隨後門內傳來一聲稍等，又一連串腳步聲逼近，當門被打開時，一名身材削瘦、戴著圓形眼鏡的中年男子腳踩絨布拖鞋、一身寬鬆睡袍出現在門後，神情有些緊張。

「嗨，是來學魔術的嗎？」

「啊？不是，」左季一臉抱歉地說道，「陳老師您好，我是左伯的弟弟，我叫左季。」

男子先是一愣，隨後露出理解的寬慰神情，並從門邊退開。

「快進來吧。」

與其說是教室，那裡更像一間克難的倉庫。

玄關堆放著一疊疊開課傳單，屋內隨處可見研發到一半的魔術道具、暗箱、自動出血的鋸子、吞劍用的伸縮刀，以及各種舞台道具的設計圖紙。即便如此，角落仍騰出了空間，搭了一座配有音響和燈光、能供練習使用的簡陋舞台，雖然不甚高級，但那舞台甚至連布幕都有。左季在窗邊一張圓桌旁坐下，桌上的投影機正播放著影片，老舊的黑白畫面記錄著早些年充滿劇場氛圍的人間戲法，他一邊欣賞那種講究與觀眾互動的表演方式，一邊在影片中找尋左伯的身影，走神的過程裡，男子已從樓下咖啡廳端來兩杯黑咖啡，權當招待。

「抱歉，最近在忙招生的事，都沒時間整理屋子。」

「不，陳老師，是我來得太唐突了。」

男子名叫陳明亮，書生氣質的外表就和國小的自然老師沒兩樣，他長年經營這間魔術教室，吃住就在後頭的小房間裡，生活拮据但也還算過得去。陳明亮和大多數魔術從業者一樣，嚮往舞台燈光，早年更曾代表台灣出國比賽；但一次表演意外受了傷，不得不從舞台退下、改從事教學工作，偶爾配合補教才藝班的暑期活動舉辦魔術夏令營，勉強扛得住年年上漲的房租。幸虧陳明亮生得一雙巧手，在重視成績的升學主義下，還能接點魔術道具的訂單多少賺點外快，再不濟，他便像現在這樣印了一箱又一箱的招生傳單，到各國中小學門口冒著被老師舉報的風險，向那些家長學生挨個發送。

「可是怎麼會沒有學生？」

話一出口，左季立刻發覺自己失言了。

陳明亮羞赧地抓了抓頭。

「你是想說，身為大魔術師左伯的指導老師，開這間教室早該名利雙收了是吧？」看穿了左季內心的想法，他端起咖啡啜了一口：「事實上，左伯也說過類似的話。為了準備第一百場的台北最終回演出，他提前返台，一下飛機就來探望我。我記得他當時就站在那裡，」說著，他手指玄關，「左伯拿起一張傳單後對我說：『如果在傳單上印上我的照片，招生應該就不成問題了吧？』但那不是我教魔術的初衷。我希望放學後進到這間教室裡來的孩子，是真心喜歡表演，而不是想要成為某個人，或只是為了成名賺錢。」

「啊，我有聽大哥說過，以前他每次放學都會坐在教室對面的人行道上看櫥窗裡展出的道具和表演服。」

陳明亮放下手中的咖啡，在回憶中笑了。

「我早就注意到他了。我記得那時候每個禮拜三小學都只上半天課，放學後他就會背著書包在對面的石椅上吃便當，坐到下午五點才騎腳踏車回家。所以我花了一個禮拜的時間趕工做了一件孩童表演服，然後用紅布把櫥窗遮起來，等他再次出現在對街，卻因為看不到東西而大失所望時，我便立刻拉開紅布，想透過展示那件新的表演服給他一個驚喜，沒想到被嚇一大跳的人卻是我——那個本來待在人行道上的小學生竟然出現在我身後，身上還穿著我展示在模特兒身上的表演服，然後極為諷刺地說：『叔叔，你可以教我變魔術嗎？』一個真正的巫師這樣對我說欸！我敢說我當時的表情一定蠢斃了。」

語畢，左季和陳明亮對視後不約而同笑出聲來。

「他從來就不覺得自己和別人不一樣。」左季突然說。

「他是啊。」陳明亮望著窗外悠悠說道：「在我漫長的教學生涯中，我教過不少有天賦的學生，卻沒幾人具備了成為大師的關鍵特質，那就是專注。那些在日後成為大師的人的共通點，就是能專注在自己欠缺的事物上，所以他們永遠不會滿足於眼前的成功。左伯他就是這樣。當其他小孩因為熟練了某個戲法而沾沾自喜時，他已經開始嘗試新的表演方式了。他魔術師的身分的確叫人吃驚，但更令人訝異的是，像他那年紀的孩子在面對魔術時，為之著迷的不是物質轉換、化死為生這樣的神奇效果，而是表演本身。這是非常高貴的精神。就算不去看他的魔術天賦、表演才能，或是他在凡人演出上的成就，你大哥左伯他依然是個十分了不起的人——呃，抱歉，我剛剛說錯什麼了嗎？」

聽到陳明亮對左伯的評價，左季不知不覺已熱淚盈眶。

他抹抹眼淚，搖頭說：「我沒事，謝謝您。」

陳明亮點點頭，隨後神情逐漸黯淡下來。

「左伯他人還好嗎？」

左季收拾完情緒後，抬起頭說：「事實上，我大哥他失蹤了。」說出這句話時，他觀察著陳明亮的反應，他發現陳明亮下意識迴避了他的視線，且在第一時間的沉默也透露他早就知道此事了。「陳老師，我大哥那天來找您，您有注意到他有什麼奇怪的地方嗎？」

陳明亮想了會後，搖了搖頭。

「他那天是凌晨來的。我睡到一半聽見門鈴起來要替他開門，走到客廳才發現他早就穿牆進來、在廚房做起宵夜來了。除了和我聊他在國外表演的趣事、逼我陪他吃了頓飯，他那天來，主要是來拿之前拜託我製作的表演道具。」

「我可以看設計圖嗎？」

「當然不行。」陳明亮一口回絕，「這是行規，魔術道具也是表演的一環，只要魔術表演者還活著的一天，魔術道具的設計圖就不能流出。」

左季低下了頭。

一陣沉默後他說：「如果我說左伯很有可能已經死了呢？」

「！」

「我是認真的！」左季的語氣變得激動，「這就是我今天來這裡的目的，哪怕大哥他說了什麼平常不會說的話、或特地去見了哪些人，都有可能和他的失蹤有關。」

也許是太過震驚，陳明亮好一會才緩過情緒。

長吁了一口氣，他最後還是妥協了。他讓左季等他一下，接著便進到後頭的小房間，再次回來時他手中多了一疊圖稿，紙的邊緣上了封蠟，蠟上還蓋有左伯的戒指印。

左季見過那枚戒指。

那是左伯入師祭那日父親送的賀禮，純銀，上頭刻有一個「左」字，是左家繼承人的信物，只見左伯拿著指環端詳了好一會，說了一句裡頭空空如也，在那之後左伯就一直戴著這枚指環。

「就只是一些他託我設計的簡單小道具。」

陳明亮遞出圖稿時試著解釋。

左季接過後苦笑說道：「問題就在於左伯他這輩子從沒簡單過。」

道過謝，左季起身準備離去。

當他走下樓，正要關上拉門時，陳明亮追了出來。

「老師？」

「如果真要說的話，左伯在臨走前對我說了一句話，我覺得有些在意。」

樓梯轉角，陳明亮喘著氣說道。

左季握著門把等著，他知道左伯一定說了什麼很重要的事，重要到只要他一聽到，就會立刻明白左伯在準備最終場演出時，究竟發生了什麼事。

「左伯他就站在你現在站的那個地方，說他真的好喜歡好喜歡表演。」

回過神時，左季已來到對街的南門公園。

他在舊城牆內找到一處角落，確定四下無人後，再次檢查了封蠟上的戒指印，印記的外圍有一圈術式，他曾在父親的藏書中見過，那術式能將神靈魔怪困於其中，當一次性的使魔進行奴役；既然已經知道設計圖稿是道具師和魔術師之間的祕密，而術式又是左伯取走道具時親自設置的，那藏在裡頭的東西肯定是危險且不容小覷的。

左季思索了會，決定在原有的術式上進行改寫。

只見左季將那疊設計圖稿平擺在地、剪下一撮髮尾灑在上頭，隨著他口中唸唸有詞，頭髮在圖紙上方飄起、連成了極度複雜的術式，當他張口一吹，由髮絲構成的術式頓時起火！伴隨著爆炸般的響聲，封蠟也開始融化變形。當印記毀壞，無數惡鬼頓時從中傾巢而出。

惡意的黑風刮起，枝上飛鳥噴炸。

正當那些惡鬼企圖傷害盜取祕密之人時，著火的頭髮突然化作燒紅的鐵鍊將其束縛，隨後左季開口詠唱：「維蘇威的天是紅色的，龐貝城最後一夜是白色的，深淵則在黑色之中被點燃……」霎那間，一道硫磺之火從天而來，猛地澆灌在惡鬼身上！

公園內頓時響起淒厲非人的叫聲。

光是束縛惡鬼左季還不滿足，彷彿要藉此發洩壓力，他繼續詠唱：「……當非禮之注視焦黑、當惡言口舌乾裂，皮熔為漿，骨枯成炭，血液也為之凍結，進而一世三生邪念受天火淬鍊，欲加害吾之爾等終將灰飛煙滅。」語畢，惡業之火旋即捲起、朝內部壓縮，將淒厲號叫的惡鬼們拖入其中後，術式相互碰撞消散無蹤，徒留一撮焦臭的頭髮落到了地上。

破解了左伯設下的術式後，左季立刻翻開那疊設計圖。

就如同方才期待陳明亮會一語道破左伯失蹤的關鍵，他仔細研讀那疊設計圖稿，想從圖中每條手繪線條的粗細變化、或頁緣上看似無關緊要的隨筆記錄中找到答案，但卻再次失望了。

一切如陳明亮所說，左伯託他設計的，就是一般的魔術道具罷了。

「混蛋！」好你個左伯。

眼看無計可施，左季撐著頭坐在地上。

這時，一個衣著破爛的流浪兒赤著腳從他面前跑了過去，撿拾地上的空瓶和垃圾，在城牆內繞了一圈只撿到兩個寶特瓶，於是跑過來向左季討要零錢，左季揮了揮手打發了他。

見流浪兒嘻嘻笑著跑開，左季又喚他回來，把口袋裡的幾百塊全給了他。

「謝謝哥哥！」

「只准買飯吃啊！別拿去買糖了。」

接著左季起身往街上走去。

冷不防，流浪兒翻出垃圾桶裡一份報紙，在左季身後唸了起來。

「……網友甚至發起了一場名為『那些沒有手法的魔術』徵片活動，以大魔術師左伯顛覆世界巡演的最終場表演『空飄一〇一』為例，向全球網民徵求同樣無法被破解的魔術表演，並替做出這些表演的魔術師冠名為『當代巫師』作為褒揚；然而這種反串言論，卻也引來不少宗教人士認真看待，他們指稱這些所謂的當代巫師，實際上全是魔鬼的代言人，正用邪惡的巫術蠱惑無知的人們，並力勸網友們停止魔鬼崇拜。國內甚至有宗教團體向文化部投書，要求全面停止對魔術表演的補助，揚言發動遊行，逼政府做出『不做魔鬼奴僕』、『拒絕金援魔鬼』的承諾。曾為知名魔術師的文化部長左昡三稍早接受記者採訪時表示，因為魔術手法難以破解而被視為巫術，對魔術師無疑是極高的讚譽，作為左伯的父親他虛心接受，但也表示期待左伯下一次公開演出的粉絲們恐怕要失望了，因為那場名為『顛覆Subversion』的百場世界巡迴，是左伯告別魔術舞台的謝幕秀。有傳聞這是魔術世家左家的傳統，當年左昡三——」

「喂！」左季一個箭步上前搶下了流浪兒手中的報紙。

流浪兒尖叫一聲後在發狂似地大笑聲中朝路口跑去，左季攤開報紙一看，哪裡有什麼報導，那頁滿滿都是房屋廣告。驚覺不對，左季立刻追了上去，只見流浪兒已來到馬路中央，

11

四處不見流浪兒蹤影，左季就近在孔廟前的電話亭裡撥了通電話給紅淵。

「一個孩童隱術士？」

「對，紅淵姊姊知道兄弟會裡頭有這樣一號人物嗎？我覺得他是特意前來給我警告的，但是——我是說……不，算了，那不重要。總之我大哥現在的處境似乎變得更糟了！不知道為什麼，整件事的發展就和黑石預測的一樣，人們突然在網路上討論起魔法和巫術的真實性，還把我大哥稱作當代巫師——現在可是互聯網的二十一世紀耶！我的意思是謠言傳播快速固然是一回事，但大家應該都要學會理性求證，不是嗎？」

「小季，你冷靜一點，守護處已經在處理這件事了。」

「好、好，我沒事。」

「你聽著，現在這個節骨眼上，你千萬別跟兄弟會的隱術士起衝突，好嗎？我怕他們找不到左伯、又對你父親沒輒就轉而傷害你。不知道為什麼，我覺得會內的情況變得有點奇怪，像是我剛剛才得到消息，左伯的裁罰委員會提前在今晚召開了，但卻沒有通知你父親出席。」

「就隨便他們吧。對了，紅淵姊姊知道黑石曾經和一名請神人起衝突嗎？」

「請神人？你說黑石嗎？噢，等等，我好像有印象……」

說是宮廟，實際上也就是一間有門有窗的破舊古厝罷了。

左季照著紅淵從魔術犯罪檔案庫裡查到的地址，來到了曾發生衝突的關帝廟，它藏身於中西區民族路的一條無尾巷內，是融合了日式格局和中式磚瓦建材的老舊平房。由於近年文創概念被帶入觀光業，老屋翻新成餐廳、民宿或酒吧的例子屢見不鮮，這一帶的老房子也不例外。老屋充斥的巷弄內有結合復古油頭設計的理容院、有柴燒紅豆湯的專賣店，還有金工飾品店和結合了穿洞服務的美式刺青店。左季經過刺青店時，看見店內一名男子正因擴環的疼痛而哇哇大叫。再往前走，那間看似經不起地震一搖的破舊古厝便是他要找的宮廟。

屋內的神案、靠牆的長凳以及簡陋的壁上架全都滿滿安放了神像金身，這些神像有的泥塑、有的木雕，也有掉漆斷胳膊的，十坪大的小廟，不知為何大大小小供奉了近百尊的神像。

「這宮廟的名字叫『哀順宮』，取自節哀順變的哀順。」

左季回過頭一看，說話的竟是剛才在刺青店裡擴環的男子。

男子看起來年約三十，或許實際年齡要比外表看來再大一點，穿皮衣皮褲，留著濃濃搖滾風的頹廢長髮，一耳掛了十來個環，另一耳則裝上了耳擴，洞大到連手指都能穿過。除此之外，他鼻上有鼻環、舌上有舌環，進到宮廟裡皮外套一脫，更是露出兩條刺滿刺青的大花臂；然而真正嚇人的是他臉上有一道大疤，從左額向下橫過眼睛、將臉劈成兩半，仔細一看就會發現他的左眼窩裡塞著一顆透明的玻璃義眼。

續完香，男子拉來一張長凳讓左季坐下，他則直接坐在門檻上。

「我叫大風，是哀順宮的廟公兼乩童，今天是來問事的嗎？」

「我是左季。」

兩人一握手，大風隨即噢的一聲點了個頭。

「你是一個魔術師。」他說，並一臉詫異地盯著左季，「而且還是很厲害的那種。」

左季眨了眨眼：「而你顯然是個道行高深的請神人。」

大風拱手回道：「好說好說，咱們哀順宮再次香火鼎盛也是早晚的事。」

「說真的，你怎麼發現的？」

「唔，因為你身上殘留著一股惡意，來自強大又目標明確的惡鬼，但你現在卻毫髮無傷地站在這裡，那就只有一種可能，你把惡鬼給降伏了對吧？」

「不，我把他們給滅了。」

「好凶！」

「畢竟要來宮廟一趟，隨身帶著惡鬼也不太方便。其實我今天來是有一事想冒昧請問。」

「講。」

「是有關一個叫黑石的隱術士的事。」

一聽黑石的名字從左季口中說出，大風咒罵一句，轉身衝到後頭掄來一把大關刀，嚇得左季連連閃避。頓時間秀才遇到兵、有理說不清，兩人就這樣在巷子裡上演全武行，一個劈斬砍剁、一個逃藏走躲，直到左季體力不支了，喘著氣、捱著電線桿把自己來此的目的一一道明，大風停下殺手，將那把開了封的大關刀扛上肩，回了句原來是這麼回事呀，兩人這才一前一後返回哀順宮。

「那是我在這裡成為請神人的頭一年。」

宮廟後頭的防火巷裡，大風點了一支香菸。

左季也跟他借了一支來抽。

「十五歲那年我剛剛接手哀順宮，就聽說先前的請神人是病死的，因為扛不住，也就是人家講的命不夠硬。其實不然。畢竟關帝爺是武神，一把關刀就有二十公斤，光是體力不夠就很容易累出病來。為了做好這份工作，從接下哀順宮後我每天重訓，一餐吃兩個便當，還去刺青、穿環，才勉強撐了下來，一整年下來經得起人家問事，哀順宮的香火才又旺了起來。像是江湖人講究義氣，所以來拜的都是道上兄弟比較多，也比較肯捐獻，其他來問事的主要都是求財、求升官發達，因為關帝爺同時也是武財神。那件事就是這樣發生的。我記得那天傍晚下著雨，一名四十歲左右的男子一臉狂喜來到哀順宮，當時我正準備關上廟門和朋友去夜唱，就這樣被他半途攔下。男子表明來意，說他打聽到這裡有間關帝廟的乩童特別靈驗，所以特地前來問事。我說神明休息了，讓他明天請早，硬是把門上了鎖。誰知道我才走到巷口，忽然頭暈目眩，回過神竟然跌坐在廟裡，接著蠟燭燒起，隨著蠟燭快速燃燒，廟門竟跟著開始融化，接著那人便從融了大半的門上鑽了進來。」

「他是一個魔術師。」左季搗著嘴說道。

大風搖頭：「還是最惡劣的那種。他走到神案前拿起一根蠟燭，威脅我今晚要是不起駕，他就讓這座廟和蠟燭一起融化。沒辦法，如果對魔術師而言，舞台是他們的生命，那請神人的命根子就是宮廟了。我燒了香，向關帝爺秉告，然後閉上眼睛等待著，時間一分一秒過去，我額上的汗水都有彈珠那麼大顆了，卻絲毫感應不到我家關帝爺。然而就在那人大罵我是神棍，準備砸廟時，原先立在架上的關刀忽然倒下，差點將他劈成兩半，還是我搶先一步捉刀才保住他一命，但就在我手一碰到關刀，我便立刻靈魂出竅了。」

「靈魂出竅？」

「對，靈魂出竅，其他請神人成功降靈的情況是怎樣我不知道，但我起乩後就是呈現靈魂出竅的狀態。通常就是我站在旁邊，看我自己摸著下巴幾根稀疏的鬍渣，瞇著眼、坐在椅子上和來問事的人講話。噢，如果來問事的是一般人，坐在那裡的我就會拿一本《左傳》，來的是兄弟，就會撐著關刀。」

「然後呢？」左季追問。

「那天的我拿著關刀，一下一下地杵著地面，霎時大風颼颼刮起、燭火明滅不定，黑壓壓的天空更是傳來陣陣雷鳴，當關刀柄把地都給杵裂了，那人才意識到自己的失態，立刻跪下賠禮，關帝爺這才透過我的嘴開口問他，今日來此所為何事？那人說他求名位，關帝爺回他名位有，不急。那人一聽欣喜若狂。一來一往的問答中，我才知道，他所謂的名位，便是所有魔術師都趨之若鶩的十長老席次。怎麼樣？聽我說到這裡，是不是猜到了什麼？是啊，那人之所以來問事，就是看準了你父親左眩三當年放棄繼任兄弟會的長老會員所釋出的長老席次，天曉得當時有多少家族為了爭奪僅有的那麼一個席次，進行了一場又一場魔術死鬥，又有多少優秀的魔術師在血腥殘酷的鬥爭中倒下死去。」

左季吞了口口水。

他彷彿聽見魔術撞擊的爆裂聲、哭號，以及為了名利發狂的尖銳笑聲。

「關帝爺怎麼說？」他小心翼翼地問。

大風搖頭：「關帝爺說沒有席次。別說是那個男人了，就連我在旁邊聽到都覺得詫異。因為左家釋出席次是已經公開的事，怎麼會沒有席次？但關帝爺就是斬釘截鐵地說，讓他在這件事上放聰明點，該退就退；想當然，男人的硬脾氣自然是聽不進去，他從地上爬起，開始出言不遜，甚至說要拆了這間破廟，於是關帝爺也不跟他較勁了，答應讓他去爭爭看，說只要這次斬露頭角，未來會更有機會得到他想要的，但此舉凶險，有一事必須注意，就是不要與人進行魔術死鬥。言盡至此，關帝爺一聲退令，我便又回到了我自己身上，睜開眼時，男人已在大笑聲中奪門而出。」

「他沒把關帝爺的話聽進去？」

「人們就是這樣，他們求神問卜，不屈不撓想知曉未來，卻又總是只聽他們想聽的。」

「他還是與人進行了魔術死鬥？」

大風露出寓意深遠的笑容：「過了好多年我才想通，我家關帝爺說沒有席次原來是這個意思——從頭到尾，你父親都沒打算讓出席次對吧？他故意讓家族之間鬥爭，等事態嚴重，人們就會意識到不是左家貪圖席次，而是席次不能沒有左家。」

大風說的一點也沒錯。

但左季不明白，這和黑石有何關係？

「我這麼說吧，這個血氣方剛、有著不凡身手，一聽聞左昡三讓出席次便用盡全力打算奮力一搏的無名魔術師名叫黑魁，是現今整肅處領頭的隱術士黑石的親生父親。」

左季愣住了，手裡的菸不自覺掉到了地上。

大風吐了口菸氣，模糊了他臉上凝重的神情：「真的追究起來，害死黑石父親的人，就是現居十長老的左昡三。黑魁是一個流浪魔術師兼單親爸爸，時常帶著兒子黑石在酒吧、婚宴會館或是中小型的魔術賽事裡串場，總而言之就是哪裡有舞台就往哪裡去。沒有表演可接的時候，他就會拿個幾百塊，把黑石丟在附近的遊樂場，然後去打地下拳賽賺點外快。對一個魔術師而言，要讓迎面而來的拳頭在臉上穿過不難，要讓自己的拳頭變得和石頭一樣硬也是小事一樁，但要拿捏得好不被察覺異狀，便又牽扯到表演了。黑魁是個有魔術天賦、又有表演才能的魔術師，但就是沒有機會。天曉得他究竟苦了多久，才會絕望到把成功這條路和兄弟會長老席次劃上等號，只可惜這條路最終通往的不是榮耀，而是死亡。就如同我家關帝爺說的，席次不是席次，死鬥倒真的鬥死了人。那場魔術死鬥太可怕了，不只是立下死約的黑魁，甚至連路過的無辜民眾都無端被捲入，連同黑魁在內，一共死了十四人，守護處動員了上百名隱術士，費了好大一番功夫才掩蓋了真相，將那些人的死歸咎於連環車禍，而整起事件就在你父親謙虛地宣告續任長老會員下結束。黑魁成了社會新聞中罹難者名單中的一人，至於他的兒子究竟去了哪裡，根本無人在意。為了替父親報仇，黑石花了五年時間考取了兄弟會隱術士的資格，他調查他父親的死因，並對那些曾和他父親一同角逐長老席次的魔術師們逐一報復，隨便挑起個事端再以整肅為由暴力相向，對他而言是十分容易的事；然而這樣還不夠，他最終還是找上了我。」說著，啵唧一聲，大風剜出了眼窩裡的玻璃義眼，饒富興味地在手中把玩，「這隻眼睛就是這樣沒了的。」

左季立刻說道：「可是這跟你有什麼關係——」

「傻小子，這就是典型的『信徒』啊。」

左季緩緩閉上了嘴巴。

大風接著說：「信徒和無神論者也不過介於信與不信之間，人與神的關係就是這麼脆弱。你以為這間宮廟為什麼取名叫『哀順』？又為何這些神像不是泡了水就是被砸成兩半或劈去手腳？這些神明大多都是在八〇年代落難的，那年代的台灣有個東西叫愛國獎券，你應該不知道吧？但你一定聽過大家樂。一言蔽之，那就是一個把簽賭當成消遣的富裕年代，多年回首，無疑是台灣人心中的一曲悲歌。恐怕還得問問我家關帝爺才會曉得那段人民大作發財夢的美好時光裡，究竟有多少人在一夕之間家庭破碎，甚至衍生出各種複雜的社會問題。落難神明就是其中一個現象。大家樂這種民間賭局依附著合法發行的愛國獎券，玩法很簡單，就抓獎券的末兩碼數字，像對發票特別號那樣，公信力高，一下子便全台風靡，每逢開獎前夕，民間便會出現用各種方式求來的名牌，最常見、也最多人信的，無非就是神明報牌了。我必須講，那個時期的請神人地位比魔術師高太多了，各大魔術家族巴不得家中小孩各個都能學會降靈術，成為一名優秀的請神人。正常情況下，名牌報得準會香火鼎盛，報不準也就是少幾個信徒，但人們一旦在賭局裡瘋了魔傾家蕩產，那就不是這麼一回事了。」

「他們怪罪神明？」

「怪罪？他們甚至還報復神明！」大風跳了起來，透過磚牆上的窗孔指向屋內的眾神像，「我家關帝爺就是這樣，堂堂武聖被一個賭鬼劈斷了手，就因為關帝爺警告他當月十八號不得喝酒、會出大事，誰料到他喜出望外地把十八這個數字當成名牌拿來簽賭，活該賠了個傾家蕩產，一氣之下他喝了兩大壺酒，拿著柴刀跑到廟裡把神像拽下來就是一陣亂劈，離開後卻自撞連人帶車插進田中央，就這樣死啦！」

「是報應嗎？」

「不，是關帝爺靈驗。那日正好十八。」大風瞇起眼說道：「我家關帝爺不是頭一尊遭逢人禍落難至此的神明，黑石自然也不會是最後一個將自己的不幸全推給神明的人；但只要有我在，就算拚上我這條命，也不容許宮廟裡再有一尊神明受欺負，我凶、我家關帝爺更凶！我的確是一個沒注意被打瞎了眼睛，但沒人知道的是，關帝爺即時降駕，一刀子劈下，那黑石非但少了顆蛋，老二更是直接截去了一半……」

大風繼續說著，但左季卻陷入了沉思。

魔術是沒有因果關係的，但一場優秀的凡人演出有、而且極為重要。

這是左伯在觀摩數百場魔術表演後所得出的心得：所以禪宗才說「凡事皆有因果」。如此一來，黑石對左家的敵意便可以理解了。這全是父親長年的傲慢所致。既然已經知曉原由，左季也不打算多待，正當他起身準備告辭，大風突然一把揪住他的後領，連拖帶拉地將他拖進廟裡，由不得他掙扎便往神案底下扔去，見那力道之大，左季立刻明白發生了什麼事——一眨眼的功夫，大風起乩了。左季一摔進案下立刻爬起，隨即看見大風手持關刀，來到了神案前方，廟門更是咿啞一聲在他身後關上。

大風二郎腿翹起、向後空坐，一手持刀、一手呈捻鬚狀，武聖臨壇。

「關帝爺為何強留我？」左季伏跪在地不解地問。

關帝爺順著鬍子、瞇眼下望：「留你，也留你一命。」那聲音宏亮，有如雷震，震得桌腳咯咯作響。

左季慌了：「關帝爺的意思是……有人想傷害我？」

「豈止？多年仇、今日報，這門外將有腥風血雨。今念在左氏千年根基，且昔日我與左元放雖各侍一主、不相為謀，好歹也被載於同一歷史，今出手替他留一血脈於世，也算賣左元放一份人情。左家小子，稍待片刻，莫急起程！」

當下，左季腦中閃過一個可怕的念頭。

「我父親他怎麼了？」說著他往外鑽去，卻被關帝爺一腳踢回神案底下。

「運可改，命不可違。」

「不可能！黑石那種程度的傢伙，根本傷不了我父親分毫……」

不對。

不對呀！一定有哪裡不對勁。混亂之中，左季試圖理清那種說不出來的怪異感究竟源於何處：黑石一個個找上那些曾經和他父親爭奪席次的魔術師，甚至連哀順宮都不放過，如今更是逮到機會找上了左家，登門報復……但從頭到尾大風都沒有提到黑石的殺父仇人。是那些個魔術師其中一人嗎？不，與大風相比，他們都未曾被傷及性命，只是被教訓而已。如果說黑石因為忌憚父親的身分，隱忍多年才對左家露出爪牙，那那個殺害他父親的仇人呢？他又為何毫無動作，難道說——

左季頓了頓，抬頭望向關帝爺。

「——關帝爺，當年究竟是誰殺害了黑魁？」

霎時關刀翻轉，剎地一擊。

藉大風之口，哀順宮關帝爺向左季道出了真相。

「奪權殺人、背棄天道者，惡徒侯吾也！」

12

稍早之前，左眩三才剛以文化部長的身分出席畫廊開幕茶會、新廟落成的入神科儀，以及小說獎的頒獎典禮，回到台南，又馬不停蹄前往市政府接受記者聯訪，宣布經文化部的積極爭取，一場國際魔術賽事即將在台灣舉辦，屆時主辦單位以及評委將會包機來台，並吸引各國媒體以及選手前來，說是魔術界的奧運賽事也不為過。

結束後左眩三一踏出市府，他便看見一輛加長禮車在路口恭候多時。

車窗搖下時，他看見他的次子左仲神情嚴肅地朝他點了個頭。

「我還有事，其他活動幫我推掉吧。」

左眩三向助理交代幾句後，便單獨朝禮車走去，後座車門一開，除了左仲之外，黑石也坐在裡頭。黑石膝上放著一只扁長的手提箱，他將其打開、轉向了左眩三，展示釘在上頭的「最高令」，以及平躺在箱子底部、代表七位長老會員的信物。顧名思義，最高令是魔術兄弟會發出的最高階指令，一旦十位長老會員中有七人簽署、設下咒術，並交付信物，便達到了動員全球一千零八十名隱術士的門檻，執行任務者甚至能藉其約束、動員長老會員本身，達者會觸發詛咒在數秒內遭咒殺而死，直至指令達成，最高令才會自動焚毀。

左眩三嘆了口氣。

「左大人請。」

「我還有選擇嗎？」

路程中，左仲怒視黑石，左眩三則飲著車內冰箱裡的酒，一派輕鬆。

「想必左大人已經聽說了吧？」

「聽說什麼？」

「怎麼，您真的不知道嗎？因為您長子左伯的魯莽自私，新世紀的獵巫已經開始了啊！」語畢，黑石挑釁地說，左仲想朝黑石揮拳卻被父親攔下，黑石咧嘴一笑又說：「噢，忘了提醒您，左伯的裁罰委員會改期在今晚召開，可惜你我現在有任務在身，恐怕是去不了了。」

車輛行駛於市區，來到一棟四樓高的西洋古宅。

由於這棟大宅座落幽深，大門低調普通且圍牆極高，若不從對街登樓查看，光是從旁走過根本難以注意到這座古老宅邸的存在。車輛在門前停下。當三人先後下車，由黑石領頭來到那扇鏽跡斑斑的鐵門前時，左眩三瞥見木製門牌上用毛筆手寫了一「侯」字，立刻皺眉，並暗地裡掐指一算。

「不錯，這裡就是侯家古宅。」黑石冷笑道，並敲響大門。

左仲望著黑石身後緩緩開啟的大門，忍不住問：「喂！你帶我們來侯家到底要做什麼？」

黑石晃了晃那只裝有最高令的手提箱。

他說：「當然是要驗證你弟弟那天在濟小塘廟前說的話啊！看在左家世世代代為魔術界的付出，為了不冤枉左伯大師，我可是費了一番唇舌才說服了七名長老會員簽下這張最高令，既然你們懷疑先祖侯吾涉及左伯的失蹤案，而整肅處又急需針對左伯於公眾面前濫用魔術一事進行說明，那調查侯家古宅便是當前必要之舉。只不過這先祖侯吾雖然不是長老會員，好壞也是台灣四大家族的一族之長，在魔術界依然占有舉足輕重的地位，套一句左大人小兒子的話——我不過是一個小小整肅處的隱術士，若沒有您這樣的大人物陪同，實在不敢擅闖侯家古宅啊。」

嘴上這樣說，但走在前頭的黑石卻如入無人之境，一路往宅邸深處走去。

左眩三刻意放緩了腳步，等距離一拉開，便讓左仲千萬留意。

「父親？」

「仲兒，還記得你初學魔術，爸便跟你說過，逃不丟臉，能活卻不努力活下去才是真的可恥。爸方才算過了，你本命不該絕，今日雖逢大劫，卻仍有一線生機。」

左仲聽聞大驚。

黑石已踏上主屋玄關，他扭了門把，門便開了。

「唉，沒關。」他歪著頭望向身後兩人，「這侯吾也太不設防，怎麼看也不像是個魔術師的住所，更別說這偌大的屋子裡，竟一點人氣也沒有。可見事有蹊蹺。」

說著，黑石收起了奸邪的笑容，踏入屋內。

氛圍變了。

就連遲鈍的左仲也明顯察覺那屋子不對勁。

進入前，左眩三抓緊時間說道：「待會一進屋，只要見苗頭不對，你就立刻使用『如意行』逃至門邊，若門打不開，就配合『通透無我』穿牆而過。不論如何，逃就對了。記得嗎？以前你和左叔被爸關禁閉時，你總有辦法逃脫，咱們家的結界都困不住你了，更何況這破宅？」

「爸，你到底要我逃什麼啊？」左仲真的慌了，「不是有你在嗎？」

左眩三愣了愣，一臉寬心地笑了。

「傻孩子。四個兄弟，就你一直長不大。」語畢，他走上台階進入屋內。

接下來的事幾乎都是在左仲的回憶中一點一點拼湊完成的。

他記得他跟著黑石和父親在這座石砌的大宅裡進行搜索，他們呼喚著先祖侯吾的名字來到了一座鐵鑄的地窖，裡頭惡臭撲鼻陰冷難耐，離開時才三人才注意到腳下的地磚實際上全是直立式地下棺木拼接而成的，回到一樓後他們開始向上搜索。二樓、三樓，他們打開那些看似曾住過人的房間，走過窗簾緊閉的昏暗長廊，最終來到最上層的尖塔閣樓，並在此處找到了先祖侯吾。侯吾的身形依然像個小孩，就和那天他來左家要人一樣，然而皮膚卻變得更薄、也更為老皺，彷彿披著一張破掉的繭。

當時侯吾背對著門，坐在一扇刻有六道輪迴圖的玻璃圓窗前，手上拿著兩只木偶一動也不動望著窗外，安靜得不像個活人，直到三人進到屋內，才見他側著頭、嗓音沙啞地問道：「誰來？」

黑石上前一步。

「魔術兄弟會整肅處黑石，長老左眩三，以及左家二公子左仲。」

「這樣啊。」

侯吾擺正了頭，頓了兩秒，忽然整個頭猛地向後轉了一百八十度，左仲與之對上眼時，滲人寒意直竄骨髓，隨著侯吾一句：「左眩三，還我孩兒！」剎那一股駭人惡意便像潰堤巨洪衝擊三人！

「惡泥生蓮。」

只見左眩三脫去西裝外套一甩，一支支蓮花便從地裡竄起，以驚人的速度順著那股惡意朝侯吾長去，眨眼屋內化作一片蓮花海，蓮枝交錯，制住了侯吾的行動。

黑石怒斥：「大膽侯吾！外頭人人都指控你抓了左伯藏於宅邸，你反倒跟人要起了孩子？最高令在此，你最好老實交代左伯的失蹤是否與你有關！」面對黑石的指控，侯吾放聲大笑。

「我記得你。」紙糊似的臉皮下，他突然說道，「我殺你父親時，你在旁哭得像個娃娃。」

「閉嘴！」

黑石握住一桿花莖，喃唸咒語，蓮花海頓時幻化成千隻毒蛇！原先將侯吾綑起的蓮葉也變成一條巨蟒，一點一點鎖緊蛇身，要將人勒斃！但左眩三卻說了一句糟了，隨後便應驗他的預感，那巨蟒融化成泥，上千毒蛇更是轉而調頭攻擊黑石，一聲慘叫，黑石便被蛇海吞沒！與此同時，左仲身後的牆上忽然浮出一隻巨大的壁虎，柔軟的皮迸裂開來、竟是黑石從中脫出。他成功用術逃出了蛇陣，蛻去爬蟲的外皮後他跌落在地，身上布滿大大小小的牙孔，毒素造成的劇痛令他難以站立，但卻阻止不了他的復仇之心。

「侯吾！吃我這招！」黑石大吼，一手碰觸最高令，一手指向侯吾打算將其咒殺，卻被左眩三出手攔下。

「侯吾的魔術來自魔鬼，任何帶有惡意的術法對他來說都是無效的！」

說完，左眩三掐住一條蛇凌空一甩，頓時蛇變回蓮，而後那蓮落地叢生，旋開的花瓣如利刃將蛇身削斷；左眩三再出一招「蓮身童子」，使蓮花擬作人形、化蓮為兵，各個手持尖銳的莖桿刺向了侯吾，戰局丕變、稍有不慎便會再次趨於劣勢，左眩三的精力全用來對付侯吾，絲毫沒有察覺屋內已多出一道人影，悄悄從後方逼近。

「父親小心！」

左仲出聲警示。

左眩三眼角瞥見時已來不及，那人皮膚覆著鱗片，前額一角，面孔被黑影籠罩，宛如一頭直立的妖物，左眩三想出手防禦，但那妖物光是一吼，便將他彈飛至牆上、摔落吐血！

霎時，蓮身童子在尖叫聲中一一爆裂。

落地後左眩三迅速爬起，彷彿方才那下並沒有真的傷到他。實則不然。左仲知道他父親的能耐，那是 Invulnerability——傷害無效。左眩三一手指天、一手指地，在那妖物上方的天花板以及腳下分別開出連通天界與地獄的門。

「業火天雷！」

他引天雷召業火，硬是將那妖物困住！

「父親，是侯吾的妖法嗎？」

「不，恐怕那妖物就是侯吾從地獄人體內釋放出來的魔鬼！」

陷入僵局之際，黑石趁隙用走地術遁身來到侯吾後方，一柄塗毒的匕首從袖中彈出，看準便往侯吾腰窩上捅去！毫無預警的，屋內的一切都失重般飄起，左眩三頓時察覺自己大意了，在他朝左仲大喊快逃的當下，一股蠻橫之力已勒住了左眩三的脖頸——

「闇浮眾生。」

——他離地飄起。

半空中，左眩三和黑石二人騰至半空，雙手奮力在脖子上抓扯著看不見的繩索，而那犄角魔鬼朝侯吾走來，兩人合二為一，登時龐大的妖氣如風暴般炸裂，屋內景色看似依舊，實則已惡意滋長、殺念叢生，彷彿每吋角落都已被惡靈猛鬼盤據！左仲凝眼一望，看見父親與黑石分別被焦黑枯裂的三指魔爪掐住頸項，身下更是有無數亡者正吞噬著他們的生命力，進而轉化成怨念之火焚燒著兩人的靈魂！

左仲跌坐在地。

他嚇壞了，但也因為他即時發動了「通透無我」，將自身置於異界才躲過侯吾的闇浮眾生。侯吾朝左眩三走去。後頭的黑石在強烈恨意的支撐下對眼前的殺父仇人揮舞著指爪，卻使不出半點魔術，這一刻他才明白自己的復仇之舉在侯吾眼中就和蟲子繞耳沒啥兩樣。侯吾僅回頭瞥了一眼，掉在地上的毒匕首一陣咯啦震動後，便錚一聲彈起、筆直貫穿了黑石的胸膛。

「唔……」黑石碰一聲摔落地面。

接著侯吾掐住了左眩三的脖子，道了句：「歲歲收割。」詭異的事發生了。只見侯吾的手臂覆上黑色的鱗片，一股黑氣從中逸散而出，左眩三的臉孔也隨之產生了變化——他的皮膚皺起、髮鬢斑白，正以秒為單位迅速老去。

「父親！」

左眩三透過眼角望向蜷縮門邊的左仲，勉強吐出一字：「逃……」諷刺的是侯吾這時才意識到屋內還有一人。

「你為什麼沒有飄起來呢？」侯吾的頭像折頸似地以不可思議的方式轉向了門邊的左仲。

左仲二話不說調頭就逃！

明明離門口僅僅兩步的距離，在他真的邁開步伐開始移動時，卻感覺時間過了兩分鐘之久。空氣變得像沼澤般黏稠，地面則如冰般滑溜。左仲在逃出閣樓之前，一直感覺到侯吾的雙眸在後方注視著自己，他絲毫不敢回頭，深怕只要他一回首，便會被那惡意注視給咒殺！

左仲跨出了那扇門。

與此同時，他聽見他的父親向黑石道歉，以及黑石一邊咳血、一邊帶著笑意詠唱著複雜的咒語。別的他不敢肯定，但為了成為哈利胡迪尼、徐開喜或是白鳥由榮那樣的逃脫大師，那麼熟知結界的種類、物質世界的構成，以及維度理論便成了艱難的必修課題。在基於憧憬而發奮苦學的那段日子裡，他悟出一個道理，不得不說，那是大多數修習逃脫術的魔術師們都少有參透的真理——逃脫是生者的事，逃脫不成就成了死者。

所以他怕死。

這是他無法成為大師的原因，也是他已超越大師的證明。

黑石瀕死也要發動的魔術，叫「生死咒界」。左仲對此術再清楚不過了。此術是透過自己的「將死」強行將地獄帶來人間，再透過「不活」來關閉地獄的高等結界術，但凡施術範圍中的生物，都將在地獄關閉的瞬間被帶離人界、化作死物。簡單講，那是透過自殺來與對手同歸於盡的可怕術法。

「姓侯的雜種，到地獄向我老爸懺悔吧！」

霎時，閣樓被真正的黑暗籠罩。

左仲才剛奪門而出，隨即被眼前的景象震懾住了——無論是走廊、樓梯還是那一個個被開啟的房間，全都被侯吾通過降靈術「返生樂傀」所操控的死僕給占據，數以百計的死屍手持剪刀、鋤頭、刀鋸以及一切唾手可得且能用來傷人的物品，像一輛失控的列車橫衝直撞朝他殺來！

結束了。

前是死者，等在後頭的則是真正的地獄。

左仲眼睛一閉，明白自己就到這裡了，成為一代大師的夢想早在他盜取央行金庫時就已經破滅，那些他崇拜的前輩，父親的讚許，以及不屬於他的掌聲，都在他回到左宅成為家族隱術士的那刻起，成了過於刺眼的光，而他將永遠生活在暗處，在父親與兄長的光環下苟活下來。

既然如此，便姑且一試吧。

「逃脫奧義．不存於世。」

左仲睜開眼，樓屋塌陷，一名死僕躍起、將剪刀刺進了他的眼球裡。

13

左季被困在哀順宮的神案下，直到傍晚關帝爺才突然退駕，大風也因為太過疲勞而倒下。左季確認大風沒有大礙便直奔回家。途中他持續撥打父親和左仲的手機，但兩人的號碼一直不通，更別說家中電話了。返家後，他驚見屋內一片漆黑，此時已過用餐時間，昏暗的廊道上無人點燈，飯廳也尚未備好餐點，左季這才發現原先由父親術法維持、用作僕役的「蓮身童子」已全變回蓮花，四下散落，且枯萎發臭。

到底發生什麼事了？

烏雲密布的天空傳來悶聲雷鳴，不一會傾盆大雨便嘩地一聲落下。

左季在主樓裡漫無目的走著，樓裡迴盪著他踩踏在木地板上的冷硬腳步聲，以及不安的叫喚：「父親？二哥？」走遍樓裡的每個角落，左季仍不見家人的蹤影，此時的他已控制不住漸大的心跳，「父親、二哥，你們在嗎？拜託不要嚇我啊！」

就在他來到樓頂時，忽然瞥見湖畔有一點光亮。

當下，左季哭了。他彷彿看到了希望的火苗。

那是別館的燈火。

這一刻左季已無法再等，翻過樓頂矮牆便從高聳的主樓一躍而下，暴雨之中，狂風攫住了他，他展開雙臂、屈身像一隻看準獵物後落下的鷹，擊碎眼前飄動的雨簾後落在橋上，橋面溼滑，他一度打滑摔倒又趕忙爬起，最終三步併作兩步來到了湖畔別館前。左季抹著眼淚、著急敲著門，腦中更是浮現屋內一片狼藉的可怕畫面，一陣慌亂中他摸到門把，未上鎖的門突然開啟，害得他一個踉蹌跌進屋內，一頭碰碎了擺設用的瓷瓶，眼前一陣殷紅，他額上流血了，嚐在嘴裡有鐵的味道，卻又鹹得像是他不爭氣的眼淚，直到有人將他扶起，把他當成孩子一樣抱著安撫，他才終於嚎啕大哭了起來。

「沒事了，左季。我在這裡。」是侯之末。

左季哭著點頭。

「沒事了。」她擦去他額上的血，又說了一次。

接著兩人都看見了，從別館的一方窗景裡，一道天雷落下，將主樓劈成了兩半，燃起熊熊大火，映照夜色的湖面登時亮如明鏡。見此凶兆，左季頓時心亂如麻。等情緒較為穩定後，他一臉羞赧地從侯之末懷裡退了開來，並問她知不知道父親和左仲去了哪？侯之末只說下午有魔術兄弟會的人來訪，之後的事她就不清楚了。

「糟了。」

「怎麼了？和左伯有關嗎？」

左季搗著嘴，一五一十地將哀順宮發生的事全都告訴侯之末，他從父親左昡三曾假意退位、引發長老席次爭奪事件，接到黑石的父親當年是如何慘死於侯吾手中，進而導致黑石利用這次左伯的失蹤、計劃性報復左家，以及當他打算返家將這些發現告知父親時，關帝爺忽然降駕，不但強行將他軟禁在廟裡，還對左家的嚴酷處境做出了明確的警告。

——今出手留左家一血脈於世，也算賣左元放一人情——

一細思此話意涵，左季突然感到不適。

就在他衝到屋外倚著門、止不住的乾嘔時，他看見二哥左仲在空無一人的橋上現身。令人詫異的是，左仲渾身溼透的樣子不像憑空出現，更準確的說，那畫面給左季的感覺，就像左仲一直都站在雨中，只不過在進入他的視野之前，他完全無法察覺左仲的存在罷了。

對，就是這麼簡單。

而當那種簡單之於魔術，則叫人毛骨悚然。

「哥！」

左季上橋隨即發現左仲臉色慘白宛如死屍，且面無表情像失了魂魄，當左季伸手扶他時，左仲更是虛弱得一碰就倒。他猜到左仲肯定是用了那個魔術，連他和左伯都打從心底佩服的偉大魔術。為了證明自己是當代最了不起的逃脫大師，當年左仲甚至用此術搶了中央銀行，想藉此聲名大噪，結果驚動了兄弟會，父親不得不動用各界的關係、費了好大一番功夫才將此事壓下，而左仲更是耗盡體力生了場大病，休養數個月才痊癒，也因此失去了許多表演的機會，最終與舞台無緣。

魔術的名字叫「不存於世」。

那是凌駕於各種逃脫遁術、反結界術以及位移魔術的上乘魔術。如果說當年左慈被曹操追殺時遁牆而逃，是透過改變牆的性質、致使自己從中遁逃，或是將自身的物質狀態解除，從而穿牆而過，那麼左仲的「不存於世」便是直接否定了自己的存在，達到所有客觀事物皆無法與自身抵觸的極致狀態。此術一旦發動，就算置身千軍萬馬之中也能全身而退，別說是看不到摸不到了，連感知察覺都是不可能的；但左仲曾經說過，在那個狀態下，一不小心人的精神就會崩解，因為這個世界的構成極其複雜，維度層層交疊，從中脫離也就意味著無法固著在任何一個當下，眼中所見是歷史未來，時間空間也成了流動的水，而存在於其他次元的生物、甚至神佛鬼怪都可能從旁而過，霎時，事物沒有了前因後果，更無是非對錯，認知一旦瓦解，精神也將不復存在。

搶央行的時候，左仲只在這個狀態中維持了關鍵的一分鐘。

一分鐘就讓他臥病在床將近半年。

左季看見左仲那駭人的虛弱模樣，難掩恐懼地問：「到底發生什麼事了？父親呢？」左仲這才抬起頭，忿恨地吐出一句：「去他媽的侯吾！」語畢，他旋即昏了過去，而這一幕恰巧被外出查看的侯之末撞見。左季與她四目相接後，怯懦地別開了臉。

「對不起。」

在侯之末來到身邊時，左季輕聲說。

侯之末自嘲般地冷冷回道：「該道歉的是我吧。因為我自始至終都是侯家的人，不是嗎？」

雨勢漸大，左季藉著嘈雜雨聲結束了對話。

兩人合力撐起左仲，費了九牛二虎之力才將人抬進屋內。左季替二哥換上乾淨的衣物，並用熱毛巾一遍遍擦拭他的手腳，直到他身子回暖不再顫抖為止。這段時間，侯之末利用別館附設的小廚房熬了一些青菜粥，淋了一些肉汁，等左仲一醒來，便讓左季一匙一匙餵著他吃。

細心照料了一晚，黎明之際，左仲的狀況終於穩定了下來。

臥埸上，左仲喝著粥，試著將事情經過娓娓道來，但事件的全貌，還是透過左季說出黑魁被殺這一往日仇恨，才使得整個事件趨於明朗。除了黑石以近乎自殺的方式設局、將兩位仇人湊在一塊，左仲還描述了魔鬼皮膚帶鱗、額上一犄角的形象，並說出侯吾不但使用了他擅長的「返身樂傀」和「闔浮眾生」，更在與魔鬼合二為一時，使出了一招名為「歲歲收割」的可怕魔術。

「父親最後就是敗在這招之下的。」

回憶父親最後那聲「逃」，左仲不禁潸然淚下，在說到黑石瀕死之際用「生死咒界」召來地獄、結束這場魔術大戰時，他腦中甚至浮現滿坑滿谷的死屍，如同揮之不去的惡夢，那些死僕們用手中的利刃，一下一下扎破他的身子，而他憑藉著強大且凌駕於恐懼之上的精神維持住「不存於世」的效果，才得以避開那些傷害，並在極高的精神壓力下徒步回家，直至見到別館門前的左季，他腦中緊繃的那根弦才終於斷開。

是他害的。

這些年要是他勤加練習，或許能將這招「不存於世」加諸他人身上，如此一來，他便不至於被迫拋下父親、苟活逃生。

都是他害的。

左仲望著天花板，輕聲問：「你覺得父親死了嗎？」

左季咬著牙，別開了臉。

「我不知道。」

「不，你一定知道。」左仲露出疲倦的微笑說道，「你比我聰明多了。」

這倒是。

左季想像往常一樣開他二哥玩笑，但話到嘴邊還是吞了回去。最後實在待不下去了，他難受地起身往屋外跑去。望著弟弟奪門而出的背影，左仲虛弱咳著嗽，如是說道：

「季，去湖下宗廟一趟吧！父親死了，至少讓祖宗們知道現在當家的是誰。」

說完左仲便閉上了眼。

14

左仲死了。

這是多年之後，仍會使左季在夜裡驚醒的惡夢。在那個夢裡，左仲懷裡抱著父親的頭顱、渾身是血地站在橋上，他想開口說話，但頸項被繩索套住後憑空吊起，而湖中有萬具死屍從橋的兩側竄起，層層疊起宛如兩道屍浪，高過橋上的左仲後便張牙舞爪地撲蓋而下。

夢總是在這一刻驚醒。

比起眼下現實，那些會醒來的夢也許還讓人好過一點。

聽從左仲的指示，左季來到位於主樓下方湖下宗廟，那裡擺放了歷任繼承人的牌位，原先屬於父親的那塊空白牌位，此時上頭已浮現左眩三的名字；當初也是父親告訴他們左家宗廟在宣告死亡這點，比動手術的醫生還來得準確。得到確認後，情緒終於潰堤。左季雙膝跪地抱頭痛哭，他怪自己為何選在那天外出，他痛恨自己在父親臨危受難之際，卻被關在那間破廟的神案底下，一點忙都幫不上。

「這樣的我怎麼當得了繼承人？」

「那就不當了吧。」

蜷縮在地的左季透過臂彎縫隙朝入口望去，看見侯之末一臉嚴肅地走來，並不由分說地將他從地上拉起，就這樣牽著他的手、一路將他帶出湖下宗廟，返回遭受祝融之災而化作廢墟的主樓廳堂。

「妳要帶我去哪裡？」

「去找你三哥左叔。」

「我不去！」左季吃驚地甩開了她的手，「這些年三哥他對家裡的事不聞不問，就連這次大哥的事鬧這麼大，他連個人影都沒看見！家族裡早就沒有這個人了！」

侯之末背對著左季，好一會才轉過身來。

左季這才發現她安靜流著淚，神情裡卻透出一股堅毅。

她告訴左季，藥王廟剛才來了四名乩童，說是哀順宮的人拜託他們前來看看。其中一人一接近左仲便立刻起乩，來的是藥王扁鵲，藥王捉腕把脈後說左仲犯了禁忌，導致魂魄游離、難以凝聚，隨後另一人也起了乩，這回降駕的是煉丹童子，憑空摸出一粒丹藥讓左仲服下，接著便以救人為由將人帶走了。

左季一聽大怒：「怎麼可以讓他們把人帶走？」

說完他起身就要去追，但才走沒兩步，便又停了下來。

「去啊。怎麼不去了？」侯之末激道。

左季羞惱地搖了搖頭。

侯之末輕蔑哼了一聲：「藥王大帝親自來救，你信不過的話就去把人帶回來啊！怎樣都好過你現在這樣像個小鬼一樣吵吵鬧鬧。」見左季一動也不動，侯之末接著說道：「你父親死了、大哥失蹤，二哥現在又被帶去藥王廟生死未卜，也許大家一開始會同情你，會為左大人的死感到惋惜；但很快的大家就會開始檢視你，開始評估左家是否還值得他們尊重。當他們發現你勢單力薄的時候，難保不會有第二個黑石出現。眼前最重要的就是振興家族，任何能拉攏的、能幫得上忙的，你都應該前去拜訪，更不用說那個人還是和你有著血緣關係的親哥哥！但你了不起，你左季少爺好了不起，不敢繼承家族也就算了，卻先對我發起脾氣來了。」

左季慚愧地低下頭。

「對不起，侯之末，我不是故意的……」

「左季，我就快滿十八了。」她說，「你知道那是什麼意思，先祖早晚會來的。如今和我立下婚約的左伯失蹤，而你父親也已經不在了，此時此刻，這個屋子是沒有主人的，在你正式被這棟宅子、被列祖列宗承認之前，我甚至稱不上是左家的一分子。這意味著，先祖隨時都能從你面前將我帶走。」

「我不會——」

「那就做給我看。」她說，「你說過不會讓任何人把我趕出這座宅子，那就成為這天下第一霸道居所的主人，讓我名正言順留在這個家裡。」說完，侯之末便當著左季的面脫去了衣服。

那是左季頭一次見到女人的胴體。

他傻住了。

左叔還在的時候，時常吹噓他和每任女友的床笫之事，更是毫不匱乏地用上各種形容詞來描述女人的身子，左季總是聽得渾身燥熱，似懂非懂地將那些過於誇飾的情節記在心底，甚至假想出有關於女人的一切、以及和她們閉門獨處時該有的樣子。

但假的畢竟是假的。

當左季頭一次碰觸女人的身子時，他那能弄懂現今所有魔術的天才腦袋竟無法理解為何她的肌膚如同羊脂般滑溜、卻能同時保有彈性，而那冰涼得令人發顫的身軀又如何能蘊藏著在他進入時足以將他融化的熾熱。

「季，看著我。」

「侯之末，打從第一眼見到妳，我就沒將視線移開過。」

日出，一束金黃色的暖陽從殘破的樓面直穿而入，在一夜混亂失序後殘留的廢墟裡，左季親吻了侯之末的臉頰，雙手憐憫地在她初熟的胴體上游移，最終不敵疲憊，兩人纏頸交疊沉沉睡去。

第三部

最後的鍊金術士夫卡納

15

宛如哀悼一般，入夏前的溫熱雷雨持續了整整一週。

巷口一盞昏黃路燈下，成群聚集的蚊蚋無畏暴雨、乘著氣流盤旋上升，如同一場小型風暴，直到那人倉皇竄出，蚊蚋才在他帶來的衝擊下炸裂開來。那人叫銅仔，是某座宮廟的官將首，廟裡沒活動的時候，他便在總幹事的指示下聚眾圍事，大多是替財團出面協調土地買賣的糾紛，一到選舉，他們則成為某些政黨打擊對手形象的最佳利器——恐嚇施壓不在話下，當街攔車傷人、擾亂造勢活動才是銅仔的拿手絕活。這類變調的宮廟文化肇因於台南廟宇眾多，一旦神明不靈、香火不旺，廟方就招不到有能力的請神人，沒有人可以問事，信仰便難以聚集，惡性循環之下，為了生計，這些人總得另尋出路，時間一久，儼然有了一廟一幫派的趨勢。

既然沒有請神人參與其中，便不歸魔術兄弟會管。

這是道上的事，自有道上的人來解決。

銅仔衝進金華路上一棟廢棄大樓裡，當那人一跟進，藏身暗處的銅仔立刻大吼：「開火！」霎時，事先安排在此的槍手們立刻操起新購入的槍枝朝入口處的人影開槍，眨眼間火光四起、煙硝彌漫！此等火力持續了一分鐘之久，足以將人轟得連頭髮也不剩，陣仗之大，就連槍手們都不禁質疑，不過對付一個敵方黑幫派來的刺客，銅仔先是把販毒的貨款全部用來買槍，還放話只要遇上了一定要確保對方死透，大家私下都笑他嚇得不輕，但也覺得有必要殺雞儆猴給那些想搶地盤的傢伙看，於是才在今日設下埋伏。

彈雨停歇。

其中一人踏過滿地的彈殼走近查看，他遮著眼，怕看到血肉模糊的屍體，但煙塵才剛散去，身後卻傳來銅仔氣急敗壞的吼叫。

「快回來！」

他拿開遮住眼睛的手，發現哪來屍體，眼前僅有一塊堅硬如鐵的磐石。就在他不自覺伸手去碰時，那光滑石面忽然變得像布質般皺縮垂下，一名蒙面、身穿夜行衣，裝扮宛如刺客的男子現身其中，眾人見他抽手正反甩動那塊黑布，說了聲請看，彷彿在展示手中的布並無藏匿機關，隨後向上一抖，那布立起後迅速收回，頓時間一把長劍乍現，那人還沒反應過來便已身首異處。

銅仔嚇傻了。

他大吼著：「開槍！快開槍啊！」

槍聲再度響起，但刺客男在建築裡移動的速度異常之快，只見他將長劍吞入喉中，作為交換似的，一柄又一柄的飛刀從他指間冒出，緊接著那些飛刀在沒有投擲或鬆手的情況下從他手中一一消失，而後慘叫聲起！那些飛刀竟以幾吋之距出現在槍手們眼前，一現蹤便深深扎進了他們的眼窩、咽喉或是眉間，頓時間射擊軌跡產生了偏移，屋內流彈飛竄，一名槍手見大勢已去，立刻停火打算調頭就逃，但刺客男卻逮到間隙、順著他空出的彈道直奔而來！槍手驚恐之餘轉身抽出腰間的短刀胡亂砍去，隨著刀刃末端傳來削破皮肉的觸感，他內心大喜，眼角卻瞥見左右兩側各有一個一模一樣的刺客男迅速逼近，而眼前腹部中刀、本該肚破腸流的傢伙卻消失了，錯愕之餘，長劍已從兩側貫入他的下顎、分別從腦後穿出！又有一槍手逮到機會從後方朝兩名刺客男射擊，卻突然被一張黑布隔擋，扣除一人已經中刀消失、兩人夾殺同伴，他這才意識到屋內一模一樣的傢伙竟然有四人！當下鏗鏘聲響，子彈像射中鐵壁似地胡亂彈開，當那鐵壁再次變回黑布，刺客男已不在後頭，連帶持長劍的兩人也失去蹤影，察覺有人從左後方逼近時，槍手的膝蓋已被人從旁踹斷，緊接著下巴也被一擊打歪，臨死之前他都還以為攻擊他的人使用了類似榔頭的鈍器，但就在他的腦門被應聲砸破前，他清楚看見刺客男一直都是赤手攻擊的，只不過這人能變成鐵的不只是那塊黑布而已，就連那雙半空中，銅仔望向那射偏的刀，惡劣地笑了。

銅仔發誓他會再回來的。他親眼看見刺客男的肩膀滲血是受流彈所致，這就表示他要對付的不是什麼怪物，而是活生生的、會流血死去的人類。所以他一定會再回來報仇，只要成功逃脫，他定會帶來比今日多出十倍、甚至百倍的人，屆時就算神仙來救此人也非死不可。

「二乘二方陣。」刺客男彈指。

——飛刀滯空一化為四，下一秒銅仔一聲慘叫撞上窗框、失足摔落。

他的大腿中了兩刀，手臂一刀。

剛才打鬥過程中，刺客男也是這樣將自己一分為四的。

「怪物！」

銅仔拖著受傷的腳，死命向後退去。

而刺客男步步進逼，就連他那雙軍靴踩踏在走廊上發出沉悶的聲響都像是種威嚇。

銅仔寫滿驚懼的臉上擠出一絲苦笑。

正如傳聞，黑幫集團「雲機社」的成員全是一些會妖法的傢伙。

「媽的！你到底想怎樣啊？」爬行的過程，他連哭帶笑地痛苦叫喊，「你們不就是想要地盤嗎？哈哈哈，你要就拿去啊！別殺我啊，拜託、拜託你……不然這樣吧！主委和總幹事那邊我出面幫你喬……對，都是那兩個臭老頭，該死——那些事都是他們指示的啊！」

「我知道，所以我已經先找過他們了。」

語畢，刺客男在銅仔面前蹲了下來，並指了指他腿上其中一把飛刀，剎那間另外兩把刀消失了，連傷口都沒留下。銅仔見狀，嗚咽一聲哭了。

「你到底是什麼鬼啊……」

「魔術師。」刺客男說，「能將東西一分為四，這不是顯而易見的事嗎？我是一個魔術師。」

銅仔聽一聽又笑了。

他笑的原因是覺得自己可悲，將死之際了還被人戲弄，笑著笑著他又再次哭了起來：「混蛋！他們一定會殺了你的！你他媽以為他們會放過你嗎？你和你們整個幫派都會死！我他媽是說真的！」

「他們是誰？」

銅仔猛然捱近，咧嘴說道：「人們！」

刺客男冷不防握住了銅仔腿上的刀，銅仔立刻痛得冷汗直流。

「勸你別動。」他拍拍銅仔的臉說道，「我的『方陣』能以平方數的方式將物體複製，雖然只能維持幾秒，但我可以選擇讓其中一個留下；就像剛才這樣，我從射中你的三把飛刀中挑選了最有利的一把，現在這把刀就插在你的股動脈上，只要我一拔，用不著三十秒，你就會因為失血過多死去。我這裡有三個問題，問完我就走，明白的話就點個頭。」

銅仔臉色慘白地點了個頭。

刺客男接著說：「第一個問題：廟宇的持有人是誰？」

「持有人？你是說……你是說登記在誰名下嗎？」

「不是！」

一聲駁斥，刺客男打了銅仔一響亮的巴掌。

他說：「聽好了！我指的不是那些世俗的財產，我指的是得到神明同意、能服侍那座廟的人。打個比方好了，上一次替神明清洗金身的人是誰？又是誰負責供果、擦佛桌的？」

「打掃？主委嗎？還是總幹事……不對、不對，是一個老頭。」

「叫什麼名字？」

「我不知道啊！」銅仔哭喪著臉說道，「我只知道他駝背跛腳，四十年來每天都來，就一個信徒，幫忙擦擦桌子掃掃地什麼的，根本沒人理他啊……」

刺客男點了個頭。

「第二個問題，廟裡上次出現神蹟是什麼時候的事？」

「神蹟？哪有那種東啊啊啊啊啊啊——」

刺客男將刀尖往內推進了一吋後，同時警告道：「我這人沒有什麼耐心，你只要再扯不相干的事，我就用這把刀幫你把腿給截了。我真好奇，你覺得我在開玩笑嗎？你真的覺得我會在意像你這樣的人一次來個十倍、百倍嗎？對我來說你們就像煩人的害蟲一樣，成群結隊地飛來飛去，不礙事時我懶得理你，在這種情況下放你一馬都行，但只要擋到我的路，我也不介意花點時間為民除害……我再問你一次，廟裡上次出現神蹟……不，上次你們覺得有怪事發生，是什麼時候的事？」

「怪事？有……有有有！上個禮拜有個小鬼跟著他老媽來拜拜，突然就哭了起來。」

「哭了？」

「對，因為他的糖掉到了地上……不是，我是說——我他媽到底在說什麼啊？」

銅仔滿頭大汗地閃避著刺客男的視線，怕在這節骨眼說錯話而萬劫不復。

刺客男追問：「後來呢？」

「後來？後來他就發現口袋裡竟然還有一塊糖，就又不哭了……」

描述事件始末時，銅仔的語氣近乎絕望，不料刺客男竟露出滿意的笑容。

「有意思。」他說，「是神蹟沒錯呢。」

人就是這樣，一覺得自己對外界有貢獻、被他人需要，就打從心底放下了重擔。銅仔也是如此。正當他以為自己在刺客男眼中有了價值，大腿的疼痛便超越了恐懼，他甚至打算要求在回答第三個問題前先得到妥善救護，心底正打著如意算盤時，刺客男卻忽然收起了笑容，並起身將自己的臉孔藏於窗框陰影之中。

「大哥，放過我吧……我都回答你了不是嗎？」察覺不對，銅仔哀嚎。

刺客男比了個三，屋內再度安靜了下來。

外頭炮聲靜歇，鼓與嗩吶也隨之遠去。

「第三，」刺客男突然退開，「你見過她嗎？」銅仔這才發現，刺客男身後站著一名女國中生。

那個女孩子長得清純可愛，一頭長髮順在耳後，身上還穿著校服。

銅仔一頭霧水。

第一時間他只注意到女孩的皮膚有些蒼白，緊接著他認出了女孩身上的制服，那間國中就在宮廟附近，每次廟裡有活動就會引來放學的學生圍觀……

「廟裡吸收不少愛玩的學生對吧？」刺客男出聲打斷了銅仔的思考。

他背著手、腳步沉重地在銅仔面前來回走動，但銅仔的雙眼卻一直無法從女孩身上移開。

「一開始只是請他們幫忙出陣……」銅仔喃喃說道。

刺客男搖頭：「然後幫著幫著，這些孩子在你們眼裡就成了幫派勢力進入校園的管道。」

銅仔開始喘氣。

和先前對死的恐懼不同，此刻他之所以止不住的發抖，是源於愧疚和懊悔，以及從中衍生的負罪感。他認出女孩了，她脖子到鎖骨的地方有個紅色的胎記。但不可能啊！那件制服怎麼會完好如初？當時他強行扯開女孩的制服時，力道之大連扣子都扯掉了。

「接著呢？你們開始利用這些孩子販毒。」

「不是的……」

「你鼓勵他們翹家、偷竊、和朋友疏離，不聽話的你們就拖到廟裡，用那些法器狠狠修理一頓，再把他們軟禁起來，等他們徹底害怕了，就讓他們假藉善捐的名義去跟父母拿錢，甚至不惜用偷的，房契地契，家破人亡。」

「那些全都是主委的主意啊！」

刺客男在女孩身後停下了腳步，說：「那她呢？」當女孩的髮絲開始滲血，銅仔摀著臉精神崩潰了。

他放聲哭喊：「那是一場意外！」

「說謊！」

是總幹事說的，販毒的生意好做、人肉利潤更高，銅仔才讓那些小鬼去物色合適的對象，哪知才找到這麼一個，人就被他意外弄死了！都是她不對，都是她硬要逃跑的，才會在逃跑的過程中因為毒癮發作，一個失足從樓梯上摔了下去，那滑稽的模樣，讓當時提著褲子追來的他一看見便忍不住笑出聲來。

啊，對。

樓梯間，女學生的百褶裙倒披開來，看上去像一顆散了葉的大白菜。

然後她便不再動了。

身上殘留著被侵犯的痕跡，死得屈辱，同時也成了銅仔的燙手山芋，於是他連夜開車到附近的山上，把她給埋了，但人現在卻出現在這裡，雙腳離地三吋。驚覺不妙，銅仔拖著腿朝刺客男爬去。

「大哥、大哥——你答應要放過我的！」

「嗯，我說過。所以我才把你留給她。」

語畢，刺客男把一具掛在欄杆上的屍體拖了下來，只見他一手觸碰女學生的鬼魂，另一手則按在屍體身上，低吟一句：「雞鳴、墳土、死者不腐；鐵鏟、惡鬼、返生樂傀。」霎時，屍體忽然抖動了起來。

銅仔嚇得發出狗吠似的怪叫。

人就這樣復活、從地上站起，隨後女孩的聲音從死去槍手的口中傳出：「大哥哥，你叫什麼名字？我又該怎麼報答你？」

刺客男揮了揮手，步下階梯。

「我叫侯之初，下去後幫我跟閻王說一聲，讓他見到我時放我一馬吧。」

出了廢棄大樓，侯之初走在鋪滿紅色鞭炮碎屑的街道上，一陣風刮起，浸了雨水的溼黏炮屑像一陣浪潮捲起、從後方朝他沾黏而上，一輛車迴避不及、在喇叭聲中急駛而過，炮屑噴散，他人已消失不見，只留下驚慌失措的酒醉駕駛、和隨後而至的大批警力。

16

「季，你有想過長生不死嗎？我的意思是，這真的是一件好事嗎？從以前我就在想，對一個長年待在閣樓裡、足不出戶的人來說，這似乎沒有意義不是嗎？大家都說先祖做這些事是為了獲得權力，說他曾為了爭奪長老席次而與其他魔術師進行魔鬥，但在那之後呢？先祖又做了些什麼來表現他對權力的渴望嗎？沒有。近年來，他的另一次外出，就是侯之初帶我逃離那個家的時候，他帶著死僕大軍來左家找我。我在想，如果說這兩件事對他而言其實是同一件事呢？如果說我是先祖永生的關鍵，那成為兄弟會長老對他而言，又代表什麼？我這樣說好了：侯吾想要我，也曾覬覦你父親的長老席次，如今我沒了左伯的保護，你父親也死了，眼下這情況無疑是先祖朝思暮想的，要我相信有本事長活至今的人偏偏在這個時間點死去，實在讓人無法接受。季，兄弟會那邊，我們需要一個可以信任的人，你有辦法聯絡到紅淵姊姊嗎？」

這兩天別說是紅淵了，左季連魔術兄弟會的專線都打不通。

魔術兄弟會的總部是一座深達百米的地堡，相傳是中世紀魔女們為了躲避魔女獵人所挖出來的礦坑；另有一說法，這個深坑即是神話故事裡大魔術師阿茲凱恩用來封住地獄所建造的六日塔遺址，只不過塔身塌陷埋入地裡，才會被誤認為是一座深坑，進而被魔術兄弟會的創辦人改建為地堡使用。這座地堡位在德國北境、長年受雲霧環繞的布羅肯峰，為了方便與外界聯繫，這座地堡還設有次元連通橋，與各國的臨時辦公室相連接，台灣的臨時辦公室就設立在台南一家證券行二樓，但當左季登門拜訪時，卻發現畫在門把上用來連通兄弟會總部的符文已遭人抹去，屋內被人翻箱倒櫃，彷彿有人為了逃難、倉促拿走了某些東西，連帶破壞了空間連通的樞紐。

不只如此，新聞報導著文化部長左眩三於今早閃辭內閣，守候在辦公室外的媒體遲遲等不到部長現身，最後是他的助理出面代為發表了新聞稿，說明部長罹患骨癌，確定時日無多，已於昨日取得總統同意，將一次放完剩下的假，出國靜養；至於文化部承諾的國際魔術賽事，將由副部長接手處理主辦單位包機來台的相關事宜，比賽照原定排程進行。不免俗的，網路新聞一度將左眩三罹癌一事與左伯失蹤多做聯想，懷疑家中長子近期的爭議演出，正是壓垮父親健康的最後一根稻草，甚至有名嘴在節目上表示，左眩三是保守派的魔術師，表演一向遵循傳統，像是電視魔術或串通觀眾這類譁眾取寵的表演方式在他眼中都是不入流的低劣戲法，更不用說左伯那場被觀眾稱為「空飄一〇一」的飄浮魔術，極有可能是透過後製與安排暗樁的方式完成的，而這事顯然只有在關上門後左家人才知道真相。

「全是放屁！」

咒罵一聲後，左季摔爛了正在播放政論節目的手機。

這不是頭一次了，連日下來，左季已多次因為那些充滿臆測的輿論失去理智，然而每當他快被這些狗屁倒灶的情緒淹沒而瀕臨崩潰時，他總會想起侯之末對他說的話──「就今天，你愛怎樣頹廢就怎樣頹廢，我什麼都不會說；但也就只有今天，今天過後，你就是左家的當家，是我的未婚夫，不管是要替父親報仇還是找到你大哥左伯，你都必須先打起精神才行。」冷靜下來後，左季撿起地上的手機，按住碎裂的螢幕一撫而過，手機頓時完好如初。

此刻他人在一〇一水舞廣場前，一整個下午，他都撐著頭坐在台階上盡可能去理解這座曾是世界第一高樓的建築有多高，如果他站在塔頂放開雙手會被風吹倒嗎？如果他縱身一躍的話，要等多久才會摔成一團爛泥？不行，他無法理解。因為作為一個魔術師，就算不擅長飄浮魔術，也多的是辦法讓自己平安落地。

這就是他想不通的地方。

當年侯吾以精神體的方式闖入左宅時，曾對左仲、左叔二人使用了「閻浮眾生」，當時離侯吾較近的人是左叔，雖然兩人都離地飄浮，但左叔確實飄浮得較高，且事後左叔表示，他的脖子差點就被勒斷了，左仲卻只感覺到呼吸困難，這表示「闔浮眾生」的效果與距離成反比；為此，左季仔細看了網路上所有和「空飄一〇一」有關的影片，不論那些影片是從哪個角度拍攝的，左伯都沒有呈現出遭到勒頸、痛苦掙扎的樣子，這表示侯吾很可能是在這個廣場上、或更遠的地方發動魔術的。

如果真的礙於距離，侯吾無法致左伯於死地，那左伯只要等他耗盡體力，再設法逃脫不就行了嗎？還是說，闔浮眾生只對生人有效果，將左伯浮起的只是一般的飄浮魔術，而左伯在那個時候根本就已經死了呢？

「好煩啊！」

他揉亂頭髮，平躺在地。

水舞廣場上孩童踩著水嬉戲玩耍，一名街頭藝人穿著破舊的西裝、頭上戴著一個透明魚缸，藉由光學折射，玻璃底下就像沒有頭一樣。只見他用一些簡易的道具表演著人間戲法，過程十分平淡、幾乎無人駐足，一套戲法結束，無頭魔術師見成效不佳，便從道具箱裡拿出一台收音機，放起自己剪輯的音樂，搭配同樣的表演，竟開始有人停留，並朝地上的帽子裡扔銅板。

這讓左季想起了左伯曾經說過的話：

「季，你知道嗎？所謂的魔術表演，重要的是表演，不是魔術。」

只有在這個時候，總是成熟穩重的大哥會變得像個孩子，因為對魔術表演有了新的見解而興奮得滿面通紅，並抓著三個弟弟分享他的發現：像是節奏明快的音樂能讓台上的每個動作變得有意義，或是魔術師的目光也是表演的一環，只要應用得當，光是看向某個地方，就能製造一定程度的障眼法，這時候再利用靈敏手法把甲收起、拿出乙，效果就和同時使用了Vanish（消失）和Production（出現）這兩種系統的魔術一樣；再來，最厲害的是Invulnerability——也就是所謂的「傷害無效」這種高風險的魔術，雖然自古以來魔術師在表演時都不敢輕忽大意，但其實這在凡人演出中是十分常見、且成功率很高的一種戲法，像是接子彈、吞劍或是自焚無傷，只要靠道具或演出時的橋段安排，就能做到和傷害無效同樣的效果。每當有人質疑他身為一個魔術師，卻對人間戲法過於著迷時，左伯便會這樣說道：

「明明不會魔術，卻能做到同樣的事，這不是很厲害嗎？」

回憶在眾人的掌聲下中斷了。

左季回過神時表演已經結束，無頭魔術師張開雙手，一邊鞠躬、一邊接受觀眾的掌聲，他這才發覺廣場上已聚集了二、三十人，並在離去前紛紛上前打賞。

左季眼框紅了。

大哥左伯在出發巡迴的前一夜來到他的房間，向正在打包行李準備上山訓乩的左季分享自己第一站在衛武營表演時體悟到的表演訣竅：「當魔術師雙手大開，低頭鞠躬，就是在告訴觀眾表演結束了，可以拍手了！」如今看來，這件看似再簡單不過的事，卻點出了一個重要的祕密——即是從偷天換日的障眼法、到謝幕的一舉一動，舞台上的一切都是魔術師想讓人看到的。

意識到自己當時的天真，左季立刻從地上彈起。

「除非他吃了他。」

冷謙證實了左季的猜測。

在那座由老舊監獄改裝而成的實驗室裡，冷謙穿著西方華服，在鍋爐和藥劑之間進行著鍊金術實驗，桌上各種符文書本記載著不死藥方以及人造生命的奧祕，冷謙忙碌地穿梭其中，觀察實驗的進度，一轉身他又換上紫藍色綢緞的古代衣裳，在中式宮庭花園一角欣賞著古玩字畫，多方時空扭曲並存，似乎也說明了冷謙存在數百年的祕密。

「我比較訝異你竟然能透過精神體找到我。」

「這是我第一次嘗試。」左季試著解釋：「我最近見過一個請神人起乩，於是就在想，如果降靈是以自身身軀為媒介來召喚靈體，那想成為精神體跳脫物質界就是反過來、像靈魂出竅一樣，這步驟實際做來不難，要找你才真的花了我不少時間，其他人都會發出特定的波長，有點類似魔術，只要透過腦海中對特定對象的聯想，就能和對方產生連結，但我一直想著你的名字和容貌，卻像把針丟入大海一樣一點回音也沒有，最後是一股拉力突然從深處竄起，接著就把我拽到這裡來了。其實冷謙你不是從元代活到現在，而是打破了時空的秩序，同時存在於各個時空對吧？」

見識到左季對魔術的驚人見解，冷謙先是驚訝，隨後嘆了口氣：「左家有你這樣的鬼才，左眩三這一走，也不怕家族後繼無人了。」

面對冷謙的恭維，左季毫不客氣接受了。

話鋒一轉，他又回到先前的話題：「你說侯吾吃了地獄人是怎麼回事？」

「你剛才提到侯吾當年與族人一同聯手殺害了地獄人、釋放魔鬼，但其實這件事從本質上來講是不可行的。」一處過於明亮乾淨的停屍間裡，冷謙用手術刀將一具受到綁縛卻還在掙扎的屍體剖開，掏出一顆腐爛發黑的心臟後說道：「地獄人本身就是一座行走的地獄，他們不生不滅，別說被殺了，只要這世上還有一個惡人，他們就與天地同壽……我這樣問好了，你有在侯吾的屋子裡見過這樣一個人嗎？」

「沒有。」

「那就對了。以前確實有將魔鬼召來當成僕役的魔術，名為『使魔』，但我保證侯吾用的不是失傳已久的使魔魔術，因為打從阿茲凱恩將魔鬼關進地獄與人間隔絕後便不屬於這裡，若想長時間待在人間，就必須要有承載的容器，可你又說，你二哥親眼看見那魔鬼以人形現身，然而比起人體，想要困住魔鬼，受過祝福的錫罐子或銅油燈都還更為合適。人體太脆弱了。換作是你的話，你會怎麼做？如果是我，我會說：眼前不就有一個保有人形、卻又打一開始就是造來關押魔鬼的最佳容器嗎？」

「一個地獄人……」

「我估計是吃了、內化了，或隨便什麼形容詞都好，侯吾必定是用某種形式掌控了那名地獄人，才得以控制魔鬼。」

左季聽完臉色大變。

假設冷謙是對的，那他一直擔心的事恐怕就成真了。

「如果侯吾擁有了地獄人的能力……」

此時此刻，冷謙站在一座宏偉圖書館的書牆前，闔上一本沒有書名的書，居高臨下指著左季點了點頭。

「那就如你所猜，不管黑石打了什麼算盤，地獄是關不住侯吾的。」

像拔去塞子似地，左季隨冷謙遊走於不同時空的精神體回到軀體的那一刻，他整個人向後彈去，壓到了沖水鈕，隨著身下馬桶產生渦漩，他拉開門把，使用預先設下的魔術，直接從一〇一大樓的廁所來到哀順宮，又險些撞上續完了香、正準備出門閒晃的乩童大風。

「嗨。」

「哦！是你。那，沒事的話就再見啦！」

大風轉身要走，卻被左季一招如意行繞到前方給攔下。

左季皺眉：「幹麼一見我就逃？」

「幹麼一見你就逃？」大風一臉詫異地重複他說的話，「你是在開乩童玩笑嗎？廁所有鏡子你去照照，現在的你看起來就和那些來求名牌的信眾沒兩樣！總之今天不給問事，我就先走一步了。」

「不行！大風，我真的需要你幫忙。」左季說完立刻跪下，向大風磕頭。

見如此大禮，大風嘆了口氣。

他蹲下身、拍拍左季的肩膀，說道：「老弟，我知道發生了什麼事。人死不能復生，你要節哀，但有些事自有定數——」

「就當是我這個左家下一任當家的，欠你和哀順宮一份人情！」

大風揚起了眉毛：「你是認真的？」

「大丈夫一言既出、駟馬難追！」

「什麼都可以？」

「是的。你託藥王廟的乩童來救我二哥的命，我已不知該如何報答，今日若你肯再幫忙，只要我辦得到，什麼都行。」

「讓你把整座宮廟翻修也行？」

「小事一樁！」

大風內心竊喜——神像貼金、舊廟翻新，民間的乩童若能辦事辦到叫信眾這般善捐，一生最大的功德也不過如此。於是他退了一步，驕傲地問究竟什麼事要請到他大爺出馬。

左季抬頭，神情嚴肅說了句：「捉鬼。」大風一聽，臉頓時刷成慘白。

17

藏於高牆後頭的侯家古宅歷經一番惡鬥，已成危樓，在風中顯得搖搖欲墜，再見其遍地枯骨、惡意隨處可見時，大風的雙腳頓時像生了根似的，遲遲不敢跨過那扇鐵門。一路上他不斷強調，如果真像冷謙所說，侯吾當年真的以某種方式吞吃了地獄人，進而不受地獄困縛，卻又因為黑石的「生死咒界」確確實實走了地獄一遭，那此刻的他將不再具有半點人性。

「總之，我擔心侯吾不死還沒事，這一死才真的要出問題！」

「大風，都這個時候了，你還說得不明不白，是打算騙我再回宮裡抽一支籤嗎？」

「你以為我在跟你說笑嗎？」

「不是啊！難不成他還能變鬼王不成？」

「對！我就怕他那副爛皮囊受不住地獄之火，我就怕他沒了凡人身軀更難對付，我就怕這樣，我就怕你什麼都不怕！」大風揮著手中的關刀，不滿地說道。

左季笑了。

「有關帝爺撐腰，有什麼好怕？難不成你對你們家關帝爺沒信心？」

「臭小子！你搬弄是非，早晚下拔舌地獄。」

受迫於左季的威逼利誘，大風最終還是硬著頭皮進到了侯宅。

透過大廳裂口，他們發現埋於地窖下方的直立式棺柩全被人打開，屍身不見蹤影，這倒解釋了他們接下來一路向上時，那不計其數的乾屍究竟從何而來。大風在左季身後不斷說附近有惡鬼徘徊，他怕那些乾屍隨時可能就地竄起、張口咬來！弄得左季也跟著心神不寧。愈接近樓頂，屋樓破損的情況就愈嚴重，很快地他們便無法再前進了。

望著斷裂的樓梯，以及摔落至底下樓層的死屍，大風搖頭。

「看吧，我們無路可走了。」

「這話還真是侮辱了魔術師跟乩童。」

說著，左季不等大風抗議，抓住他便一躍而起，只見他憑空踩踏、竟真在半空行走，彷彿腳下有一條看不見的台階，踏上閣樓的那一刻，大風像暈船那般搖晃兩步、嘔出一口酸水。左季半開玩笑地說大風膽子小，大風搖頭，直說不是那樣的。

「你不懂，這裡確實有地獄來過！」

左季聽聞後笑容立刻退去。

在大風敏銳的提醒下，他才意識到父親就是在此喪命的，原以為會是殘屍濺血的可怕場景，但站在這近乎塌毀的閣樓裡他卻異常平靜，就連一路走來如影隨形的惡意都在門外止住；彷彿印證著大風所說，地獄真的降臨過，叫惡鬼至今仍不敢越雷池半步。大風拿出帶來的香、燒了紙錢，進行簡單的祭奠，左季則漠然看著這一切，突然明白他之所以特地回到這裡，為的並不是要找侯吾復仇，只是想和父親道別、讓這件事有個結果罷了。

「你父親不在地獄裡。」離開前，大風突然說道。

「什麼？」

大風指了指地板、或更下面的地方，滿頭大汗地說：「我說你父親確實到過地獄，但受閻君審判後，現在已位列仙班了。」

「你怎麼知道的？」

「菩薩剛才對我說的。就在我把香插進木板縫時，我聽見祂說的。」頓了頓後，他又補充道：「哀順宮裡有一尊半身地藏。」

左季愣了愣，在他因為欣慰而露出微笑時，兩行熱淚嘩地掉了下來。他放聲大哭，而大風就這樣在旁陪伴，彆扭拍著左季的背，直到他情緒穩定，才提議在天黑前先離開此地。

左季同意了。

然而就在他們起身準備下樓時，左季忽然發現角落裡有東西。

那是一對上了漆的木雕娃娃，一男一女，從工法和浸潤手部油脂的木材可見，此物已年代久遠。左季順手撿起收進了口袋便和大風下樓離開。當左季背著大風，張開衣袖乘風而下時，忽然看見庭院裡有名老婦手持雨傘蹒跚步行，下墜速度太快，發現時已太遲了，左季喊著讓她快閃，老婦抬頭一望，一隻蛆蟲一扭一扭地從她泛白的眼目裡鑽了出來。

「操！」

大風的擔憂成真了。

老婦舉起雨傘的尖端刺來時，左季才意識到那人已死。他一句小心了，便鬆開背上的大風，即時閃過刺向咽喉的傘尖後，他雙手一攫抱住了老婦，隨後地裡竄出一座棺柩，將他和老婦一同關上。大風落地翻滾了兩圈，又一只棺木從身後竄起，他連忙嚇得跳開！霎時第二座棺木的棺板四面大開，原先應該和老婦同困於第一座棺內的左季從中走出，低喝一聲：「入！」裝有老婦的棺木便迅速沒入土中。

「那是什麼？」

「道家的封棺術。」

「不是，我說的是那個像鬼一樣的老婦人啊！」

「這我也不知道啊。」左季撿起附近掉落的拖拉式菜籃，裡頭裝著從菜市場買來的魚蛋肉菜，在豔陽底下都已發臭腐爛，「黑石使用的『生死咒界』是開啟地獄，將範圍內的活人都拖入死界，甚至連周邊一切生靈都會被帶離世間，草地枯萎、花樹也全都凋謝，這就是為什麼滿屋子的死僕在失去惡鬼控制的同時，全都加速腐爛的緣故。」

「你是說地獄開啟的瞬間，這老太婆買完菜回家時，倒楣從這經過？」

「對。但問題來了，老婦人死就死了，為什麼會被惡鬼附身？」

「你是說侯吾那招——」

「返生樂傀。」左季檢查屍體腐壞程度後沉著臉說道，「這表示侯吾不但沒死，而且還試著重建他的死屍大軍。值得慶幸的是台灣是一個有法治、且在公共衛生上做得還算不錯的國家，人死後通常都進了焚化爐，一把火燒得一乾二淨，想再造一支堪用的死僕大軍沒那麼容易。」但當他回過頭時，卻看見大風面色慘白指著庭院一角。

「不，顯然在這裡要找一具新鮮屍體，比在路上撿到十元要容易多啦！」

「！」

頓時間，一名身形壯碩的大漢從樹叢間擠出、咧開嘴朝他們衝來！

不只如此，倉庫那邊也傳來動靜，一名身穿警察制服的男子持手槍出現，門口附近則站著兩名小學生，手中各持圓規和美工刀，左季凝神一看，發現他們全都雙眼泛白、已成死僕。大風雙腿發軟，左季回過神時那大漢一雙粗壯手臂已揮至眼前！

他被打倒了。

儘管他用手臂試圖抵擋，但一個百來公斤的男子全力揮臂，還是將他打翻在地。糟了。當他試圖搜索有用的魔術，卻發現腦袋一片空白。不，並不是一片空白，就在他被擊倒的瞬間，他看見警察舉起槍口對準了大風，他即時對大風使出了紅淵當時對他用過的障眼法，他甚至還有餘裕讓大風和門口其中一個小學生交換位置、讓那槍打穿了小學生的前額，以至於在大漢抓起地上的石塊朝他腦門砸來時，他根本來不及反應。

忽地一道人影閃過。

大漢重臂下揮，但握有石塊的手臂卻跟不上似地落在後面。大漢的手臂斷了，而他身後多了一名面罩男子，身著夜行衣、手持長劍快步朝警察跑去。只見男子接連閃過迎面射來的子彈，並搶在警察拔出警棍前一刀刺穿他的喉嚨，左右抽刀硬是把頭給斬下！與此同時，左季也趁隙控制那條斷臂，讓它爬上大漢的背、用關節技鎖住脖子，硬是將大漢的腦袋擰斷。

「好魔術，不愧是左家的人。」

男子誇讚，並朝左季伸出了手。

「你最好別跟我嘻嘻哈哈的。」左季拍掉那人的手、一臉不悅地站起，「侯之初，你這身打扮是給我跑去當特種兵了嗎？」

「好久不見。」

摘下面罩後，侯之初露齒微笑。

接著他有意轉移話題似的，踢了踢一旁沒入地裡的棺柩，一臉好奇地研究了起來。

「這是道家用來捉殭屍的封棺術嗎？」

「嗯，以前在書裡看過，剛才一個直覺就變出來了。」

「是《降妖伏魔七十二法門》吧？」

「應該吧。」

「之後可以讓我瞧瞧嗎？」

「我父親不在了，應該可以吧。」左季不耐煩地揮了揮手，說：「好了，別跟我扯東扯西，你最好交代一下你這些年都做什麼去了，侯之末生日你一次都沒出現——」

像是突然想起了什麼，左季閉上了嘴。

兩人不約而同望向前門。

門前，那名小學生倒臥在地發出可怕的嘶吼，並不斷用手裡那把尖銳的圓規向後方戳捅，彷彿身後藏了個看不見的人硬是不讓他爬起。侯之初見狀快步上前揮刀了結那名受惡鬼操控的小學生，左季則嘀咕一聲完蛋了、便趕忙上前解除大風身上的護法。法術一解，大風憑空而現，只見他死命抓緊小學生的腳，被左季扶起時仍瑟瑟發抖。

「臭小子！我剛才一直喊你你都沒聽見！」

「抱歉抱歉，我完全忘了這種障眼法會連聲音都消去……」

左季一再道歉大風才消了氣。

天黑之前，三人將屍體全數埋葬，大風還請來地藏王菩薩超渡了聚集於此的孤魂野鬼。離開前，左季撿起一塊石頭，在鐵門上刻下一串符文，讓生人下意識迴避此處，大風則從鄰近的書局買來漿糊和兩張門神門聯，上頭繪著古老的門神神荼鬱壘，做了簡單的儀式後，他成功請來附近宮廟的門神在此分靈，說若那侯吾真成了惡鬼返回人間，至少確定是進不了家門的，之後大風便與二人道別離去。望著大風離去的背影，左季問侯之初是否和他一塊回左家探望妹妹，兩人之間卻忽然亮起了兩盞黃燈籠。左季見侯之初並不驚訝，問他究竟搞什麼鬼，侯之初這才露出了神祕的笑容。

「你不是想知道這些年我都做了什麼嗎？不如親自跟來看看吧。」

18

那是位在海安路一帶的街巷，街名「神農」，趁著老街文化復興的風潮，各國旅客慕名而來，過了馬路，又能接上正興、國華兩條美食街區，每逢假日遊客絡繹不絕，加上此區常有樂團活動封街演出，這一帶自然成為府城一文化觀光之重鎮。前些日子，左季還聽父親提到他正努力向魔術兄弟會爭取，能否讓那場國際賽事在這裡舉辦，如今再踏上這條街，回想父親在族群共存這議題上的種種努力，最終卻在網路獵巫帶來的輿論壓力下中了黑石奸計、落得慘死下場，不免叫人唏噓。

雖然沉浸於複雜的思緒，但跟在侯之初後頭，左季還是察覺到了異樣。

大概是在踏入神農街時，他覺得周遭變暗，人也變少了，直到一顆戴著紳士帽的頭顱叼著菸、從他面前飄過，害他撞到一頭長著人臉的大水牛時，他才驚覺那些拿著相機四處拍照的觀光客全都不見了。此刻充斥巷弄的是變著戲法的魔術師、台灣神怪，以及販賣魔術道具和法器符令的神祕商人。

「小心朋友。」

傳說中會預言災禍的人面牛用牠那酒鬼大叔的面孔道出一句警告後，便轉往一旁巷弄。

「這裡設有結界？」左季詫異地問。

侯之初笑著答道：「當然有啊！這裡可是三協境啊。」

「那是什麼？」

侯之初嗯了一聲長音，試著簡短解釋：「台灣有段時期——大概是在明清以前，這裡仍是一個妖怪橫生、術法遍布的蠻荒島嶼，這應該不用解釋吧？日本也曾經是這樣。所以在這樣一個地方，魔術師基本上不怎麼需要隱藏，甚至在很多時候，官府為了方便統治還會借用這些神怪之力，就像現在黨派和黑道時常牽扯不清是一樣的道理，許多鄉野傳說，像是鄭成功砲打鶯歌精、劍伏鯉魚怪，神話的背後總有那麼一個魔術師；只不過在當時的台灣，道士、廟公和乩童才是魔術師常用的身分。」

「看來就算是老唐，在那年代也要揚眉吐氣啦。」

「可以這樣說。道光二十年間，鴉片戰爭爆發了，英國軍艦多次進犯台灣沿海，用來守城的清兵都被調往北部，導致城防虛空，為了防範賊寇，當時的總兵大人把府城分成許多區塊，又以廟為區塊的中心、稱其為『境』，多個廟宇便形成所謂的『聯境』。表面上這樣的聯境關係成功凝聚了民間力量，以民為兵的同時，也進而鞏固了城防的基礎，但背地裡這一切靠的其實全是魔術——官府和魔術人士私下達成協議，以廟為點、相連成線，設下了區域性的結界。為了維持神怪的庇護，廟方甚至會透過建醮或是宮廟間的聯合繞境等酬神活動，來製造『眾神樂』的神靈氣場，達到為土地人民祈福的目的。這樣透過魔術形成的區域聯防，直到甲午戰爭結束，日本大敗清廷、台灣割讓的情形下才宣告結束。這件事也直接導致了二戰時期，作為日本領土的台灣多次遭盟軍空襲，損傷慘重，雖然當時曾出現媽祖捧衣袍接飛彈護生的神蹟，但沒人知道的是這故事背後死了一個年輕的請神人。就像電流，一次通過的能量太過龐大時，人體根本無法承受，遑論是學藝未精的少年乩童，更不用說當時皇民化政策，日本鼓吹台灣人改信神道，民間神祇混亂，信仰難以凝聚、術法也相繼失傳，真的能成功降神的請神人少之又少，那個請神人初出茅廬便遇到大轟炸，急著想庇護眾生而召來神明，結果頭一次起乩便當場七竅流血、魂斷廟埕；不過那位年輕的請神人也不是白白送命的，因為他成功引發神蹟，讓人們重新意識到信仰的重要性，從府城開始，各界人士在戰後致力於修築廟宇、廣納信徒，人們為信仰奔走儼然成為一大盛事……」

這時的左季已經沒在聽了，他的注意力被別的事物吸引了。隨著他們在十字路口轉往康樂街後，滿街神怪之間開始出現和侯之初穿著同樣夜行衣的人隱於其中，氛圍也愈趨詭異。

左季停下了腳步。

「侯之初，你到底想說什麼？」

侯之初踏上風神廟的廟埕，他轉過身、雙手背於身後，以宣告的語氣說道：「這裡是以風神廟為主廟的三協境，乃府城十境之一，其下屬廟有金華府、南沙宮以及藥王廟，也是我們『雲機社』最新奪回的地盤，知道你要來，冷先生已在風神廟大殿上等候多時；當然，你若想調頭離開也行，但左季，我強烈建議你走一趟，就耗費你一壺茶的時間。」

「你口中的冷先生指的可是冷謙？」

「是的。」

左季頓時皺起了眉頭。

此刻的他已被團團包圍，那些蒙面、身穿夜行衣的傢伙似乎沒打算放他離開，這讓他對侯之初更加不滿了。

「原以為你去做了什麼了不起的大事，原來是去混黑道了。」

侯之初反駁：「雲機社是歷史久遠的魔術團體。」

「它曾經是。」左季冷笑道，「印象中我聽父親提過，雲機社創立於南宋，以林遇仙為首，是中國最古老的魔術表演團體，也是目前唯一一個非血親組成的魔術家族，專門吸收那些沒有顯赫家世、卻具備魔術天賦的人來壯大自己。在跟隨戰敗的國民政府遷來台灣後，靠表演雜劇魔術糊口飯吃，又為了爭取地盤，時常與地方歌仔戲團發生衝突，最終牽扯進外省和本土的幫派鬥爭，日後雖被譽為台灣四大魔術家族，卻也在過程中淪為一黑幫派系，為擴充地盤而南爭北討，甚至不惜與地方角頭大動干戈。原以為這種沒有血脈傳承的團體，隨時空背景推移而墮落也情有可原，怎料背後的藏鏡人卻是冷謙冷大人……告訴冷謙，我左季要見便能見他，這樣大費周章邀我一聚，也是小看！」

霎時，廟門噴開，一股煙氣流瀉而出。

左季正要走上台階，侯之初卻讓他把身上的東西先拿出來。手機、錢包、兩根揉皺的香菸，以及剛才調查侯宅時取得的兩只木偶，左季把身上的物品全都交到侯之初手中時，忍不住出言嘲諷：「你看起來就像個聽話的保鑣。」

「拜託，別像個小孩一樣。」

回嘴後，侯之初收走了東西、又進行一次搜身才放左季進去。

風神廟內飄浮千根蠟燭，神佛壁畫在燈火下顯得光影詭譎，一張原木茶几在大殿上擺放著，茶器晶透、溫潤可鑑，砌好的茶湯騰著熱氣，與爐中香煙交疊揉合、四溢瀰漫，吸那一口，便濃郁得叫人腦袋昏沉。

令他訝異的是，在桌旁等著的不只有一身素衣的冷謙，侯之末也在。

這是左季頭一次見她外出。

有別於平時的古代裝束，她穿著牛仔褲運動鞋，戴著左仲的墨鏡，外搭一件左季珍藏的公牛隊外套和洋基棒球帽，高䠷的身型讓她看上去宛如一個剛從經紀人手中出逃的國際巨星。

見左季皺起眉頭，侯之末立刻別開臉、心虛地閃避左季的注視。

除此之外，那茶桌旁還有一人。

此人一襲白西裝，帽子放在交疊翹起的腿上，他一口一口抽著長菸桿、背對著門，看來毫不設防。左季竟有些看走神了，直到冷謙開口，他才將視線從那人身上收回。

「這裡是全台唯一一座祭祀風神的廟宇，左右還有火、水二神陪祀。」他嗅聞著杯中的茶湯，悠悠說道，「把信仰找回來是一件很困難的事，難在敬畏。早年官員若從對岸平安來台，感念過海時的風平浪靜，都必須先來此廟祭拜風神才得以進入府城，如今這裡卻淪為一觀光景點，好處是像你父親這樣有心的官員能藉此弄點錢來，把廟整頓整頓，樣子是好看了，但觀光客比信徒多倒成了問題。當然，這都是小問題了。牽扯複雜關係的宮廟多的是，真要說來，那才真是神明的悲哀……噢，你不用說我也知道你在想什麼，每當我在長老會議上提到這個話題時，他們的表情就跟你一樣木然——那不關魔術師的事，了不起也是請神人的範疇。哈哈，說的真好，好像大家的魔術天賦都和頭髮一樣一出生就自個長出來了。」

「魔術來自神明。」左季低聲喃喃。

冷謙讚許地點了點頭：「是的，這點你父親再清楚不過了，而他也是在會議上唯一一個面對這個議題完全笑不出來的人。我想念他。真的。我想念那些與他一同泡茶的時光，可對我而言，他既不曾逝去，又早已不在人世，幾乎在我認識他的同時，就已見過他的死亡。」

說這話時，他的語氣不帶半點驕傲，反倒有些無奈哀傷。

左季明白，冷謙他哀愁的其實是自己同時存於多個時空的狀態。

「就像林遇仙的『遇仙』，指的是你。」

冷謙眨眨眼，說道：「這個嘛……雖然林遇仙是南宋人，而我生於元代，但拿掉時間不看的話確實如你所說，他是我的第一個弟子，也因為我說過很多次不要叫我『神仙』，他便乾脆自稱『遇仙』，以表對我的尊敬。」

「但你卻把頭號弟子一手創建的雲機社變成了鬥爭的工具。」

面對左季的指控，冷謙不置可否。

他說：「家族、幫派，亦或是表演團體，從我的角度出發來看都是一樣的，雲機社就是一個為魔術服務的組織；只不過歷經數百年的隱藏，魔術師就快忘了魔術從何而來。更可怕的是，黑道長年透過捐款的方式進入宮廟的管委會，威逼利誘的滲透後再奪取宮廟，當進駐廟宇的不再是貨真價實的請神人、捐獻箱淪為黑道的洗錢工具、信仰也成了政客獲取選票的一種手段，那佛像金身裡裝的將不再是正神，到那一日，魔術必會失靈，進而被妖道取代。你有想過這抽不出國運籤，究竟是幸或不幸嗎？你有想過為何那支籤，偏偏落到了濟小塘廟裡的唐國壽手中嗎？在我看來，那無疑是一種警世。警告著那些盲目信仰而受人利用的信徒們，以及閉著眼睛表演，看不清自己從何而來、這一生又所為何事的魔術師。我就說一句吧：曾有這麼一個年代，沒有一座廟宇是沒有神靈的，請神是信手拈來，自然也不會有失靈的魔術。」

聽到這裡，左季終於明白冷謙究竟想要什麼。

「雲機社爭奪的地盤是廟宇。」

「是。」

「而你想透過這種方式，重現眾神齊聚的一番榮景？」

「沒錯。」

「但政治與宮廟長年掛勾、勢力穩固，你這樣做勢必會遇到阻礙。」

「那我會清除阻礙。」

「就算讓你底下的人背負汙名也沒關係？」

「血濺廟門再所不惜。」

太荒謬了。

左季望向門外的侯之初，語氣嚴峻地問：「這對他們一點也不公平！」

這時，白西裝突然笑了。

那笑聲傲慢得叫人惱火，卻又似曾相識，左季看了看侯之末，腦中就要將那人的笑聲與面孔結合，對方已先一步起身、自曝了身分——二哥？不，在這聲二哥差點脫口而出之際，左季立刻在那張與左仲一模一樣的面孔上看出其中不同，他的眼角有一顆淚痣，且神情冷酷乖戾，與左仲截然不同。

那是他的三哥、左仲的雙胞胎弟弟——左叔。

「見到哥哥卻像看到了鬼，不用說我也知道，你連這聲哥哥都叫不出口。」

左季冷笑一聲：「天底下還有什麼事能瞞得過你嗎？」

當下，一抹陰鬱在左叔臉上一閃而過。

「那不見得是什麼好事。」他說，「早知道是這種『無所不知』的話，我寧可不要。」

左季意識到自己說錯了話。

左叔很可能是最早知道父親會死的人，因為他驚人的讀心天賦，再加上父親的神算近乎預知未來，很可能他老早就知道父親已算出自身死期。

「什麼時候的事？」

「在我九歲那年。」左叔吐出一口菸氣後，說道：「當時父親站在庭院裡，秋風吹來，滿地的落葉像浪一樣捲起，我記得有一隻烏鴉在樹枝上叫，父親撿起一片枯葉揉碎後攤在掌心，像在讀卦象，掐指一算後他嘆了口氣；而我在湖的另一頭玩著球，耳邊突然聽到父親的聲音。球掉了，我遲遲沒有撿起，直到那顆球滾進了湖裡慢慢漂遠，我卻四下張望想知道為什麼父親的聲音會那麼近……事後我才明白，父親當時根本沒有開口講話，往後也一直如此，那些不曾被說出的話語，都像在耳邊呢喃一樣清晰——其中也包括了左伯對你的嫉妒。」

登時，左季身軀一震。

對於左叔突如其來的指控，他想開口反駁，卻不自覺轉身逃出了廟門。

他撞開了守在門前的侯之初，當侯之末追出來時左季大聲斥責她，他質問她為什麼要私自安排這場會面，盡他所能的態度惡劣，彷彿這樣朝她撒氣就能化解自身的難堪，但當左季把所有難聽的字眼全都說完，卻只得到侯之末一臉擔心的注視，他最終還是落荒而逃了。

19

夜裡起了風。

左季跑出風神廟後，打算原路折返，但一群穿著雨衣的魔神仔從海安路的方向走來，迫使他一個拐彎來到了神農街盡頭的藥王廟。廟門上有門神鎮守，石柱有龍，各路神怪不再接近，左季也放慢了腳步，隨後一滴、兩滴，一場午夜春雨無聲灑落，綿密的雨滴在亮晃晃的街燈下像飛濺的火星，讓他無從躲藏。

「不進去看看嗎？」

左季回過頭，發現左叔替他撐起了傘。

左叔望著緊閉的廟門，平靜地說：「多虧藥王扁鵲，仲他那條命算是保住了。還有那個叫大風的請神人，左家勢必要好好答謝他，我聽說他執掌的宮廟時常有幫派人士找碴，既然香火不旺就沒有政治椿腳控制管理層的問題，八成是土地買賣吧……我會讓侯之初去了解一下狀況，順利的話，宮廟重建等下個月資金一到位就能開始。」

「什麼意思？」

「什麼什麼意思？」左叔皺眉。

左季搖頭說道：「這和侯之初有什麼關係？我們不走冷謙和雲機社那套，如果真的像你說的，有人在找哀順宮的麻煩，我們可以報警。」

一聽，左叔忍不住笑出聲來。

左季這才察覺不對，並意識到今晚左叔之所以出現在風神廟，絕非同他一開始所想、是侯之末透過其兄長拜託冷謙動用雲機社的人手將人找來，而是打一開始，左叔就已是那張茶桌上的一分子。

「不可能。」

「就是你想的那樣。」左叔冷冷說道，「你以為我們家之所以能在魔術界立足千年、並在兄弟會裡世襲長老席次，真的只是因為我們姓左？別傻了。左慈歸西都已經是一千七百年前的事了，一個老早作古、只存在在課本和神話小說裡的人，有誰會真的心存敬畏？為了讓左家立於不敗之地，歷代當家可謂步步為營，我們的父親不是頭一個用盡心計的人，黑魁也不會是最後一個成為左氏家業基石的枉死枯骨。」

像是演示一般，他話一說完便轉身彈了個響指。

霎時，街道的燈火全都熄滅了，而原先隱蔽不見的燈籠接連亮起，像野火般朝四面八方延燒開來，點亮了府城的古老街區。

「你去看看，你看到掛著燈籠的宮廟與街道，全部都是左家的資產。」

望著那驚人的場面，左季頓時啞口無言。

好一會他才回過神，道出事實：「冷謙的雲機社和左家一直都是合作關係？我以為的千百年正道之家，早就淪為一大黑道？」

左叔點了個頭。

左季低著頭、咬牙說道：「所以侯之初才會在那裡……他當時根本沒有離開左宅，而是被父親送進了雲機社當一個黑幫打手、做左家的奴僕？好啊，那傢伙把侯之末託付給了左家，然後連自己的自由都賣了！」說完，他便自覺諷刺地笑了，隨後他表情厭惡地質問：「父親究竟讓他做了多少傷天害理的事？你呢？三哥，你當初離家出走也是和父親演了一場好戲是吧？」

左叔別開了臉。

雨水泥濘濺上了他那雙光可鑑人的漆白皮鞋。

「套一句父親說的：普天之下光與影，更何況『人』這一字有長有短，便無完美之說。

父親他確實對你們說了謊，別說你和左仲了，有些事甚至連左伯也不知道——假造神蹟、安插乩童、統整地盤、收復廟宇，為了讓計畫順利運作，父親走入政壇、扮演台面上的人物，雲機社則在冷謙的指示下透過暗殺特定人士來推動勢力洗牌，而我控制府城七成的賭桌來擴充金流，簡單講，政客和黑道當初是如何將勢力洗入宮廟的，我們就用同樣的手段將他們洗出去。說穿了，父親之所以選我替他打理左家的這些地下事業，也只是因為我適合、且父親無法對我說謊而已。」

得到的資訊太多，一時之間左季無從辯駁。他知道左叔說的沒錯，事物的黑暗面一向令人難以接受，而從懂事開始，左叔便因為天賦過人而被迫要全盤接受；這也是為什麼他會那麼在意左叔剛才那句話的原因。

「大哥他真的……他真的像你說的那樣看我嗎？」左季還是問了。

左叔沒有正面回答。

他從西裝外套的內側口袋掏出一張陳舊、對折過的照片，遞給了左季。

藉著燈籠的光線，左季認出了那張照片。那是一張全家福，拍攝的時間是左伯舉辦入師祭的那天。他記得父親把照相館的老師父請到家中，特地排開外人，並把孩子們都叫進了書房；照片中由左至右分別是父親、左伯、左仲和左叔，而他自己則坐在父親和左伯身前的地上，懷裡抱著一只鳥籠，籠子是開著的，肩上停著一隻小麻雀。

這張照片父親的書房也擺了一張，但左季從沒仔細看過那張照片。

如今看來，那張照片像是預示了什麼。

好比說左叔站的位置離父親最遠、置身於窗旁書架的陰影處，甚至跟他的雙胞胎兄弟左仲之間都還隔著一步的距離，他戴著耳機，直盯著那年代小小的、只能玩貪食蛇的手機螢幕，彷彿刻意與家族成員疏離似的，厚重的瀏海下是那年紀的孩子不該有的陰鬱，就連那台打工買的隨身聽在此刻看來都已無關娛樂，只是他為了讓自己不受他人內心雜音影響、所做的努力罷了；諷刺的是左叔的手機卻對應了父親身旁的電話桌機，彷彿呼應他日後將成為家族中唯一一個父親能隨傳隨到的人。

左仲在笑。

他看著鏡頭，比了一個和平手勢，快門按下的瞬間，他還特意讓頭上的魔術帽穿體而過，事後照片洗出來時，老師父看到照片裡帽子浮在左仲脖子中間，還直呼照片洗壞了，是父親安撫說這樣也挺有趣的才糊弄過去。

至於照片中左伯拿著一本書，書名因為照片折痕的關係看不清楚了。左季記得他當時在拆禮物，那書應該也是某個賓客送來的賀禮。

「太宰治的《人間失格》。」左叔循著他的視線瞥了照片一眼，說：「那是紅淵送的。」

「哦，我有印象大哥確實有這麼一本書。」

左季其實不那麼確定，因為左伯的文學類藏書之多，毫不亞於父親藏書閣裡那些記載魔術奧祕的古書。接著他注意到左伯的視線似乎被其他事物吸引，越過了父親、落在了照片之外。

「現在回想起來，大哥好像很常這樣。」看著照片中的左伯，左季若有所思地說道。

「你說望著遠方嗎？」

「嗯。」

「我也覺得。」左叔搗著嘴，隨後像想到了什麼有趣的事，他說：「所以有時候我會特意去聽聽看，他心裡在想什麼。」

「然後呢？你聽到了什麼？」

「什麼也沒有。」

「騙人。」

「真的，大多時候，左伯那傢伙什麼也沒在想，有也是一些很無聊的瑣事，像是表演的音樂如果太小聲的話觀眾會不會沒有反應，或是睡前如果有點餓的話要不要泡一杯牛奶之類的……如果真要說他有什麼比較強烈的情緒，應該就是對你的嫉妒了吧。」

「我真的不明白——」

「真的嗎？」望著一臉錯愕的左季，左叔語氣平淡地說：「對於自身的特別，你真的一點也不知道嗎？你難道從沒想過，為什麼我和左仲不乖是挨揍，你卻是被父親扔進他最寶貝的藏書閣？不，其實你都知道吧！父親想栽培的人是你，你才是他最鍾愛的那一個。」

不知為何，此時此刻、這句話聽來竟堪比一嚴厲指控。

左季急著否認，他拿起那張全家福，想從照片中找出一點蛛絲馬跡來替自己脫罪，當他發現照片中父親一手摟著左伯的肩時，他見獵心喜地準備開口反駁，左叔卻搖了搖頭，指著照片說道：「父親雖然摟著左伯，眼裡看的卻是你。」

「不對！」不是這樣的，「左伯才是父親選定的下一任當家！」

「那是你讓給左伯的，不是嗎？如果不是的話，為什麼你在藏書閣裡關禁閉的那些日子裡能熟讀《術數大全》、悟通《成仙路之方術一書》和《降妖伏魔七十二法門》，甚至將厚達兩千頁、記載了歷代當家拿手絕活的《左氏百戲》背得滾瓜爛熟，卻唯獨不碰《下九流演繹》？」

左季持照片的手垂了下來。

因為《下九流演繹》是左伯最喜愛的一本書，因為那本書是所有魔術師在學習表演的

第一堂課，因為他早就發現，左伯那被稱為天才因而備受關注的驚人天賦，很可能還不如自己。

「所以你為了不讓左伯在家族中失去光環，選擇讓不諳演出變成你美中不足的缺陷，甚至有意無意壓抑自己的天賦，但這種事如果連左仲都看得出來，你以為左伯會不知道嗎？」

「你說二哥也……」

「左仲雖然因為怕死，一生注定成不了大師，但他長年在酒吧演出小型的逃脫魔術，早已小有名氣，卻在輪到我們舉辦入師祭的前夕與人結夥搶了央行，這完全沒有道理。我問他為什麼要這麼做，你知道他回我什麼嗎？他說這個家沒出息的兒子有他一個就夠了。」

左季震驚地望向藥王廟緊閉的廟門。

他從沒想過，他那粗線條的二哥竟會有如此心思。

左叔接著說道：「所有人都在關注左伯正式出道後的一舉一動，而黃鶴那個蠢貨就這樣毫無來由扣了他一頂帽子，當人們開始質疑左伯是否真的能扛住天才的名號，左仲便搶了央行，自願扮演家族中的失敗者，也成功轉移了所有人的目光。我記得他挨揍的當下還對父親說，他就是沒有左伯那樣的才情，讓左家的列祖列宗放他一馬吧。」

左季聽完，愧疚地低下了頭。

他難過地說：「我完全不知道這些事。」

「那表示你很幸運。」

左叔搖頭說道。他讓雨傘飄浮，空出雙手後掏出菸桿抽起了菸來，在裊裊菸霧之中他告訴左季，他在那個家裡總是聽著左伯那些藏在心中的平凡煩惱、左仲大而化之的背後隱藏的細膩心思，左季則比任何人都在意兄長和家族關係，甚至不惜自毀前程；而在這之上的，是父親對兒子們的種種偏愛、期許、失望以及防備。看著家人之間既溫柔卻又殘酷地相處著，左叔說當下還是無知少年的他，真的找不到辦法去疏通那些糾結難解的生命課題，於是他離開了家。離開前，他告訴父親他想接管那些「家業」，因為天底下的難題通常都和親近之人有關，所以他選擇了面對這世上所有的惡，而父親答應了。

吐出最後一口菸氣後，左叔將菸桿裡燃盡的菸灰撢了出來。

「好了，你也別怨左伯了。」

「嗯？」

「雖然很多時候，我都懷疑他有辦法把大腦鎖起來，不讓人窺看想法，但仔細想想就會知道，對你感到嫉妒這件事他自己八成也不好受吧！再怎麼說，我們幾個弟弟之中，他最疼愛的就是你，而偏偏你的才能最讓他望塵莫及。」

對話陷入沉默，兩人往風神廟的方向走去，這時，一個熟悉的身影出現在雨中，三步併作兩步朝他們跑來。

左季立刻認出是他在南門公園見到的流浪兒。

「三哥！小心這傢伙，他也是魔術師——」

「沒事，他是雲機社的魔術師，叫百臉。」左叔解釋，「之前你去拜訪陳明亮的時候，我託他帶消息去給你。」接著他轉向百臉問道：「我讓你調查的事你查得怎麼樣了？」

此時，百臉一身破爛衣物已被雲機社的夜行衣取代。

「那個影像是真的，」他說，「兄弟會已被侯吾從內部瓦解了。」

左季一聽皺起了眉頭。

「什麼影像？」

左叔伸手從空中一抓，憑空變出一個玻璃罐，裡頭裝著一粒眼珠。左季立刻認出那是紅淵當初讓他轉交給左眩三的，如今明白了左叔和家族的關係，這東西到了左叔手裡也就不奇怪了。

「父親把這東西交給我，是我們最後一次見面。也許是因為左伯失蹤吧，我從沒見過他這麼急躁不安，彷彿那時候他就已經算出即將發生大事。」邊說，左叔邊將那粒眼珠從罐子裡撈出，「這也說出了我們和父親的差距之大，一開始摸不著頭緒，如今看來才知大事不妙。」當他將眼珠湊至左季眼前，使其與眼珠瞳孔相望，並低吟一句：「生人所見留於世，亡骨不腐得以追。見吾所見。」

那是驗屍術。

古代仵作替官府驗屍時，為了查明死者生前發生了什麼事，時常做出驚人之舉，或臥棺思索、或嗅聞死者口中氣味，甚至與屍相伴多日仍面不改色。相傳曾有一魔術天賦者宋某，為求精確，除了科學驗屍、也私下開闢一系統感官魔術，能藉死者尚未敗壞的身軀感受其死前所見所聞；然而副作用是有的，整個過程屍臭繞鼻、身軀發冷，如同左季現下一陣乾嘔，周邊景色先是模糊、而後亮起，一股正午太陽炙烤草地的甘甜氣味從腳下傳來，睜開眼時他才發現他在一處庭院裡走著。

是侯家的草坪。

左季發現自己人在侯家的草坪上走著，身上的綠色工作服因為初春的潮溼空氣而變得厚重不堪，門廊上，他按著壞掉的門鈴，反覆敲了敲門，然後又繞到後方地下室的氣窗朝內窺視，再次回到前門時，他伸手轉動被陽光烤熱的門把，門咿啞一聲開了。屋內潮溼的霉味撲鼻而來。有人在嗎？他問。屋內無人回應。他打了個冷顫後進到屋內，順著那微弱、斷續傳來且難以辨別的怪叫，找尋著進入地窖的入口。冷硬的台階，腳下難以迴避的地下棺木，以及充滿寒意、卻灼燒鼻腔的惡臭，最終他來到一座地牢前，因眼前景象倒抽了口氣。

牢裡關著一名老人。

那老人有一藍一綠的眼珠、嚴肅的鬍子，還有鷹嘴一樣的鼻型，但這樣一個外表精敏的老者，卻不知為何陷入一種混亂之中，像是有某種矛盾在他的眉宇間衝突，這直接導致了那些嗯嗯啊啊的怪叫從他微張的嘴裡傳來。接著老人突然發現地窖裡有其他人在，先是靜止不動，隨後便開始衝撞堅固的地牢，他嘶吼著，他發狂，像一頭人形惡犬，又或者是——眼前景象的轉換，左季隨著眼珠的主人衝出了幽暗溼冷的地窖，當他在陽光下狂奔，而那扇鐵門近在眼前時，眼角忽然衝出一名乾瘦的女子，著僕傭打扮，並將一把紅色的裁縫剪刀刺入他的腹中，頓時間，一股強大的斥力伴隨劇痛將左季從中抽離，原先靜止的雨水再次落下，他跌在地上，一臉驚懼按住自己的腹部，好一會才意識到自己毫髮無損。

左叔收起那顆眼珠後，將左季從地上拉起。

他問：「你看見了什麼？」

「我看見一個被惡靈侵入的死屍。」左季抹去額上汗水說道。

「那個老人叫夫卡納，他是魔術兄弟會十長老之一，又被稱為最後的鍊金術師。夫卡納長年進行著不老不死的研究，是一個無可救藥的浪漫主義者，能活到現在不受迫害，全靠他有個精明的助手，雖然尚未得到永生，但也已經一百八十歲了，甚至還做到了某種程度的逆轉生命，也就是所謂的返老還童；但畢竟是短暫的魔術效果，撇開冷謙那種同時存在於不同時空的超脫狀態不算，這世上最接近永生的人，其實是侯吾。」

聽到這裡，左季就明白了。

「為了知曉永生的祕密，夫卡納找上了侯吾。」

左叔點了個頭：「夫卡納的鍊金術助手告訴我，夫卡納拜訪侯吾後就下落不明了。於是紅淵帶著守護處的人前往查看，卻發現一名郵差立於侯家門前、模樣怪異，懷疑受到了詛咒，腹部還插著一把剪刀，送醫後不治身亡。因為侯家一帶位於路口監視器的死角，警方化驗了剪刀把手，雖然沒有找到指紋，但卻在上頭驗出毒素，那是細菌在分解蛋白質和胺基酸後產出的內毒素，一般來講，這是黃金葡萄球菌在分解屍體時才會產生的現象，也就是俗稱的屍毒。當然，這種情況偶爾也會出現在一些照顧不良的傷口上，守護處的人為了隱瞞魔術圈的祕密，用了一些手段誤導辦案，成功讓警方導向流浪漢襲擊誤殺結案；眼珠則是紅淵在遺體火化前盜出的。」

「既然你那時就已經透過郵差的眼睛得知此事，為什麼兄弟會沒有行動？被侯吾囚禁的可是一名長老耶——」不對。左季忽然想到那日父親和左仲、黑石三人進入侯宅時，並無發現夫卡納被囚禁於地窖之內……他搗著嘴低語：「人被轉移了？」

「豈止被轉移，紅淵正要向兄弟會最高審議廳發出警示時，卻看見夫卡納衣著筆挺地出現在眾人面前，並和冷謙等長老會員談論這次國際大賽舉辦事宜，甚至提出為了不耽誤比賽進程，建議將左伯的裁罰委員會於當晚提前召開。」

左季聽完頓時臉色大變。

「沒有半個人發現？」

「當時根本沒人知道侯吾除了殺人於無形的『闍浮眾生』，還藏有一招能將死者復生的『返生樂傀』。」

不用左叔明說，左季便先行想到了後果。

稍早聯絡不到紅淵、以及兄弟會各地辦公室都像逃難似地撤離，和眼下情報串起時，一個最糟的事態藍圖便在他腦中逐漸成形；而這個假想也在百臉接下來的匯報得到了證實。

「——前幾日死僕大軍攻上了布羅肯峰，地堡淪陷，當晚參與裁罰委員會的長老已全數殉職。」

原本以為局勢已不能再糟，一道落雷在風神廟前炸裂，像是要提點什麼似的，左季突然有種不祥的預感。兩人趕回廟裡，當時冷謙正望著左殿祭祀的雷公像，下一秒便憑空迸出火光，僅插著一柱香的香爐竟竄起火舌、示出凶象。

「雷公怒，天不容。」

語畢，冷謙轉向左季，他等待著，直到左季將他心中的不安說出口。

「左叔剛才告訴我，有一個叫夫卡納的長老被侯吾殺死了。」

「是的。」

「侯吾操控著夫卡納的屍體入侵了兄弟會的總部，所有人都遇害了，而這全都拜侯吾那可怕的魔術『返生樂傀』所賜。我猜這個魔術是從湘西趕屍人的趕屍術改良而來的，八成是透過謀殺，讓死者之軀蓄積怨氣，使其成為惡鬼的最佳宿主，在屍體完全敗壞之前，術者都能任意驅動屍體替自己辦事。」

「很合理。」

「反過來說，鬼要在人間有所作為，就需要媒介。像是有人將惡鬼封印在器物上，當作守護祕密或財寶的僕役，相對於會腐爛的屍體，金屬、玉石或紙張這類能保存千年的器物會穩定很多，這也是為什麼侯吾會在地窖底下埋入棺柩的原因，不需要死僕的時候，他便將屍體趕入棺中冷藏，減緩屍體敗壞。」左季頓了頓，瞥了一旁的侯之末和侯之初二人一眼，繼續說：「大風今天和我一同查看了侯家古宅，在出發之前，他曾經提到一個人若進了地獄，即便能從中脫身、避開閻羅審判，也已不能算是個人了。至少，侯吾那數百年人身，是禁不起走這地獄一遭，若要在人間活動，意即他需要一個新的肉身。」

大殿上一片寂靜。

左季環視在場所有人後，開口說道：「試問什麼容器裝得下一隻鬼王？」霎時，一道紫雷閃落在遠方的街區，廟埕上，左叔瞇起了眼睛。

「那是哀順宮的方向。」他說。

冷謙沉下了臉：「毫無疑問，哀順宮的程大風是個優秀的請神人。」

大事不妙。

左叔帶著雲機社一隊人馬護送侯之末返家，侯之初則在冷謙的指示下隨同左季前往哀順宮查看。一行人離開前，左季回望了風神廟一眼，他看見冷謙背對廟門、背著手，仰視著案上風、火、水三尊神像，對事態驟變依舊顯得不驚不懼。

20

一路風雨飄搖、雷鳴炸響，當左季和侯之初趕到三個街區外的哀順宮時，他們驚見廟門敞開，門上一對焦黑的手印壓蓋在手繪門神的臉孔上，一走近左季便知道門神已被強行退神，此時屋內燭火俱滅、漆黑一片，一種密集得可怕的敲擊聲不知從何而來。左季循著那怪聲，終於在神案底下找到了大風，他被神像一圈圈圍住，神像各個金身向外，彷彿守護一般，而他則蜷縮著身子抖個不停，兩排牙更是咯咯作響，打顫得厲害。

「沒事了。」

左季挪開了神像，將大風扶出神案。

當左季又說了一次沒事，大風冷不防抓住他的手，一張臉孔因極度驚駭而僵硬變形，猶如一塊凝固的漿糊。

「他來了。」他說，「鬼王侯吾……他想要我的身體、他想要我的身體！」

「但他失敗了。」

侯之初望著一地的神像說道。

左季拍著大風的背，安撫著他：「確實，侯吾那廝在眾神面前也不過一頑劣惡鬼——」

大風忽然哭了，豆大的淚珠從他漲紅的面孔上落下。

「不是的，他已經進到這裡來了……」大風指了指自己的大腦，語句顫抖地說：「他來過——那個該死的東西！神明們想保護我，但他還是快了一步……不幸中的大幸是，我不配啊！」說完，大風扛著這份屈辱握拳重擊著地面，一下兩下，拳頭很快便皮開肉綻、浸滿鮮血。

他說他媽的我不配！

大風發了狂似地咒罵，作為一名請神人竟無法承接一區區鬼王降世，即表示平日裡諸神臨壇都是屈就，這不只是個人名譽受損，連帶的哀順宮內、那些選定他當乩身的百來座神尊都因此威信掃地。

左季想阻止大風傷害自己，隨即發覺大風身上散發一股五彩光芒。

霎時，大風浮了起來。

只見他離地三吋、翹著二郎腿向後虛坐，雙手還擺出了操五寶的姿態；彷彿在呼應他自戕的舉動，原先無傷的背部和頭部先後出血流淌。一開始左季不明白發生了什麼事，若是神明臨壇，卻又和大風平時起乩的模樣相去甚遠，然而當他看見大風緊閉雙眼、低垂的腦袋來回震顫，再看那豪放坐姿，他幾乎就要瞧見那張「三六天罡伏魔刀座」在他身下的模糊形影。

「他在降神嗎？」

「不對，」左季搖頭，目光一刻也不敢從大風身上移開，「他在演繹。」

那是老唐起乩前的準備。雖然祖師爺臨壇這事很少發生，但老唐總說養兵千日、用於一朝，左季見他坐在那只鐵椅上練習了無數次。

侯之初聽明白了。

他摀著嘴說道：「如果說容器太小，那就再找個大的……」

「他敢！」

左季咬著牙，額上浮現青筋。

然而程大風卻透過某種請神用的魔術，與同為請神人的唐國壽同步，藉此將濟小塘廟發生的事演繹出來——唐國壽在請神。他額上冒汗，手操五寶，身下有著三六天罡伏魔刀座，然而過程中卻被門外動靜給打斷了。他持狼牙棒的手停了下來，他雙腿迅速盤上了那張神椅，彷彿有什麼東西從腳下襲來。他口中喃唸符文，一手高舉狼牙棒、一手捻來伏魔手印。他開始大量出汗，語氣亂套，姿勢也在不知不覺中走了樣。他走火入魔了。剎那間，大風從鐵椅上翻了過去，身軀向後弓起浮於半空，一雙手腳被無形之力反折，骨頭斷裂的脆響聲讓左季流下了眼淚，接著他七孔流血，臉上黑筋滿布，一雙眼睛睜開時裡頭漆黑一片。

大風望向左季，用老唐的聲音道出一句：「GWUP——」接著便脫力落下。

同步狀態解除了。

大風在地上猛烈抽搐著，他渾身溼透近乎虛脫，但方才凹折的四肢卻奇蹟似復原。左季脫下外套給大風披上，並轉頭望向身後的侯之初，侯之初見到他那張交織著狂怒和淚水的駭人面孔時，不自覺向後退了一步。

第四部

復仇者黑石

21

濟小塘廟裡已不見唐國壽人影。

回到隱身於公園結界內的左家宅邸，左季反覆打開後院牆上那扇木門，門後是紅磚砌成的牆堵，別說通往位在玉井山區的濟小塘廟，若沒有祖師爺的召見，它就只是擺設，連個真正的門都稱不上。就在左季著急找來左仲的車鑰匙，想連夜開車上山確認老唐的安危，左叔卻在屋內喊了一聲讓他進來。

「我一定得過去！」

「那也要他人在那裡。」大廳，左叔穿著寬鬆的袍子、雙手插在袖裡，又說了一次：「先進來，臭小子。我來想辦法。」

被雷劈毀的主樓已然復原，如同它名之霸道。

廳堂內，侯之初和侯之末兩兄妹一臉擔憂地牽著手坐在角落，左叔的手下則不知從哪弄來數十台電腦，有桌機有筆電，相互交疊成王座般的大椅子。左叔抽完最後一口菸後，在那張由電腦拼接而成的王座上坐下，他一手握著裸露銅線的電源、一手握著網路線，並交代讓手下放飛玉井一帶的空拍機。電源線插上的瞬間，所有銀幕都發出了刺眼白光，左叔深吸口氣後雙眼隨之反白，像蒙上一層薄霧。

——全識千里盡入我眼。

他說。

電腦銀幕頓時像監視器分鏡般、各自出現了玉井一帶的路口畫面，同時透過不同角度、遠近和解析度，以真人視角的方式飛梭前進，用左季難以想像的高效率在短時間裡進行軍事等級的搜索、一路上山，當所有畫面先後聚集到濟小塘廟時，左季倒抽了口氣。

那座有著數百年歷史的磚瓦小廟燒了起來，大火之下濟小塘的紅泥像裂了道縫，籤詩櫃則燒塌了一腳，傾倒壓毀神桌，桌上的供果更在高溫下焦黑流湯，隨著鮮紅蠟液匯聚桌下流淌沸騰，而鐵椅就在那裡。那張老唐口中用來匡扶天下、嚴防邪魔的三六天罡伏魔刀座，則被外力掰彎扔在桌下，像個普通、毫不起眼又隨處可見的海產店鐵椅靜靜躺著，宣告著正道已死。

但老唐呢？

「老唐人在哪裡？」他追問著他的三哥。

左叔頭一歪，畫面視角頓時拉至半空，並轉往了四面八方，以空投方式向外投射。這意味著這已不單單是取用街道監視器資料、再藉由空拍機來補足畫面死角的範疇了，而是全面徵用了監控衛星來擴大搜尋範圍，視野也從玉井一帶轉往大內、楠西、南化、左鎮、山上各區，左叔快速篩選著龐大的畫面資訊，在電腦開始冒煙發熱時，一行鼻血從左叔鼻腔裡湧出，滴在他白色的袍子上。

侯之初見狀立刻上前拔掉了電源，電腦銀幕一陣閃爍後紛紛熄滅。

左叔解除「全識魔眼」從椅子上站起，看上去沒什麼大礙，卻只走了兩步便踉蹌倒入左季懷中。

「三哥！」

「我沒辦法定位他。」左叔抹去鼻血後虛弱地說，「侯吾移動得很快，而且他奪去老唐的身體後，能自由來去陰陽二界，行蹤難以捉摸……可以確定的是，請神人的特殊體質能讓神怪憑依，也就是說，只要身軀不壞，老唐便性命無虞。眼下先不管老唐如何，我們該著眼的地方是侯吾究竟想做什麼。」

「什麼意思？」左季不懂。

左叔瞥了侯之初一眼，說道：「你和侯吾生活過，對他多少有些了解，你覺得他大費周章襲擊魔術兄弟會，目的是什麼？」

「為了榮耀。」

見侯之初說得這樣篤定，左季更加不明白了。

侯之末卻接著說道：「先祖幾乎沒有離開過閣樓，有的話也只在家中活動；你父親釋出長老席次的那次他外出了，為了奪取席次，他不惜殺害包含黑石父親在內的多名魔術師。」

左叔沉下了臉。

「妳的意思是，他想要權力？」

一旁，侯之初搖頭：「我想，侯吾想要的是能改變這個世界的權力。」這一刻，左季才明白他們的意思。

「侯吾想要讓世人見到魔術的存在？」

「侯吾想要以魔術師的身分，以及他壓倒性的力量，凌駕於人類之上。」侯之初糾正了他，並說：「我猜想，侯吾是想讓這個世界以魔術為尊。如果真是這樣，侯吾已經如願控制了長年主張魔術師必須隱於社會的魔術兄弟會，你覺得他下一步會做什麼？」

左季低聲喃喃：「在人們面前披露魔術……」就像他對左伯做的那樣！

瘋了。這傢伙真是瘋了！

左季原本想這樣說，但左叔卻告知他們另一件事：「連通網路的時候，我順便查找左伯的相關訊息，意外發現一個破魔人。」

所謂的破魔人，即是那些靠揭露魔術手法賺盡鈔票的人。這樣的角色通常也是人間戲法的表演者，只不過比起建立一套新的表演程序，他們更滿足於破壞。《巫術探索》的作者雷吉諾·史考特被視為最早的破魔人，當時這個詞用在他身上還是充滿讚譽和尊崇的，畢竟他破解魔術的初衷是為了區分人間戲法與巫術，從而挽救那些受難的平凡表演者，也使得魔術族群日後能以表演為業，在這個社會上安身立命；然而現今的破魔人大多是貪圖名利之人，雖不曉得魔術的存在，但對人間戲法的運作原理卻頗有一套，也因此，魔術兄弟會便反過來利用他們的長才，當作衡量魔術師們是否在表演時過度使用魔術，導致演出太過完美，並訂出所謂的「破綻率準則」，明令魔術師出道後一年內的演出，必須被破魔人抓到一定比例的破綻，若未達，即是破綻率太低，會增加族群曝光的風險，到那時獎懲處便會頒發「梅林獎」，暗中對該魔術師進行嚴厲警告。左伯就是這樣得到梅林獎的。儘管他發函表示自己的表演都是凡人演出，並未使用真正的魔術，不該被檢視破綻率，但那該死的黃鶴為了升官，卻忽視了左伯的抗議。

總而言之，破魔人對魔術師而言，是看似對立、卻又相互依靠的重要存在。

如今這個節骨眼，破魔人卻諷刺地出現了。

左叔彈指，其中一台筆電的銀幕登時亮起，並自動查找出一個論壇。

「這個論壇，就是之前網友發起徵片活動『那些沒有手法的魔術』的起源網站，除了左伯之外，國內外有多個優秀的魔術師都因為表演太過精湛而被冠上了『當代巫師』的稱號。原本只是好玩，然而這種成名方式並沒有給這些魔術師帶來什麼好處，他們不是被激進的宗教團體指控撒旦崇拜而丟了表演工作、就是被人騷擾恐嚇，最終嚇出一身病來。這些事甚至還被當成脫口秀的題材，透過主持人滑稽的敘述方式，搏得了不少收視率，直到有一個魔術師被人闖入家中敲暈綑綁後，在某種淨化的儀式下活活燒死，論壇的徵片活動才緊急下架。」

「活活燒死？」

「只能說這些人都不是真正的魔術師，只是倒楣被捲入事件罷了。」

聽到這裡，侯之末忽然臉色發白起身離開。侯之初說了聲抱歉後就跟了上去。

待二人遠去，左叔才接續說道：「冷謙說過，會有一場新世紀的獵巫，我想已經開始了。不過這事也不是全然沒有希望，局勢往往是瞬息萬變的。」說著，他點開了論壇上最新的影片，並將銀幕調整後轉向了左季。

上傳影片的人叫「范倫鐵諾二世」，他戴著九〇年代知名破魔人法爾·范倫鐵諾的直紋面具，在影片裡大肆攻擊左伯的最終演出，並提出了多種假設，表示只要得到一〇一官方允許，他就會展示給大家看，左伯的表演根本不是什麼驚人的巫術，而是可行的大型戶外魔術。他甚至直接指出，在這些手法之中，最有可能辦到的就是串通觀眾，所以他合理懷疑，左伯透過某種交易讓觀眾簽下了保密協議，再讓他們幫忙散布那些後製過的影片，最後以一句——「在我看來，左伯根本稱不上大師，不過是一個江郎才盡的過氣魔術師罷了。了不起也是個二流。」——來作為影片的結尾。

看到那部影片時，左季幾乎要氣炸了。

但毫無疑問的，網路上的風向改變了。

「這是一個好兆頭。」

「這怎麼會是好兆頭？這個叫范倫鐵諾二世的破魔人侮辱了大哥，他還說大哥是二流魔術師耶——」

啪地一聲，左叔傾身闔上了那台筆記型電腦。

「你忘了唐國壽被侯吾奪去身體的時候說了什麼嗎？」

「GWUP……」

「你認為唐國壽大半夜的，為什麼突然想請祖師爺臨壇？」

只有一種可能。

因為那支籤詩，老唐擔憂事態丕變，魔術師遲早在人類社會中曝露；或甚至在大批死僕攻上布羅肯峰時，就已經引起了與兄弟會總部同在德國的超科學調查協會的注意。

看穿左季的心思後，左叔提醒他：「所以他才會請示祖師爺，並得到了一些警告，不是嗎？」

「是，但是——」

「沒有但是了。」左叔強硬說道，「我希望你不要再追查左伯的事，就讓這件事自由發展，因為破魔人的出現正好讓剛興起的獵巫活動停歇，也讓那些狂熱於巫術魔法真實存在的人們在鍵盤後莞爾一笑，並重新點開《哈利波特》的藍光檔案、度過他們悠閒平凡的宵夜時光；相信我，這不只能停下GWUP的調查行動，同時也變相破壞了侯吾的好事。」

左叔說的一點也沒錯。他說的真是太對、太深明大義了，但這完全說服不了左季。

眼下左季只在乎一件事：左伯的才華再次被人踐踏了，就和當年一樣。原先對左伯的「空飄一〇一」無盡吹捧、甚至奉為演出之經典的網友們，在破魔人一出現、並在影片裡大肆論述可能手法後，竟全部轉而瞧不起左伯；好比一部著作遭受權威抨擊時，那些曾表示喜愛欣賞的，若不即時附和，便成了廣大媚俗的那一群、或成為水準平庸的讀者。

從眾。

網路的從眾效應是可操弄的。這意味著很有可能在整起事件的背後，有人正精心設局，目的是讓左伯名譽掃地。

左季絕不允許。

左叔嘆了口氣：「我可以給你那個破魔人的地址。」

「三哥？」

「就算我不給你，你也會用『洩密者』或是『心鏡』從我腦袋裡找到你需要的資訊，我說的對吧？」左叔搖頭：「你小子在想什麼我都一清二楚。與其我在接下來的日子裡處處防範你，不如告訴你范倫鐵諾二世的IP位址，但我要你向我保證，不可以曝露魔術師的身分，再怎麼說對方可是一個破魔人，你懂我的意思嗎？」

左季當然懂。

但只要見到人了，他多的是辦法對付這個叫范倫鐵諾二世的傢伙。

離家之前，左季去了一趟別館，打算針對先前他在風神廟的無禮，向侯之末鄭重道歉。途中他看見侯之初在橋邊徘徊，似乎很關心屋內的情況，待別館火光熄滅後又駐足了會、見時候不早才轉身離開。

待侯之初遠離後，左季暗自鬆了口氣。

這份尷尬源於他和侯之末的關係轉變。

左季懷疑左叔已經察覺到了只是不說，畢竟讀心是左叔與生俱來的天賦，但他實在不知道該怎麼向侯之初開口，更別說要向他未來的妻舅提親了。左伯至今仍下落不明、他則被迫成為當家，眼下有太多責任要承擔，哪容得下他這般兒女情長。

想到這裡，左季退怯了。

他連橋都沒過就準備調頭離去，別館的門卻咿啞一聲開了。

侯之末的聲音從屋內傳來：「男子漢大丈夫，罵人的時候倒是痛快，道個歉卻像隻縮頭烏龜了。」左季一聽，羞愧得低頭調轉回來，面對侯之末這番嘲諷，就算知道此行凶險，也只能硬著頭皮過橋進屋，豈料在他踏入屋後，侯之末點燃了蠟燭，等待他的是三菜一湯、一桌熱騰騰的家常菜餚。

「今天是台菜。」

當晚，左季用餐後便在別館睡下了。

22

夜裡左季聽著湖裡的魚噗通一聲躍出水面、又噗通一聲落回湖裡，許久他才驚覺噗通噗通的其實是他的心跳。左季望向一旁背對他熟睡的侯之末，悄悄捱了上去，才剛把臉埋進侯之末的頭髮裡，便被她反手揪住了耳朵。

「哎呀——」

「堂堂正統繼承人、又訓過乩，竟成天只知道飽暖思淫慾啊？」

「不敢、不敢……哎呀，耳朵要掉下來了啦！」

侯之末鬆開了手，卻仍不轉過身來，就這樣讓左季捱著。

一會她才吐露了三個字：「我擔心。」

「擔心什麼？」

「我擔心每個走出這個宅子的人，有一天就不再回來了。」

左季坐起身子。

望著門，他背對著侯之末說道：「我絕對不會讓那種事發生。我一定會找到左伯，也會讓藥王醫好左仲，我還會抓住侯吾，替父親報仇——」身後，侯之末抱住了他。

「我就擔心這個。」她沉著嗓音說道。

「侯之末……」

「會發生這些事全都因我而起，而且我根本不知道該怎麼讓它結束。」頓了頓，她苦笑道：「天底下怎麼有事情比做菜還難？」

屋內靜默三秒後，左季突然說道：「不，我覺得還是做菜比較難。」

侯之末臉上隨即閃過一片紅暈。

「你是嫌我做菜難吃嗎？」

「哎呀！」

趁著混亂失序中仍夾雜一點寧靜，在黎明到來前，睡不著的兩人徹夜長談著，左季提到以前去侯家玩的時候，總會想方設法跑到地窖裡，只為看那個女孩一眼，但在那下著雷雨的夜晚、侯之初冒死將她帶來左家時，他才明白，那陰冷骯髒的地牢不只反襯她的完美，還真真切切扮演了她童年的地獄。在那之後，他每想一回就哭一回，甚至對當時那個一心想偷窺少女的自己感到可恥。

聽到這，侯之末揚起了眉毛。

「等一下，我現在才發現，我那時都沒穿衣服耶……」

「對不起！」

侯之末望著天花板的橫梁，那裡卡了一隻發條小鳥。

她聳聳肩，說了句算了。

她想起在她剛住進湖畔別館時，左伯曾送來一隻表演用的鸚鵡給她解悶，但卻被她養死了。好像是籠子門沒關好，讓貓跑了進來叼走的。當時她哭了好久，左伯也不知該如何是好，最後是左季用院子裡的枯枝和手錶零件做了一隻發條鳥，還附上一塊麥芽糖，才成功讓她破涕為笑。當然，左季的祖先是左慈不是魯班，製作過程自然少不了一點魔術在裡頭，所以那發條鳥會飛、會叫，雕工精細，侯之末每天在屋裡都會把發條轉緊，看它滿屋子飛；直到有一次，發條鳥飛到一半沒了動力，竟摔到了梁上，侯之末急壞了，她花了一整天時間想把它弄下來，就是找不到足夠長的東西，後來聽見有人進到屋子裡來，她連忙躲進被子裡，假裝睡著。

是左伯來看她了。

從住進別館，她便鮮少與左家人來往，除了原本就認識的左季以外，就只有未婚夫左伯會來看看她生活上有沒有缺什麼，對左伯的印象就像一個大哥哥，安靜體貼又善解人意。她挺喜歡他的，卻也僅止於此。就如同左伯給她的感覺也是有意無意的保持距離，這足夠說明這些照顧只是基於家族道義。總歸來說，雖然很多事她都還在學習，但情感的面向她並非全然無知；像是當年那個總是帶著麥芽糖來地窖看她的少年是愛慕她的，這點她心知肚明。

所以她不想給左伯添亂。

發條鳥的事她沒提起，直到左伯見她似乎熟睡、禮貌地悄聲離去，她才翻過身，含著淚朝梁上望去，結果卻驚訝地發現，梁上那隻發條鳥也回望著她，頓時心頭一暖，這屋子竟也變得不那麼陌生了。於是她不再想方設法要將它取下，那隻發條鳥便一直在那了。

「在看什麼？」

「沒什麼呀。」

「唔！是我送妳的玩具小鳥——」左季話才說到一半，便被侯之末偷親了一口。

她裹著被子，悠悠說道：「小時候也不全都是不好的回憶。」

「嗯？」

「我記得那個時候我總是很期待你來家裡玩，你會在進門前大聲說一句『打擾了』，然後嘻嘻哈哈和侯之初跑進屋子裡，他一定先上樓放書包，你則會趁機偷偷摸摸下樓，隔著欄杆把麥芽糖遞給我。為了不留下垃圾被發現，你還會幫我撕開包裝紙，而我最喜歡吸麥芽糖中間的那顆梅子，等糖都融化後，我會把吃完的籽塞進牆縫裡，期待有一天牆裡會長出一顆梅子樹，把地牢撐破，到那時我就可以離開那個家了。」

「我應該那時候就帶妳走的。」床上，左季語帶悔恨說道。

侯之末搖頭，不置可否。

「我說了，那段日子也不完全是不好的回憶。」說這句話時，她試著讓她的聲音聽起來是開朗的，「有侯之初陪我啊，晚餐都是他送來給我的。雖然他平常都跟朋友們出去玩，但是一定會來陪我吃晚飯，那時他就會說他在學校發生的事，說他有一個好朋友在校園才藝大賽時表演魔術結果出盡洋相，還被恐嚇成年前若還是學不會表演，就送去當乩童……有趣的事情還是很多的，雖然不能出去，但侯吾每天睡前都會來一趟地窖，跟我講他所知道的這個世界的全貌，畢竟他活了這麼多年了——」

「等一下，」左季懷疑是自己聽錯了，「妳是說那個侯吾嗎？」

「嗯，很難想像吧？侯吾也有這樣的一面呢。像人類的一面。其實大部分的時間我沒辦法分辨他和死僕有什麼差別——我甚至懷疑過全屋子裡只有侯之初是個活人，就連我都已經死透了，只是一個被囚禁的鬼魂——但每當侯吾開始說起他遊歷世界、見證朝代更替、戰爭，以及文明興衰的時候，他會突然變得像是一個迫切需要觀眾的人，他整個人會鮮活起來，雙眼也有了靈魂。」

「顯然他在表演這塊，稱得上是才能出眾啊。」

「我的意思是，我覺得他孤獨太久了。」

「是啊，因為他的族人全被他殺光做成傀儡了，而妳竟然說得好像這些壞事都是有人拿槍逼他做的一樣。」

「是啊，就像也沒人逼你聽我說話一樣。」

「噢。」左季的臉紅了。

「侯吾確實做了很多傷天害理的事，而且他並不打算停止，但可怕的不是他能驅使魔鬼、也不是他往返地獄成了鬼王，更不是他當著祖師爺的面奪去老唐的人身，而是人們想與之為敵，卻對他一無所知。」

侯之末說的一點也沒錯。

黑石就是藏著一招就以為萬無一失了，卻不曉得侯吾曾吞吃了地獄人，賠上了兩條人命只換來侯吾從死裡歸來；就如同兄弟會眾人一見夫卡納完好現身，便對紅淵的警告充耳不聞，渾然不知除了殺人飄浮術，侯吾還精通惡鬼弄屍之法，最終才會落得全面淪陷。

因為侯吾在那屋子裡關太久了。

久到關於他的過往、經歷，乃至思維邏輯，放眼望去這世上幾乎無人知曉。

左季慚愧得耳朵發燙：「對不起，侯之末！」

「所以你明白我的意思了？」

「對！哪怕只是說話時的小習慣也好，有關侯吾的一切我都想要知道！」

侯之末嘟起了嘴巴。

她說：「那你必須向我保證你絕不會逞能，調查也會適可而止，更會善用左叔和冷謙的資源。還有，你從今往後要平等地對我，而不是把我當成需要被保護的小女孩。」

左季答應她了。

於是侯之末告訴他一個故事。

一個她在那座陰冷地窖度過的漫長歲月裡，侯吾最常說的故事，故事裡有皇帝、有忠臣、有邪惡的國師，還有一個遊街示眾的妖女……也許是太累了，故事聽到一半，左季便在初聞雞啼時睡著了，下午醒來時，侯之末已備好早餐，雖然她什麼都沒說，但左季卻發現他的荷包蛋上有一個用蕃茄醬畫的生氣的臉。

23

這天左家來了訪客。

來者有三，分別是黃袍老道、神父，以及持缽化緣的白眉老和尚。這般奇怪的組合併肩步入公園深處，在湖畔止步後，三人同時望向了與湖面涼亭相反的地方，彷彿明確知道藏在結界後頭的主樓位置。最先察覺有異的人是左季，那是一種說不上來的異物感，隨後他才意識到，那是他作為家主、這天下第一霸道居所對他發出的警告。

再來是左叔。

將酒杯從唇邊移開後，左叔按住屋內的老式唱盤，在音樂嘎然而止的當下，方圓兩公里內的人心耳語迅速竄入腦中，像過篩似地，他僅留下和魔術有關的字眼、提及左伯或左昡三的對話內容，或是那些充滿惡意的念想，其餘全都化作沒有意義的雜音、和市井喧囂混在一塊後相繼淡去，隨後他聽見有人在外拜見。

而最先行動的人是侯之初。

基於刺客的直覺，他一出結界，便沿著湖面廊道飛速移動，確認三名不速之客的方位後，他拔刀躍起、翻身劈下。

「我來！」只見老道抽出背上一柄桃木劍、飛身接招，兵器碰撞之下，竟是侯之初的刀口開缺！一落回橋欄，侯之初身軀一轉，藉「二乘二方陣」分身成四，怎料老和尚將手中金缽一倒置，頓時天旋地轉，還不清楚發生了何事，侯之初其中兩具分身便被收入缽中！絲毫不給喘息的機會，神父兩手左右一開，聖經書頁翻動浮於胸前，當他雙手一追上兵分二路從左右攻來的侯之初後，便道了句：「替罪受難之日！」，剎那間侯之初與分身的衣袖裡各別鑽出了荊條，眨眼蔓延全身，尖刺扎進皮肉，吋吋勒緊，很快便叫他動彈不得。下一秒侯之初消失了。無論是中了荊棘之縛的、還是缽裡那二人，全都消失無蹤。

「三毒人不請自來，還在此大動干戈，也太不把左氏一族放在眼裡了吧？」

三名老者轉過身時，已受邀進到結界之內，然而等待他們的卻是描繪於上古奇書《山海經》中的妖魔鬼怪。

老道瞇眼啐道：「哼！毛頭小鬼的區區幻術，也敢嚇唬我們三人！」

「是不是嚇唬，就要由你來試試了。」

聲音自天上來。

霎時天象驟變、風起雷鳴，更多的怪物從湖底爬起，其中一頭人面豺身、帶有雙翼的可怕巨獸從雲海降下，一身白西裝、叼著菸桿子的左叔就立於其首，和尚見狀連忙請安道：「不知左先生在此，冒然進犯，實在失禮。」

老道仍舊不滿：「左先生底下的人一來就刀劍相逼，又何來禮字可言？」

左叔吸了口菸桿子，淡紫色的菸氣順著鼻息噴出。

環視湖畔三人後，他冷笑道：「侯吾攻下了布羅肯峰，包含我父親在內的長老們相繼遇害，此刻魔術界風聲鶴唳、草木皆兵，又偏偏被稱作魔術三毒的你們三人氣場之強、絕非尋常魔術師所能比擬，我的朋友才會因為過於警戒先行出手，是我方魯莽，我賠不是。」接著語氣一轉，他沉聲說：「但三位如果今日不給個理由解釋來意，那便是帶著殺意、冒然來訪的你們說不過去了。」

「這樣說吧，我們三人是被邪物引來的。」說話的人是神父。

神父梳了個油亮的大背頭，嘴唇上有一道疤，一手拿著聖經、另一手則按住腰間的配槍，除去一身神職人員的服飾，給人的感覺更接近惡棍，就如同同伴私下對他的稱呼那樣——「——喂！流氓，我先說好，那玩意是我先發現的。」

「閉嘴，禿驢。」老道一臉不屑地搶話，「沒有我的『羅盤東西行』，你們兩個現在還在鴨母寮市場一帶暈頭轉向呢！」

「你是說你那個帶我們繞了整個北區一圈的破羅盤嗎？神棍。」

神棍、禿驢、流氓。

當左季來到湖邊看見眼前三人時，不由得大吃一驚。

他父親的藏書閣裡有一本叫《當代傑出術士》的破舊書簿，裡頭記載著所有還活著、並有傑出貢獻的魔術使用者，隨著時間推移還會自動更新內容、增減人名，除了夫卡納和左眩三這些位居十長老的魔術師，像是祖師爺的御用乩身唐國壽、先祖侯吾和左伯也都名列其中。左季熟悉此書，因為每隔一段時間他就會去偷翻，深怕自己的名字突然出現、蓋過了左伯的鋒頭；順帶一提，書裡並沒有冷謙的名字。

其中最令人困惑的是，書上有三個人的名字被用墨水覆蓋，照片也被燒穿，就像被人惡意毀壞似地，他問過父親，父親只說這三人因為中了魔術的「毒」，儘管天賦了得，卻長年受到魔術圈非議，故這本書簿自行註銷了三人的名字和頭像；至於所謂魔術的毒，即是探索各方術法而忘卻正道的好求之心、因術法高超進而輕視生命的殺戮之心，以及沉迷極致術法而無所不用其極的執著之心，又名貪、嗔、痴。

「傳聞魔術之毒會使人喪命。」左季開口說道，並沿著湖面廊道走來。

三毒人紛紛循聲望向左季。

「所以你們三人才會透過修仙、出家和獨身，希望能減緩毒素的蔓延，我說的沒錯吧？」猜出真相的瞬間，左季忍不住笑出聲來，而流氓、禿驢和神棍三人互看一眼，臉上頓時一陣紅一陣白，左季見狀又補了一句：「三位伯伯也太可愛了吧！」

「你他媽又是誰？」三人異口同聲問道。

左季收起了笑容。

他指著腳下這片土地說道：「初次見面，我乃左家現任當家，前兄弟會長老左眩三之么子，左季。」

三人一臉錯愕。

當下，左季用「心鏡」快速讀取了三人的心思，並一一唸出：「——左氏千年家業就這毛頭小子當家作主——再怎麼說也該是那個賭場提督繼任才對——左家這八成是後繼無人啦——」語畢，左季聳聳肩：「我就直說吧！我不管『魔術三毒』這個稱號究竟是褒是貶，三位都是我的前輩，我必當先敬你們三分，但我們左家代代為道家正統，源於左慈左元放之血脈，今天三位卻說此處有邪物，還希望能把這件事解釋清楚，也免得我們雙方心生嫌隙，那就不好了。」

老道放聲大笑。

「你左氏是道家正統，貧道張某人就淪為旁門左道不成？」

和尚冷臉說道：「若解釋不清，你左季小子是打算讓你三哥用幻術對付我等嗎？」

左季嘆了口氣。

當左叔一解除他的「十方八界山海妖幻之界」，三人才發現自己已被數十名身著夜行衣的刺客包圍。

「這也是幻術嗎？」老道撇著頭低聲問。

「幻術？這些人各個殺氣騰騰，哪能有假……」神父沉著臉說道：「雲機社的刺客果然名不虛傳啊。」

「哼！妖我都不怕了！還怕你三兩個人！我跟你們拚了——」

老道話說一半，硬是被和尚打斷。

「——是侯吾。」老和尚說，並朝左季合掌，先前高傲的態度已然放軟，「你左季小子說的沒錯，我和流氓、神棍三人確實中了魔術之毒，卻也因此開啟了替天行道之路，修行這些年我等三人見妖除妖、見魔伏魔，幾年下來雖不敢說超凡成聖，但若遇見侯吾這樣傷天害理、天理不容之人，必當合力誅殺，絕不寬貸！今日我等就是尋著侯吾的邪氣追蹤至此，本想左眩三乃一正道人士，其後代自然不可能藏匿惡賊，但……」

左季歪著頭，替和尚把沒說完的話接了下來去：「但想到左眩三的四個兒子已失蹤一人，另外三人不是偷盜、就是菸酒賭樣樣精通，再一個不成材的小兒子連乩童都做不成，所以左思右想、還是決定直接過來一趟是吧？不用『心鏡』，我也知道你們想說什麼。」

登時，神父的額上冒出了青筋。

「臭小子，一張嘴伶牙俐齒！」

「我只是認為我們彼此雙方並不信任，在這樣的情況下，就算我答應讓你們把左家宅邸裡外翻找一遍，只要你們沒找到東西，這事就沒完沒了，即便是你們理虧在先，真的打起來又會變成我們以多欺少，既然如此，還不如酸你們一頓，看你們是否懂得知難而退，結果卻換來你們得寸進尺……」說著，左季轉身往主樓走去，「三哥，送客！」

左叔一吐菸氣、手一揮，湖面頓時蒸起水氣、剝奪了視野。

在霧氣完全吞沒湖畔前，雲機社眾刺客拔刀動身，和尚和老道正掏出法寶準備應戰，站在前頭的神父忽地拔槍轉身，直指老道——

「在這裡！」

——板機扣下，一道聖光從槍口噴炸而出，以幾吋之距從老道耳邊擦過後，擊中了潛行霧中、近身刺殺而來的侯之初！侯之初大驚，他即時甩出一塊方布護身，但質變尚不完全，那光穿透方布後，貫穿了侯之初的腹部！

左季大怒。

彷彿與之呼應，天地發生異變，一瞬之間，三毒人甚至驚見扭曲的空間乍現各方鬼神，猶如墜入異界！危急之際，是左叔按住了左季的肩、並喝令刺客們退下，進而修復了被撕裂的空間，三毒人才得以從中脫身。

「季，你失控了。」

左季甩開了左叔的手，指著三毒人大吼：「他們殺了侯之初！」

「殺？你也太瞧不起冷謙的雲機社了吧。」左叔冷笑，並舉起菸桿朝大字型平躺在地的侯之初一指，說：「況且這事到頭來，還是我們理虧了。」語畢，侯之初翻身而起，某個東西從他被聖光燒毀的衣物間落下，左季凝神一看，不禁皺起了眉頭。

「那是……」

「我等感應到的邪氣就來自這東西。」神父收起槍後，對左季說道。

那是左季從侯吾藏身的閣樓裡帶回的那對木偶。

左季頓時明白發生了什麼事。

「那的確是侯吾的東西。」他盤算後說道：「那對人偶是我在侯吾的住處發現的，本想帶回來仔細調查，回過頭卻忘了有這回事……不如這樣吧！既然在邪物的應對上，三位前輩是專家，也確實比我們更早察覺此物有異，就當今日三位是受左家請託，替我們將這對人偶帶回檢查，這樣一來，事情也算是圓滿解決，不知三位覺得可行嗎？」

三毒人聽完，若有所思地互看一眼。

見三人有台階不下，左叔也開口說道：「若這東西真的讓你們找出問題，就算我左叔欠你們一次，這樣如何？」

「好。」老道一口允諾，「貧道就貪提督這一人情！」說完，他朝身後的老和尚點了個頭，那和尚便雙手合十，道了聲阿彌陀佛，向一旁的侯之初遞出了他的缽碗。

有那麼一會，侯之初的指節碰到了落在一旁的刀劍。

但當左叔和他對上眼時，他妥協了。他將那兩只雕功粗糙的人偶放入和尚的缽中，見那和尚輕輕一搖，人偶便沉入缽碗之中、不見蹤影。三人允諾一旦查明此物，會第一時間通知左叔，接著他們先後告辭，轉身踏出結界，招搖過街後便化作一縷煙絲、就地消散了。

24

左伯的經紀人叫謝大偉，是一個身材矮小、體毛很多，長得像狐獴的男子。稍早接到左季來電，他在電話中透露自己最近有點忙，一番推託後，還是答應撥空見左季一面。兩人約在一〇一大樓，謝大偉姍姍來遲，遠遠地左季就認出他來，和印象中一樣，他一年四季都穿著量身訂做的絲質西裝，戴著炫富的名錶，頭髮梳起像個牛郎店公關，看上去頗有自信，但粗框眼鏡下的眼神總是飄忽不定，在說話過程中會一直「偷看」對方臉部的表情來確定自己說的話是否符合對方的胃口，專長是陪笑和唯唯諾諾，實在稱不上是什麼正派人士，之所以會成為左伯的經紀人，是某天在藝文酒吧看到左伯的演出時感到驚為天人，於是從老闆口中打聽到左伯的聯絡方式，並在電話裡花了兩個鐘頭的時間說服左伯，才得以來家中拜訪。左季當時十分不解，為什麼左伯什麼都不問，只坐在那自顧自地喝茶，等對方天花亂墜把合作方式、職涯規劃以及未來展望全都說了一遍，他便默默在合約上簽了名。

人一離開，左仲第一個出聲反對：「那傢伙看起來就不能信任！」

「我知道。」

看見左伯神態自若的模樣，左仲和左季不禁皺起了眉頭。

左伯笑著說：「如果連你都能一眼看出他不可信任，那就表示我沒什麼好提防他的。」

人與人的交往，愈直接愈好，左伯總這麼說。

所以簽約當下，左伯特地加了一個條目，要求謝大偉對魔術手法進行絕對的保密。

「正確來講，合約條目上寫的是『洩密自焚』。」

一〇一水舞廣場上，謝大偉拿下眼鏡、習慣性地揉著眼睛說道。他說左伯在簽約當晚憑空出現在他的套房裡，他半夜起床上廁所，才發現左伯坐在床前的書桌上，身旁放著那份合約、手裡還把玩著一把殺魚刀。謝大偉說他當下根本來不及反應，左伯已反手甩臂將那刀射出、猛地貫入他的胸口，衝擊之大，他一屁股向後跌坐地上，驚嚇之餘，他看著沒入胸口的刀具，反射性地想把刀拔出來，但左伯卻勸他別碰那把刀子，因為他才剛把刀子拔出半公分，大量的鮮血便立刻湧了出來。

他嚇哭了。

「我真的嚇哭了。」在台階上坐下後，謝大偉抽著菸說道：「我心想這算什麼啊！正常人會這樣跑到別人房裡拿刀捅人嗎？可是當下我哭得像個孩子，我真的很怕我會就這樣死掉，所以左伯當下說什麼我都說好，他要我對接下來的談話保密，我更是一口允諾，只希望他快點幫我打電話叫救護車！結果他卻說他是一個魔術師。我好生氣。我他媽的氣瘋了，我對他大吼說我知道，所以我才特地去找他簽約，沒想到他竟然是一個瘋子！他說我還是不懂，然後一口氣將插在我胸前的刀子抽了出來——我發誓，那比插進胸口還痛！我以為我死定了，我甚至嚇到尿褲子，但傷口卻沒有流出一滴血！可怕的事發生了，我摸了摸胸口，那一刀竟然連傷口都沒留下。」

「像變魔術一樣？」左季挑眉問道。

謝大偉點點頭：「就像變魔術一樣。」停頓了會，他接著說：「真的是突然就明白了，他為什麼要鄭重其事地告訴我他是一個魔術師，因為我相信他可以把刀子插進我身體任何地方，然後丟我一人在套房裡等死，也可以像剛才那樣把刀子拔出來當作什麼也沒發生；重點是，因為他今晚來過，這個向朋友租來的小套房很快就會變成現金買下的獨棟透天！整個台北市我愛住哪個地段都行，我簽對人了，我就要發大財了。」說完，他神情逐漸黯淡了下來。

「左伯的失蹤，你也毫無頭緒對吧？」

「其實剛好相反欸。」

「唉？」

「應該說我早就想過會有這麼一天了。」謝大偉指著廣場上那個頭戴魚缸、表演著簡易魔術的街頭藝人說道，「和那種平凡人不同，我知道他不屬於這裡，我們的合作也不會是永遠的。凡人的舞台怎麼裝得下他這樣的大人物？我猜左伯在你們那個圈子也是很特別的存在吧？回想起來，左伯總是望著遠方，真是讓人不爽，我甚至懷疑他其實從來沒有正眼瞧過我。」

當下，左季突然不討厭這個人了。因為在這件事上，他們是同一邊的人，謝大偉和他都站在線的這一邊，左伯則在線的對面。

區分那端和這端的無關天賦才能，而是別的東西。

——如果真要說他有什麼比較強烈的情緒，應該就是對你的嫉妒了吧。

左季仰頭按住了臉：左叔到底在說什麼呀！那種傢伙，怎麼可能會嫉妒我？

「總而言之，左伯就連失蹤都充滿了影響力。」謝大偉總結道。

「你是說網路上的事吧？」

「對！」謝大偉一臉難以置信地說：「這很不正常啊！我知道他很有名，幾乎就是電影巨星的程度了，把他吹捧成當代巫師沒問題，攻擊他的表演其實沒那麼了不起也很正常，但兩者接續出現，而且還是看準聲勢最高的情況下，進行了精準的風向操作，事情就變得很刻意了，你不覺得嗎？」

左季暗暗吃驚。

謝大偉畢竟是專業的經紀人，在社群媒體的運作上、敏銳度還是比較高的，如果連謝大偉也這樣認為，那他先前對范倫鐵諾二世的猜測便八九不離十了：這看似網路酸民的惡意毀謗，背後還藏有更大的陰謀。

「就你所知，左伯有仇人嗎？」左季問。

「仇人？」

「對，因為工作得罪了誰之類的？」

謝大偉古怪地看著我說：「左季小弟，你該不會覺得，人在踐踏別人的時候需要一個理由吧？好，也許真是這樣吧。但如果真有那麼一個特例，那就是眼紅他人的成功了。」

左季突然覺得胃很不舒服。

就像消化不良那樣，他對這些現實醜惡的資訊感到難以接受。

「那你之後有打算做什麼嗎？」左季問。

「繼續工作吧！」謝大偉伸了個懶腰後起身，「我啊，出社會之後賣過車、賣過房子，也跑過業務，在這之前我一直覺得自己就只是在給人打工賺錢，但做過左伯的經紀人之後，我看見一個真正的魔術師竟然在騙人的把戲裡找到夢想，我才突然意識到，這份工作似乎也不單單只是工作而已。你有看過左伯在台上的表演嗎？」

左季搖頭。他沒有，除了在家裡練習時，左伯會強迫他們充當觀眾，他一次也沒有在正式的場合看過左伯演出。

謝大偉惋惜地點點頭：「每次他表演的時候，我都會站在舞台後方看著底下的觀眾，你沒辦法想像左伯究竟帶給了他們什麼，那一個個因為驚訝而張大的嘴巴大到連鴿子都能飛進去！雖然左伯一消失，我基本上就是失業了，但這幾天我回想世界巡迴的每一場表演，我忍不住覺得，如果我能捧紅一個堅持不用魔術演出的奇怪魔術師，那我還怕會餓死嗎？所以我現在正積極尋找新的合作對象，今天之所以會遲到，就是為了簽一個剛出道的年輕魔術師呢……」

談話差不多要結束了。

看著謝大偉拍拍屁股、整理衣袖，左季突然想到還有什麼沒問。

「他有提過我嗎？」

「嗯？」

左季覺得喉嚨有些乾渴：「左伯他有跟你說過我的事嗎？」

謝大偉回頭瞥了左季一眼，然後點了個頭。

「他說他三個弟弟之中，最小的那個，是最沒出息、也是他最瞧不起的。所以我今天本來是不想來見你的。」

傍晚的水舞廣場上，左季發著呆。

謝大偉已經離開兩個多小時了，而左季呆愣原地，一步也沒有移動過。剛剛那句話就像插進胸口的刀，痛得他動也不敢動，他想知道左伯為什麼這樣說，自己卻不敢去想這句話究竟什麼意思；就怕和那天晚上的謝大偉一樣，一拔刀便會血濺當場。他需要聽左伯親自解釋，不然那話背後的含意之重，很可能是他遠遠承受不了的。

好在這些複雜的情緒被迫中斷。

「事發之後，我有時候也會來這裡。」

左季循聲回頭，只見紅淵打扮時尚、畫著淡妝朝他走來。

「紅淵姊姊？」

「我聽左叔說了，面對網路的流言蜚語，你可能會沉不住氣。」

左季點點頭：「所以為了保守魔術的祕密，守護處特地派妳來監視我？」

「我只是要告訴你，左伯一點也不會在意那種事。」

那究竟又有什麼事是值得左伯在意的？

左季不知道。

倒是紅淵給出了答案：「對左伯而言，重要的是那些喜歡他的人。」說著，她用下巴點了點廣場上的街頭藝人，「左伯也好，那個街頭藝人也罷，在我看來他們都一樣，會和各式各樣的人擦肩而過，然後等待那些對他真心喜歡、甚至為他停下腳步的人。」

這讓左季想起左伯入師祭那日。

那天他的大哥是那樣神態從容地與人來往，社交寒暄，然後迎賓送客，以及那一小片芋頭蛋糕。

「答應我，別太過火了，好嗎？」她說。

左季勉強同意了。

紅淵捏了捏左季的臉，轉身穿過一波觀光客後便再度消失。

視線拉回廣場，今天的表演是吞劍。

魚缸上預先開了道縫，只見無頭魔術師將一柄長劍插進縫裡，頓時那顆倒蓋頭上的魚缸中湧出了嚇人的假血，隨著劍愈插愈深，血漿甚至多到溢了出來！嚇人的戲法搭配節奏緊湊的音樂，今日的觀眾比上次多了不少，大家拿著手機錄影，吆喝著讓表演者加快吞劍的速度，甚至有人趁著魔術變到一半，跑到後面想揭開那顆魚缸，左季看見後眉頭一皺，他動了根手指，那人便因鞋帶糾纏一塊而跌了個狗吃屎。

眾人頓時笑出聲來。

表演在這時中斷了，魔術師頂著滿魚缸的假血和沒入的長劍，向大家示意可以透過打賞來看後續的表演，觀眾們覺得沒勁便紛紛散去了。這時，侯之初從對面走來，他掏出口袋裡所有的錢，有百鈔也有零錢，全扔進了帽子裡，然後退到左季身旁。

「有時候我會想，會不會有那麼一天，我們不用再假裝我們和這些人間戲法的表演者沒什麼不同，就能在人類社會有一席之地……」

「侯之初？」

侯之初做了個鬼臉，聳聳肩笑著說道：「但在這天到來之前，花錢支持他們繼續表演，替我們作掩護，就成了一件很重要的事。」談話過程，兩人都錯過了後半段的表演，回過神時無頭魔術師已將那支長劍拔出來了，魚缸裡的血漿變成清水，三隻金魚在裡頭恣意悠游，美中不足的是其中一隻已奄奄一息。當侯之初提到他按照地址找到范倫鐵諾二世的住處、並確定那人已經返家時，左季發覺自己並沒有想像中高興。

左季開始懷疑，自己真的想找到左伯嗎？

如果找到的不是左伯，而是比剛才那番言論更可怕的事物，那怎麼辦？

「怎麼了？」

「沒事。」左季搖頭，「走吧，去找那個只敢躲在鍵盤後面的王八蛋。」語畢，他從口袋裡掏出一枚十塊錢扔進打賞帽裡，並給了無頭魔術師一個友善的微笑後便轉身跟上侯之初的步伐，與此同時，身後傳來零錢因為翻倍複製而叮叮噹噹溢出帽子的聲音，以及無頭魔術師的連連驚呼。

25

和台北常見的老公寓一樣，范倫鐵諾二世住的地方有紅色的鐵門、米色二丁掛，以及每戶樓層皆造形迥異的鐵窗和採光罩，上樓後分左右兩戶，共五樓，附設地下室，為了方便機車進出，安有電鎖的鐵門總是半掩，並未真的關上。住戶信箱塞著五顏六色的廣告傳單，門上則貼滿了水電、鎖匙行和搬家公司的電話貼紙，有種連儂牆般的既視感。為了掩人耳目，侯之初進行了變裝，藍色的連身工作服取代了原先的夜行衣，摺成布包狀的方巾隨手一甩變成一只塑膠工具箱，猛地一看，儼然已是水電師父到府維修的模樣。

回過頭，他看見左季從信箱裡取出了一份刊物。

「那是什麼？」

「月刊《魔鬼的通訊錄》。」左季把週刊遞給了侯之初，「這是左伯的經紀公司和全台各地表演空間聯合推出的月刊，除了介紹海內外得獎的魔術師之外，還會公布國內表演空間的演出資訊。雖然是小眾刊物，但在凡人演出的圈子裡還頗有指標性，因為左伯的關係，我家也有訂。」

侯之初瞥了信箱一眼。

「6A？」

「6A。」

鐵皮加蓋的六樓也僅有A戶一戶，左叔給的地址就是這裡，當兩人來到頂樓時，侯之初按了電鈴。屋內傳來電玩的聲音，卻遲遲不見人來開門。侯之初又按了一次電鈴後，終於有些失去耐性。

左季忽然問道：「你覺得侯吾那兩個木偶藏了什麼祕密？」

「啊？」

侯之初回頭望著左季，一臉不解。

「不知道欸，可能是我的錯覺吧，」左季聳了聳肩，「就是和尚跟你要的時候，你當時好像不想給他。」

侯之初嘆了口氣。

他先是看了看窗外，接著又被一旁牆上忽然運轉的抽水馬達吸引，最後才用僵硬的語氣說道：「因為我覺得那對木偶刻的是我和侯之末。」

「你以前見過那對木偶。」

「當然，侯吾把它們當成寶貝一樣隨身攜帶。」說完，他別過臉，又按了一次門鈴，「我之所以能在那個屋子裡生活那麼久，有很大的原因是那對木偶，我看過侯吾看那對木偶的樣子，我一直認為他是愛我們的，只不過他的方式不那麼的……不那麼讓人接受。」

「然後你發現了侯吾永生的祕密？」

「我在某個房間找到一本日記，日記的主人是我們的母親，從日記裡夾藏的照片來看，我們的母親就是那個每天替我們做飯的死僕。記得嗎？我說侯之末替她包紮過傷口。老實說，當下我很驚訝，照片裡的她雖然不會動，卻比樓下那具軀殼更像是活著。她笑起來的樣子真的和侯之末很像。」說到這裡，他露出苦笑，「噢，對了，那個誤闖進屋子的郵差也是她捅死的——我知道她已經死得連靈魂也不剩了，我也知道附在上頭的是受侯吾控制的孤魂野鬼，但我還是寧願把她攻擊郵差的行為想成是她一直以為她的女兒還住在地窖裡，才會出於保護而攻擊外人吧。就像我相信侯之末在替她包紮傷口時，她一定是明白了什麼，才會掉下眼淚的。除了那本日記，我又在別的房間裡發現了其他更古老的日記本，而這些日記都在成年前停止了書寫，我就是在那個時候確定侯家的後代都會在成年之前死於非命的。當我拿著日記逼問侯吾時，很意外的是他把真相全都告訴了我，而我就是在那之後有了逃跑的念頭。正確來說就是當晚。我當晚就帶著侯之末逃了出來。」

侯之初口中有著和侯之末相似面孔的死僕，左季不記得了。

那些死僕雖然有著各自的面孔，但在童年回憶裡，他們就像屋內壁紙的花色一樣不曾讓人視線停留。不過這樣說起來，他確實有點印象，有一個女性的死僕常常在地窖附近徘徊。

「雖然侯吾壞事做盡，但在某些時候，他依然被侯之末當成家人。所以我本來想跟你說一聲，要把那對木偶送給侯之末，想著只要看著它們，侯之末回憶起以前的日子就不會那麼痛苦了。在你看來，這很難理解吧？」

左季搖頭。

「侯之末也說過同樣的話。」他說，「而且你當下就應該告訴我的。」

「三毒人一個貪心、一個痴迷，還有一個崇尚暴力，我當下告訴你我不想把東西讓出去，是打算全面開戰嗎？我知道你會這麼做，你脾氣也沒好到哪裡去，但我是雲機社的一員，你知道那代表什麼嗎？」

左季躲開了侯之初的注視。

不知道為什麼，他感覺自己身上的衣物變得很沉重，然後他才意識到那是身為一家之主的壓力。

「你是自願的嗎？成為雲機社的一員。」

「我無處可去。」侯之初語氣平淡地說道，「沒有任何人逼我，你父親只是給我指了一條路。左季，這些年來我體悟到一個事實，那就是選擇並沒有那麼難——妥協或是鬥爭，如此而已。」

很實際。

但太實際了，眼前這個即將步入成年的大男孩昨天還和自己玩在一塊，今天看上去已突然像個大人了。

左季感到受挫。他無法理解此刻萌生的複雜情感究竟是因為自己這些年原地踏步，還是他不甘心兒時玩伴用上位者的姿態和眼神看待自己。他不清楚。可以確定的是，那份難堪像窯裡悶著的火，晦暗不明卻愈發灼熱。左季甚至有一股衝動，想直接問侯之初，在他看來，長年受大族姓氏保護的自己是不是很沒用，但看見侯之初堅毅的神情時，他還是打住了。

反倒是侯之初，察覺細微的氣氛變化後，他說：「大家都說要快點長大。」

「唉？」

「但那是錯的，」說話時，他臉上閃過了一抹抑鬱，「我覺得那是錯的，很多時候人就是在急於長大的過程裡，不知不覺扭曲變形的。」接著侯之初擠出笑容、拍拍左季的背，彷彿回到當時一起上學嬉鬧的時光：「每次和左叔聊到有關成長的話題，他就會這樣說。」

「是啊，真像他的口氣。雖然他因為讀心的能力，從小就吃足了苦頭，但他在玩牌時總是會贏大家。」

「啊！撲克臉對他沒用。」

「不只如此，就算改玩其他抽牌類的魔術，他也會作弊。」說著，左季將右手食指伸進門縫底下，「有種魔術系統叫『感官易位』，像是用鼻子嗅出顏色，用觸覺感知物體的外觀和狀態，或是用掉落的頭髮進行竊聽，左叔就是用這種方法在抽牌前讓手指產生了視覺——混蛋，范倫鐵諾二世在沙發上睡死了！」

26

先是有人在屋內來回走動，然後是鋁罐碰撞的聲音，對話緊接而來。

「他只喝了兩瓶啤酒。」

「酒量很差。」

「晚餐吃加了滷蛋的大碗滷肉飯，連燙青菜都沒有。」

「欸——還很窮。」

像做了個亂七八糟的夢，當范倫鐵諾二世在沙發上醒來，屋內刻意壓低的對話聲嘎然而止。他睜開乾澀的雙眼，屋內一片漆黑。他記得晚餐沒吃完，也記得剩下的啤酒打翻在桌上還沒清理，但他不確定他睡著之前有把電燈關掉。正覺奇怪，鼓脹的膀胱一酸，一股尿意隨之而來，但就在他打算起身時，卻驚覺自己被人綑綁、動彈不得，頭上還罩了一塊黑布。

很快的，他發現屋內還有別人。

「誰在那裡？」他的聲音很小。

那塊布不只剝奪了他的視野，連他的勇氣也抹去大半，他曾在動物頻道看過人們用這種方式訓練充滿野性的老鷹，或讓容易失控的馬匹冷靜，但同樣的手段放在人們自己身上時，未知的恐懼卻一點一點將他擊潰了。布被抽掉的瞬間，他不由自主發出了短促的嗚咽聲，然後瞇起了眼睛。

是兩個蒙面的男子。

一個戴著牛頭、一個套著馬首，新鮮的切口鮮血直流，弄得滿地血水。

馬首男正在使用他的電腦，牛頭男則替他泡了一大壺濃茶，捏著鼻子餵他喝下。過程裡他們一句話也沒說，只是一味做同樣的事，不一會他的肚子就脹了起來，他驚恐地看著牛嘴裡垂下的紫黑色舌頭，一陣反胃後便嘔出水來，大量的茶水從他的鼻子和嘴巴失控湧出，牛頭男見狀狠狠打了他一巴掌，嚇得他嗆了一大口水。

近乎力竭的咳嗽聲中，馬首男來到他的面前，點開了筆電中的影片。

影片的畫面是 Subversion 的巡迴首場、即是左伯在高雄衛武營的演出，為了保密原則，非但人員出入管控嚴格，現場錄影拍照也是禁止的，也就是說，影片只可能是買票進場的觀眾在台下私自拍攝的。

「你是左伯的粉絲對吧？」

當馬首男將月刊《魔鬼的通訊錄》扔在地上時，范倫鐵諾二世漲紅了臉。

他強作鎮定地回道：「我聽不懂你在說什麼。你們是誰？是因為我在論壇上的發言嗎？你們想要阻止我上傳破解影片對吧？我看你們才是左伯的瘋狂粉絲吧！你們知道你們已經犯法了嗎？等著吃牢飯吧！我一定他媽的告死——」話語中斷，他張大了嘴乾嘔，卻什麼也吐不出來。

牛頭男的手按在他的肚子上。

僅僅只是這樣施力，范倫鐵諾二世便感到他漲大的胃就要破裂。

「你覺得我要壓多大力，它才會破掉？」

這句話像一根細針精準挑在毛孔上，叫人渾身顫慄！緊接著牛頭男發出刺耳的笑聲，他倏地起身，就在他雙手高舉的同時，屋內暗了下來、倒蓋的月刊竄起火焰，並以范倫鐵諾二世身下的單人沙發為中心，在地上燒出一個巨大的五芒星！下一秒，牛頭男便失控跳了上去、撲在范倫鐵諾二世身上，他扯住對方的耳朵，並在對方精神崩潰時歇斯底里大吼：「你在隱瞞他們是巫師的事實！你在幫他們！你和他們是一夥的，對不對？回答我啊！我已經抓到你了！我們抓到你了混蛋！撒旦是你的主嗎？來啊，告訴我啊！垃圾！撒旦是不是你的主！墮落的蠢貨！聽好了，我要把你的肚子割開，我要從你的肋骨底下掐住你的心臟！我要把你和他們一樣活活燒死——」

呃啊啊啊啊啊啊！

范倫鐵諾二世一臉蒼白地抽搐著。

他失禁了。

當馬首男在一旁開啟網路瘋傳有魔術師被激進的宗教分子活活燒死的影片時，他腫脹的腹部忽然一沉，彷彿脫力一般、他無可自制的大小便失禁了。

兩人退了開來、併著肩等待著。

當膀胱和腸道已空無一物，范倫鐵諾二世沉浸在身下的臭氣之中，像失了魂般望著地面，終於面無表情地說了一句：「不是我。」他說：「我說了謊，我根本不知道左伯的魔術是怎麼變的。」坦承的當下，他自覺可悲地搖搖頭，並發出嘲弄的笑聲。「對，我是左伯的粉絲，從他出道以來，我就關注他的每一場表演——很難不去注意吧！又有誰不想成為他那樣的人物啊？但有時候一個人光芒太過耀眼，就會變得像太陽那樣刺眼又灼熱。後來發覺自己再怎麼爭取表演空間、搶時段、苦練新的魔術，都無法變成那樣的大人物時，我放棄了。回頭看自己努力的過程，還真是微不足道的一個笑話！當時我喝了不少酒，替自己錄了一個影片，告訴大家我是怎麼把鳥從籠子裡變不見的，結果誰知道竟大獲好評。我突然意識到自己還有路可走……那種感覺就像是……就像是你突然發現你辛苦堆好的骨牌，是為了在這一刻被推倒而存在的。我得到了我在表演時得不到的成就感，這種事從未有過，於是我做了第二支影片，然後是第三支、第四支，我背棄了我的誓詞——我必當堅守祕密，尤其對不諳魔術以及尚未起誓保密之人……每次向公眾揭露魔術，我就覺得我像一個撒旦崇拜者，可是我就是停不下來，相信我，沒人停得下來！這種用靈魂換取名聲的感覺太讓人無可自拔了！看著左伯理所當然地成為大師，甚至進行了世界巡迴，我覺得我愈來愈低下，連成為他的粉絲都不配，我還能怎麼辦？就在這個時候，那個人出現了。他對我說他知道我的祕密，他了解我，他知道我不甘心只是如此……他還告訴我，既然我已經不能繼續崇拜左伯，那為什麼不親手把他毀掉呢？」

「是有人在背後指使你這麼做的？」馬首男語氣詫異地問。

「他要我在這個時間點跳出來攻擊左伯，」范倫鐵諾二世說道，「他說人要在被捧到最高處時，掉下來才會摔死。我在想，之前在論壇發起『那些沒有手法的魔術』徵片活動的人，恐怕也是受他指使——」

冷不防，牛頭男嘴裡爆出笑聲。

「喂，太搞笑了吧！這傢伙。」他語氣殘忍地說道！當下范倫鐵諾二世像被人抽了一記鞭子，反射性地瑟縮起來。「人因為平庸而衍生的嫉妒，還真是叫人噁心啊。」

馬首男則愣在那，好一會才回過神來。

「那個人長什麼樣子？」他問。

「我只見過他一次，是他自己找上我的，一個光頭，頭上有一隻不知道是四腳蛇還是蜥蜴的爬蟲刺青。」

馬首男退了開來。

屋內的火焰熄滅了，燈一陣閃爍後重新亮起。當他轉身往門外走去時，范倫鐵諾二世突然抬起頭說道：「那個手法不是真的，對嗎？」

馬首男回頭望著沙發上，那個鬍子雜亂、穿著排汗衫和短褲，滿頭大汗還坐在屎尿中的男子。

「你認識他對吧？」范倫鐵諾二世問，「認識左伯？」

「是又如何？」

「他沒有串通觀眾對不對？那些上傳的影片，全是當下拍到的，對不對？」

馬首男頓時明白了。

范倫鐵諾二世……不，不對——這個在成為大師的這條路上偏離了路線的落魄魔術師此刻正試著重新導航，而左伯是否仍舊像標竿一樣樹立前方，是他當下急著想要確認的。

「你覺得呢？你覺得你口中的左伯會用那種方式欺騙觀眾嗎？」

一下樓，摘去馬首、任其變回方布後，左季氣得流下了眼淚。

拿下牛頭的侯之初隨後跟來。

「是黑石。」左季咬牙說，「我以為的線索，僅僅是黑石生前留下的復仇戲碼罷了！」

侯之初靠著牆，點點頭。

「這不是很好嗎？」他反問，「我想不透的是，你到底希望事情怎麼發展？」

「我希望范倫鐵諾二世是左伯找來的！」左季吼道。

侯之初原本想要說些什麼，但他還是閉上了嘴巴。

「我希望網路獵巫的這場風暴是左伯他始料未及的，我希望范倫鐵諾二世是他花錢找來滅火，我希望這一切都和侯吾黑石無關，我希望左伯他還活著！」邊說，左季一邊流下忿恨的淚水，「我只是希望我大哥可以回來，僅此而已。」

「那你呢？」

「啊？」

「從頭到尾，你都在為左伯犧牲自己的前程，如今左伯遇害，照理說侯吾才是你的首要目標，不是嗎？但你卻一直在追著一個幽靈跑！」

左季不耐煩地揮手：「你到底想說什麼？」

侯之初冷笑。

「我在說，你之所以希望左伯還活著，只是為了逃避未來。」

彷彿一盆冷水落下，左季頓時被澆醒了，緊接而來的是焦慮不安，彷彿印證了謝大偉口中左伯對他的評價那樣，不用特意假裝，他就已是家族中最沒出息、最無藥可救的那一個。

但他不甘心。

他不甘心這些話是由侯之初來說的——這個只懂打打殺殺的傢伙，憑什麼對他這樣一個家族正統繼承人講這些冠冕堂皇的話？

「你自己又如何？」壓抑情緒後，左季突然問道。

侯之初雙手背在身後、靜靜等著。

而左季絲毫不打算停下：「當一個雲機社的刺客，在左家和冷謙底下做事，難道這就是你想要的未來嗎？」

「沒錯。」

「！」

「我說沒錯，這就是我想要的未來。」侯之初仰望天際，眼底流露出難以言喻的滄桑，「我希望以前發生在魔術師身上的事，未來不要再發生了。我希望有一天在面對穿鑿附會的流言時，人們學會思考、學會判斷，學會任何形式的歧視和恐慌終有一天會發生在自己身上，因為所有人都有著同樣的排外本質，也都在根本上有所不同。所謂獵巫，今天獵的是魔術師，明天就是不同膚色、不同性向的人。假如你問我，成為雲機社的刺客、在冷謙和左家底下做事，是不是我想要的未來，我可以明白告訴你，是的，能用自己的方式保護整個魔術族群，這就是我想做的事。所以我自私、也真心希望，犧牲左伯一人就夠了，我知道這對你不公平，對左家也不公平，但如果是左叔的話他一定會明白，只要能讓這場網路獵巫消停，左伯就不算白死。」

回過神時，左季已衝了上去，將侯之初壓在門上。

他緊握著拳頭，牙齒咬得咯咯作響，但那拳始終懸在半空沒有揮下，因為相較於他想守護左伯的舞台榮耀，侯之初所追求的族群存續要來得重要太多了。在侯之初堅定的注視下，他動搖了。

「大家會漸漸遺忘左伯嗎？」左季問。

侯之初搖頭：「不會，大家會永遠記得他偉大的犧牲。」

左季妥協了。

他同意讓侯之初前去要脅范倫鐵諾二世繼續執行黑石的原定計畫，也就是在今日上傳范倫鐵諾二世和路人串通合拍的破解影片，拍攝過程透過高空投影設備和空拍機懸吊假體，將3D立體投影技術應用在假體上，製造出一〇一上空有人平躺的影像，藉著距離以假亂真，再透過那些假裝拍攝的六名路人，將後製好的影片上傳論壇。只要這支影片上傳了，左伯的聲量就會跌至谷底，那這場網路獵巫就會不攻自破。

然而當他們返回六樓時，卻發現范倫鐵諾二世攤在沙發上，上身後仰、面孔發黑，已停止了呼吸心跳。左季走近，檢查了他的死因，在見過他脖子上的勒痕卻不見強行入室的痕跡和凶器後，他撫摸傷口，感受到上頭殘留的惡意，並在他的胸前找到事先埋下術式的痕跡，便確認是被人遠距咒殺的。

「是因為洩密吧？」

「不，是我們害死了他。」

27

問題是，黑石已死，又會是誰下的手？

侯之初提議，不如在今晚敲響地獄之門、把黑石找來問個清楚，於是他帶著左季就近來到位在大稻埕的霞海城隍廟，避開進香人潮後，兩人用魔術偷偷取下地藏王菩薩手中的錫杖，在後頭找到一扇門，他說全台的城隍廟都與台南代天府附設的電動鬼屋「十八地獄」相連通，並表示今天若只是想問事，大可透過各地城隍廟的請神人恭請地藏王菩薩前來協助，但要直接找來某人的鬼魂，還是得親自到地獄走一遭。

「但大風說過，人不可能平白來往地獄，卻不付出代價。」

侯之初解釋：「黑石使用的『生死咒界』是結界魔術，是把一部份的現實空間送入地獄，和我們現在要做的不同。這比較像是降靈魔術的一種，是在人間找一個地獄的擬景，作媒介之用，讓死者能夠重返人世。」說著，他掏出那把迷你錫杖。

左季一臉困惑。

侯之初說這是有典故的：魔術史上號稱神通第一的佛陀弟子目犍連，曾為了到地獄探視母親，向佛祖借來一根能敲開地獄大門的九環錫杖，怎料目犍連不知錫杖威力，用力過猛，竟不小心把門給打破，頓時有八百萬惡鬼竄入人間，於是他被罰投胎於唐末，名為黃巢，黃巢結黨稱帝，一生殺盡八百萬人，史稱黃巢之亂，將八百萬惡鬼全數殺回之前，這根錫杖便暫由地藏王菩薩保管。

語畢，侯之初用那根小錫杖輕敲門板，下一秒便天搖地動。

左季大吃一驚。

然而周遭的人似乎都未察覺動靜。

回過頭時，他發現眼前那扇門消失了，取而代之的是空無一物的漆黑。侯之初說了句跟上了，隨後跨步而入，左季跟在後頭進到冰冷如水的空間裡，原以為要摸黑前進，但幾乎就是一進一出，毫無時間差的，兩人一回神已來到台南代天府後院，他們站在一處地下通道前，建物上頭立體燙金的四個大字，寫著「十八地獄」。不得不說，這地獄入口設計得像座防空掩體，左右各站一鬼差，真人大小，身後是圍起的紅色欄杆，抬頭便可見到一隻雙目血紅、張牙舞爪的青藍色惡鬼爬伏在入口上方，傍晚時分四下幽靜，原先塑膠感十足的人造物竟顯得格外逼真嚇人。

左季歪著頭說道：「我好像知道這裡。」

「是嗎？」

走進十八地獄的入口，左季沿著台階往下走了幾步後，回頭說道：「我記得我和左仲左叔三個人一起來玩過，麻豆代天府的十八地獄……對，我想起來了！這裡就是一個宗教主題的電動鬼屋。」

「表面上是的，實際上這裡是地獄在凡間的一個具體意象。」

看著兩旁牆上手繪的鬼司押送死者圖，兩人一同走下台階。

陰綠昏暗的光線下，兩人過了望鄉台、奈何橋，很快便來到了由秦廣王掌管的第一殿，四周皆是鬼差和等待審判的鬼魂，前是判官閻羅，後有牛頭馬面，一個栩栩如生的電動人偶來到案前向秦廣王頻頻鞠躬後跪了下來，一旁孽鏡隨之亮起，當下綠光虛幻、煙霧瀰漫，預先以台語錄製、充滿威嚴的嗓音在案上響起，藉由秦廣王一角，講述著死者生前的罪狀，鏡中場景歷歷在目，不由辯駁、只能認罪。

場景就和兒時記憶中的一樣。

侯之初想了想，說：「貪官汙吏的審判好像是在二殿。」

「哦，對，黑石生前憑藉職權欺壓別人，算是貪官。」

掌管二殿的是楚江王。

侯之初確認黑石生前所屬犯行與二殿項目相符，於是用「二乘二方陣」分身為四，先後於四個角落站好、並各自望向一面，便開始了著名都市傳說中的「四角遊戲」。儀式與遊戲規則雷同，由手持九環錫杖的第一人開始跑向第二人，並在喊一聲「八百萬鬼」後，將錫杖交到第二人手中，以此輪流，當第四個人跑向無人角落時，必須說一聲「八百萬鬼無」，然後再跑向等待在下一個角落的第一人。他說這叫「目犍連追八百萬鬼入地府」，也是極度恐怖的四角遊戲的由來。

隨著遊戲進行一段時間，左季逐漸毛了起來。

因為那些電動人偶都停止了活動，二殿寂靜，僅有侯之初在房間裡跑動的聲響，突然綠光熄滅了，眼前一片黑暗，左季追著屋內跑動的聲音轉著，愈覺屋內悶熱難耐，一開始他還能聽見侯之初喘息的聲音，時間一久，那喘息聲卻和腳步聲對不上了，他無法單純透過動靜辨別遊戲進行到了何處，只能更專注於那一聲八百萬鬼，又過了一會，他才忽然驚覺，他已經很久沒有聽見那聲代表無人角落的「八百萬鬼無」了。

這表示，八百萬鬼在此，地獄已被召來。

碰一聲，侯之初倒下。

霎時紅光亮起、熱氣蒸騰，原先塑像假景一一成真，青綠紅白、面目猙獰的鬼差接續從牆裡融出，霧裡更有鬼影晃動，在鎖鍊石磨虎嘯狼嚎中驚懼求饒，駭人景象隨處可見，彷彿真的來到地獄；雖然侯之初先前便提醒過左季，透過「目犍連追八百萬鬼入地府」召出的只是地獄的擬景，但隨桌案上楚江大王一聲喝斥，左季仍不由得從內心感到震撼。

「案下是何方術士？竟大膽包天！擅自敲開地獄之門、召地獄於人間，該當何罪！」

左季被地府的炙熱毒煙燻得睜不開眼，使他難以看清桌案後頭楚江大王的面容，只模糊瞧見有一牛頭一馬首、高達二尺之巨漢逼近，他連忙扶起昏厥的侯之初，雙腿一跪，先行叩拜！

「弟子左季，今日有事相求，才冒然召喚地獄——」

「既然汝有求於人，昏睡那廝又擅作主張、施行禁術，那就留他下來，於我麾下苦役十年！」

煙霧之中，楚江王一聲令下，左季便見身旁的侯之初被牛頭使者一把抓起，馬首使者更是揮舞鐵叉往地上的侯之初刺去。

「楚江大王也太不講理！」

左季一急、伸手大喝，不料一條鐵鍊飛竄纏繞而上，封住了他的手。

這時侯之初忽然醒來。

馬首使者一記鐵叉猛突，卻空掛一件衣物，侯之初早已在叉下蟬脫遁逃、揮刀而下，削斷牛頭使者一根犄角！而後他翻身落下、匕首盡出，施術為三乘三方陣，九把利刃破空而來，馬首使者掄舞鐵叉擋下，手背和肩膀各中一刀，而後刀留一把於肩上，使其無法舉臂，餘下八刀盡數消散；然而就在侯之初打算故計重施時，腳下探出數十隻鬼手拖住了他，牛頭使者更以鎖鍊綑縛，左季見狀用術斷臂脫身、等鎖鍊落下後再行接上，但手臂尚未完全復原就又脫落，一連幾次才成功接合，他這才發現術法不通又耗能巨大，彷彿在水中步行，阻力重重。

楚江王笑道：「陰曹地府，豈容得下你在此神通撒野？」

左季見狀只能撲身抓住牛頭使者，還沒碰到對方一根汗毛就被一腳踹開，他未曾受過格鬥訓練的身體顯得笨拙遲鈍，絲毫派不上用場，眼看侯之初的身軀被鬼差一吋吋拉入地裡，他慌了，他被馬首使者掐住腦袋離地舉起時，視線遭到遮蔽，以至於那馬臉之長，他竟一連幾次揮拳都打不準……不，等等。

左季雙臂垂下。

——肉身凡體斷錯相連。

當下，左季再次看見那張駭人恐怖的幽暗馬臉，藉由模仿左叔常用的感官易位魔術，他的視神經在指尖上重新接上了！彷彿悟通什麼，他在原有術法上稍作嘗試，尚未反應過來，馬首使者的手臂已啪嚓一聲應聲折斷！

一脫身，左季便動如脫兔、迅如雷電，一記前翻躍起、踢歪了馬首使者的腦袋，隨後他來回閃躲地下竄起的鐵鍊，又來到牛頭使者身前，雙臂交錯擋住對方重拳後，踢腿將其掃倒，再飛膝而上、進而成功擊倒了牛頭使者。

可行！

如他所想，舞蹈、格鬥或職業運動都必須透過反覆訓練，才能將當下感官接收到的客觀訊息和過往經驗結合，即時做出修正，來達到精確完美的運動表現，若沒有接受過一定程度的特訓累積經驗，就算人們腦中很清楚後空翻的樣子，身體也完全無法配合。

反過來說，只要讓腦袋取代肌肉就行了。

左季蠻橫地認為，只要讓他的一切動作都和想像同步即可。而他辦到了。他的身體反應出以往不曾有過的敏捷、速度和力量，只要他想得到，他的身體便能相應行動。

如獲神力一般，他徒手扯斷了鐵鍊，救下了侯之初。

「你還好嗎？我馬上帶你離開這裡……」

「去哪？」

楚江王的嗓音在耳邊響起，左季幾乎是同時反手刺向了後方，但這次卻撲了個空，他朝一旁躍開，看見一個穿著紅色西裝、蓄鬍、梳著油頭的中年男子一腳踩住虛弱的侯之初，再看看鬼差們向兩側避開的驚恐模樣，便明白那人即是楚江大王。

楚江王伸手，一本寫著《生死簿》的古冊憑空落下。

他翻動後點點頭：「左元放的後代。難怪……難怪如此傲慢。」接著他闔上書本，輕輕一勾腿、便將腳下的侯之初彈上了肩，扭頭要走。

左季連忙追上要搶，卻再次撲空。

怎麼回事？

左季不信，他加快了速度，但楚江王就像一道紅色鬼影般飄忽不定，總在他逼近那刻從容閃避，甚至當他一招聲東擊西、好不容易捉住了侯之初的衣襬時，楚江王一退一進，鬆了他的下盤，隨後趁他屈身，單手一反、輕輕鬆鬆便將他擒住！

「就這點本事？」

「還沒！」

左季並不打算就此認輸，然而當他想再變得更快、力量更大時，他的身體忽然動彈不得，大腦更是一陣劇痛，痛得他當即倒下、抱頭打滾！

「喂，活人，你把大腦當肌肉使用了對吧？」

「……你……對……」

左季痛到滿臉是汗，連好好說話都辦不到。

楚江王搖頭：「真瘋狂，也算賞了一齣好戲，我看就判你個鎖鍊分屍好了。」說著，原先被左季擊倒的牛頭馬首竟又再次站起。

「黑石……」

「嗯？」

「……我們是來找一個叫黑石的男人……」被牛頭使者以鎖鍊勒起時，左季吃力地說道。

誰知楚江大王連簿子都沒翻，便答道沒有這個人。

見左季一臉吃驚，他又說了一次：「我記性很好，這一千年來，我楚江王的二殿沒收過半個叫黑石的傢伙。」

這時，一個留著長鬚、看似判官模樣的老者現身，在楚江王耳邊一陣嘀咕。

楚江王臉色一沉，望向左季。

「該死，還真有一個叫黑石的傢伙。」

左季一聽，連忙說道：「楚江大王，能否讓我見黑石一面——」

「不能。」

「唉？」

「別說陰陽兩隔不該相見，就說我這陣子心情大壞，死活也不想讓人占到便宜。」楚江王轉身背對著左季說道：「前些日子，我掌管的寒冰地獄被一名三流術士冒死召入人間，一共闖入三人，生死簿卻只多了兩個人名，有一人的名字不知為何沒出現在簿中，得以自由來去，鬼差也無可奈何，而剩下兩者的其中一人左某在世行善積德、功德圓滿，交由一殿的秦廣王細細審判，已出地獄、歸列仙班……」

左季一聽父親已得道成仙、欣慰得哭了出來。「真是太好了！」

「好個屁！」楚江王冷臉說道，「三人。一天之內，我執掌的地獄有三人來犯，結果一個成功續命不歸我管、一個還得由我親自恭送歸西，一個上不了名簿，簡直讓我成了十殿閻王之中、除了平等王以外的大笑話！那九殿的老頭弄丟無間地獄整整五百年，我卻一夕之間跟他老人家在這事上平起平坐……為了雪恥，對今日擅自召來地獄的你們二者，本大王必當好好懲罰才行！」

「那個上不了名簿的人叫侯吾！」左季連忙說道。

他的話再度引起了楚江王的注意。

「活人小子，繼續說。」

「您剛才提到平等王弄丟一座地獄，又說那日三人之中，有一人名字上不了您的生死簿，我猜，那人就是侯吾。據說他吃了一名地獄人，釋放一頭魔鬼，因而得到奪人壽命的能力，藉此活了五百年，還能來去地獄如入無人之境，他就是這樣從您手中逃掉的！」

「奪人壽命？」

「是的。」左季含淚說道：「五百年來，侯家不知有多少後代死於此術，就連我父親和兄長都是死在他手中的！我左氏與侯吾，誓不兩立！」

楚江王若有所思地點點頭。他搓了搓下巴後說道：「平等王的無間地獄確實是掌管時間的大地獄……但你不去找侯吾報仇，找這叫黑石的術士做什麼？」

「我覺得他知道我大哥的事。」

楚江王揮手讓牛頭使者替左季鬆綁後，說道：「我能幫忙。」

「謝楚江大王！」

「別急。」他琢磨著左季的反應，悠悠說道：「我能教你制住侯吾，也能讓你見黑石一面，但殺侯吾和見黑石，若只能擇一，你該當如何？」當楚江王用一派輕鬆的口吻，道出如此殘酷的話語時，左季呆住了。

他覺得嘴巴好乾，指尖也異常冰涼。

深吸口氣後，左季雙膝跪地，向楚江王磕了個頭。

「為天下蒼生，殺侯吾。」

「好！好啊！」

在一臉錯愕的左季面前，他扔下肩上的侯之初，隨後手臂一抬，牛頭馬首頓時站開，判官退居右側，鬼差百名盡數歸列，前一刻還遍地鬼哭神號，傾刻間便落入寂靜無聲。

楚江王向前站了一步，隨他嗓音從四面八方來，千把鬼火憑空燃起。

「本王執掌之寒冰地獄日前被人召入凡間，關入三人，一個簿上無名不困地獄，一個得道歸西，還有一人，在地獄關閉之前被人用術勾走魂魄、借屍還魂！致使本王明明簿上有名、卻收無此人，這廝便是黑石。活人左季，聽我號令，速速前去追討黑石，效仿神通第一目犍連將遊蕩惡鬼殺入地獄！事成之後，我便教你如何大敗鬼王侯吾！」

語畢，火焰滅盡。左季暈眩倒地，昏迷之際，他眼中看到的最後一幕是電動鬼屋的一殿內正好演完一輪貪官於楚江王案下受審的戲碼。

28

醒來時已近黎明，左季發現自己睡在大稻埕碼頭旁的石椅上，而偽裝成流浪兒的百臉正在附近和野狗玩耍，見他清醒，百臉三步併作兩步跑來，說三毒人在古董人偶身上有所發現，左叔差他來報，讓侯之初先一步前去濟小塘廟會合，並替兩人還了九環錫杖。

左季摸了摸頭，困惑地問：「我們剛剛不是在台南麻豆嗎？」

「是啊。」

「但這裡是台北？」

「對，台北的大稻埕。」百臉眨眨眼睛，「忘了嗎？我要幫你們還錫杖啊！」

「不是，我是說……對啊！要還錫杖的話，你一個人來不就好了？幹麼把我也帶回來啊？」

百臉聳聳肩，指了指左季的手。

左季低頭一看，才發現自己手裡緊掐一張黃色菜單，還有一根毛筆。

「我的小老闆啊，我以為你想喝迪化街的蛇肉湯呀！」

那間蛇肉湯店在迪化街外圍的小巷內，沒有明顯的招牌，在動保意識抬頭的現今，蛇肉生意大不如前，只有三兩饕客嚐著肉湯，有一搭沒一搭地和老闆娘聊著新聞。接著他便在角落看到一個熟悉的身影。那人穿著襯衫，袖子反摺用袖箍固定，眼鏡和公事包放在一旁無人的藍色塑膠椅上，只見他剛挑完薑絲、隨後便張口大啖碗裡濁白濃郁的蛇肉湯。

是黃鶴。

左季上前，一個面目猙獰的大漢擋住去路，他猜這人八成是專職保護黃鶴的隱術士，還沒出手，化作老者的百臉已悄悄來到大漢身後，並用手裡的竹節拐杖戳住大漢的影子，使之動彈不得，隨著百臉左右轉動杖尖，大漢頓時痛得跪地求饒。

左季問：「你戳到他哪裡了？」

「脾臟？」

「不對吧？我記得脾臟沒有神經。」

百臉忖度杖下影子與人體相應的位置，恍然大悟地說道：「那就是膽了！」

左季讓他好好壓制住大漢，自己則在黃鶴對面的空位坐下。

「大熱天的，喝湯啊？」

「那位置有人了。」

「說謊。」

「抱歉，但你不受歡迎是真的。你還不知道吧？魔術圈都說左家要沒落了，說是以後左家當家的絕活要成了耍嘴皮子和搖頭起乩了。」說完，黃鶴自娛地笑了兩聲，然後撇過頭，望向爐子前忙著剁蛇肉的老闆娘，好一會都等不到左季回嘴，才又問道：「怎麼？你來找我，不會是還想替你大哥左伯討個公道吧？好，梅林獎的事算我審查不慎，我道歉就是了，但都這種時候了——」

「都這時候了，你不覺得自己坐在這裡，很突兀嗎？」

黃鶴閉上了嘴，連帶手裡的湯匙也放回碗中。

「小子，你想說什麼？」

「我想知道兄弟會遇襲、長老被殺，而當天負責主持裁罰委員會的你，憑什麼全身而退啊？」

「會逃吧。」

「逃？我看不是吧。憑黃鶴那點本領，能在侯吾手下逃出生天？」左季直視黃鶴金框眼鏡下的那對小眼睛，突然說道：「倒是你，一直坐在這裡，不打算過去叫她一聲媽嗎？黑石。」

左季一句黑石，黃鶴倏地起身，震得桌碗搖晃、瓶罐傾倒，湯湯水水全翻灑出來，沿著桌緣滴到了地上。老闆娘聞聲來看，說了句怎麼這麼不小心，便擰來抹布清理一番，還把半空了的湯碗收回，盛滿一碗再次端來，黃鶴……不，藉著黃鶴的口，黑石連連向老闆娘道謝。

「我以為左家擅長讀心的是左叔。」

「你之所以這樣認為，是因為我父親想讓大家這樣認為。」

「你是說他一直藏著你？」

「一直藏著。」

黑石一愣，苦笑搖頭：「還真是頭老狐狸啊！」接著他嘆了口氣，用下巴點了點爐子後頭那個身材微胖、綁著包頭，手腳俐落地從籠中捉出一條蛇來的老闆娘，說道：「在我很小的時候她就離開我和我爸了，她覺得我爸不切實際、不愛洗澡，又很瘋魔術，還有我爸總跟她說這裡店租之所以會一直漲，是因為蛇是土地公的乾兒子，搞得她愈聽心裡愈毛，最後就簽字離婚了。」

「她有回來看過你嗎？」

「沒有。」他悠悠說道，「她討厭我。我記得她總是說我和我老爸一個樣，讓她覺得噁心。回想起來，除了蛇肉湯，她做的飯菜比學校營養午餐還難吃。這樣差勁的老媽，我卻一直想再看看她、再喝一碗她煮的蛇肉湯，現在換了張臉皮，終於有這個機會了。」他夾了一塊蛇肉送進嘴裡，又說：「我甚至連我不吃薑都不敢跟她說，怕她認出我來；但事實是，我媽她恐怕根本不記得自己兒子到底愛吃什麼、不愛吃什麼了吧！」說完，黑石哈哈哈笑出聲來。

看他這樣，左季突然不知道該說些什麼了。

「范倫鐵諾二世——」

「是我殺的。」不等左季說完，黑石直截了當承認，「我本來就是為了這齣復仇大戲才從地獄回來的，怎麼可能缺席？真可惜他撐不到最後一刻……都怪范倫鐵諾二世太崇拜左伯了。」

「可是我父親已經付出代價了，不是嗎？」

「左眩三？」

黑石瞪大了眼，一臉吃驚地搖了搖頭。

他說：「難不成你以為我恨的人是左眩三？不是的，小鬼，從頭到尾我想要報復的人一直都是左伯啊！」

左季錯愕看著黑石藉著黃鶴的臉孔、流露出的瘋狂神情。

「我不懂，左伯他到底——」

「我記得那個表演空間在一家飛鏢吧的地下室裡，一到五會有搞笑藝人來說單口相聲，六日則是魔術表演。我爸和酒吧老闆是熟人，星期六晚上的黃金時段都是由他負責表演，慢慢的，他也試著讓我上台暖場，表演結束後他都會到吧台點一杯生啤酒，我則喝著黑麥汁、聽他跟老闆吹噓我將來一定會成為明星魔術師，看著他笑得合不攏嘴的樣子，我知道他這輩子受的委屈，全都指望我替他爭一口氣了。畢竟他只有我了，而我十分有把握，在魔術表演這塊我是絕不可能讓他失望的……你猜猜看，發生了什麼事。」

左季當然知道。

在意識到這故事後來的走向，他抿著唇，好一會才說：「在陳老師的介紹下，剛上國中的左伯每個禮拜天都會去一個藝文酒吧表演魔術，一開始只是在沒什麼人的時段串串場，後來……」

「後來這個本該沒什麼人逗留的禮拜天晚上，忽然就成了酒吧生意最好的時段。」黑石替他把話說完，並長吁了口氣，語帶嘲弄地說：「一張門票一百塊，大家開始想著如果禮拜六的這張百鈔能省下來，那禮拜天就算晚點回家也是值得的。多麼有才華的孩子啊。當客人在散場後流連吧台，討論著剛才的魔術表演，我和老爸就坐在吧台的角落，我看著老爸，而老爸則一直盯著老闆看。那天晚上老闆一直沒有過來招呼我們，隔天老爸就收到酒吧通知，表演時段被調整了，我們負責禮拜天，而那個國中生代替了我們，接下禮拜六的黃金時段。我爸打了電話和老闆大吵一頓，最後老闆只讓他禮拜六準時到酒吧，然後就掛斷了電話。老闆讓我們去看表演。每場十五分鐘，一個晚上三場，父親的眼睛從沒離開過舞台，手裡那瓶啤酒更是一口都沒喝，散場時，老爸他說了一句『是左家的小子』，然後就帶著我離開了。從那之後，便是我的地獄。各種嚴酷的訓練接踵而來，我的手指因為練習而起了水泡，表演錢幣戲法又把水泡磨破，如果不小心讓絲巾染上血水，我爸就會狠狠揍我一頓。他開始酗酒，一旦失控就毫不節制地表達他對我的失望——你怎麼就是沒辦法像那孩子那樣啊？終於有一次，他因為喝太多酒，在表演時不小心把燈泡炸掉，弄傷了客人，就這樣，我們連最後的表演時段都沒有了，在那之後，就輪到左昡三和侯吾出場了。」

「這對左伯一點也不公平！」

左季抗議，但黑石並沒有反駁。

「公平？」他笑著搖頭，「他的存在本身就和公平毫無關係，不是嗎？」

當下，左季耳邊響起了謝大偉曾說過的話——

——你該不會覺得，人在踐踏別人的時候需要一個理由吧？好，也許真是這樣吧。但如果真要說有那麼一個特例，那就是眼紅他人的成功了。

他先是被迫理解了范倫鐵諾二世，現在又被迫理解了黑石，若黃鶴沒死，也許也能對他說出一番原由，說服他旁人那些醜陋的行為套在左伯身上，都會變得可以原諒。

左季累了，當他拿出那根毛筆。

黑石明白接下來會發生什麼事：「不能再給我一點時間嗎？這身體也差不多了。」他露出手臂內側日漸腐敗的爛肉問道。

「有我在，不會再有什麼好戲可看了，黑石。」

「我知道，我只是在思考你說的話……如果我真的走過去叫她一聲媽，恐怕會把她給嚇死吧？」

左季示意他把手伸出來。

黑石點點頭，他將碗裡的湯一口喝盡，然後把掌心攤在桌上。

「你覺得我媽她離開我爸以後，過得好嗎？」

「我不知道。」

一股寒意從後方襲來，依附在左季身上，手中的筆桿竟自己動了起來。

黑石苦笑道：「欸，騙騙我也好啊……」

左季深吸了口氣。

他一邊揮動手裡的毛筆，一邊說：「我想一個人做蛇肉湯生意很辛苦吧！但她之所以堅持做下去，可能是因為她知道，她做的蛇肉湯好喝到能讓她兒子就算落入地獄，也要爬出來點一碗來品嚐，除此之外，她已經不知道該用什麼方式表達對你的想念了。」語畢，他已在掌心完整寫下一個「盡」字。黃鶴的皮膚開始剝落。在老闆娘背對桌位時，黑石張口對左季說了一個名字，而後便隨著黃鶴身軀的破敗迎風而逝了。

第五部

侯吾

29

傍晚的水舞廣場，左季是無頭魔術師唯一的觀眾。

他呆愣著，不明白自己為什麼會走來這裡，卻又不知該何去何從。從剛才到現在，他腦中都是蛇肉湯店的場景，黃鶴那兩片刻薄的薄唇不斷在他腦中反覆扭動，其中夾雜著蛇肉湯老闆娘招呼客人的聲音，以至於他花了好長的時間，才說服自己他沒有聽錯，黑石的確在死前說了那個名字——侯之初。

什麼意思？

左季不敢去想，他甚至荒謬到想要來點娛樂好忘掉這個可怕的念頭，但無頭魔術師頻頻出錯的表演，卻只讓他更為焦慮。

當無頭魔術師失手砸破表演用的水晶球時，左季心裡那面牆終於崩塌。

他一直以為「返生樂傀」是侯吾的獨門絕活，從而忽略了魔術自古以來便在家族血統間代代相傳的這一事實；而幾乎同一時間，他想起了先前在神農街險些撞上能預言災禍的人面牛時，對方脫口而出的「小心朋友」，如果那個朋友指的既不是大風，小心的意思也不是要他擔憂朋友安危，而是一種預警，那這一切就說得通了。

是侯之初復活了黑石。

左季搖頭——他就是知道侯吾留下的那對人偶暗藏祕密，才不願放手。接著他想起了侯之初離去的原因。

糟了，他必須立刻警告左叔才行！

得知局勢丕變後，百臉告訴左季，魔術兄弟會這些年在各地設下不少連通暗門，並帶他到一棟百貨大樓的旋轉門，順向推動的同時，他們觸動了刻於軸條上的隱密符文，再轉身朝迎面而來的玻璃撞去，下一秒兩人從一扇玻璃門後摔出，仔細一看，那正是左宅所在公園入口處的玻璃電話亭。進入園中結界，隨著步伐加快，兩人神情也愈趨凝重。

到處都是屍體。

雲機社的刺客已全數遭人斬殺，死相慘淒、曝屍庭院，百臉驚得上前抱起一個女刺客的屍體嚎啕大哭，左季腦中一團混亂，當他沿著湖上廊道奔向主樓時，上方忽然落下黑紅色的雨水，與此同時，刀劍碰撞的尖銳聲響連同殺聲在耳邊響起，他放慢步伐回頭望去，正好看見侯之初立於牆瓦之上、翻身躍下。

「將他拿下！」

雲機社一眾刺客高聲喊道。

彷彿等候多時。

然而長劍快猛、匕首詭譎，侯之初所到之處紛飛血水宛如時雨，方巾更是變化萬千可攻可守，捲起做矛投擲，張開則宛若銅牆鐵壁。一名武鬥派的刺客近身搏鬥，眨眼便占盡上風，匕首在兩人之間互奪，忽然侯之初召來方巾包住了對方的頭，又抽出一張方巾豎成長劍，那人掙脫不去鋼化的方巾、匕首揮空，侯之初手中長劍來回揮砍猶如燕返，攻勢之凌厲，在對方臂膀、前臂以及後腰都造成傷口，還成功斬去對方一條腿、使其跪倒在地，但對方同為千錘百鍊的刺客，侯之初討不到什麼好處，在剛才回斬的間隔，他的腹部意外吃了一刀，且對方彈身而起、一記旋踢硬是將匕首貫入，痛得侯之初向後躍開！趁隙奪回匕首後，侯之初將其向空中擲去，當數名刺客從後頭追擊，他飛奔上前一把捉住斷腿刺客頭上包縛的方巾將其擰緊、化布為鋼，並利用自身的速度和重量，翻身扭斷了那人的頭後藏於屍身之下，霎時數百把匕首從天而降，庭院中頓時哀聲四起，而後屍體下方竄出十六人分身，持刀在園中快速移動，半晌掙扎，園內終於一片死寂。

左季看著侯之初朝自己走來。

歷經一番死鬥，這人渾身緗緊、殺氣騰騰，左季打了個寒顫後與之穿身而過，原以為是

「通透無我」，過了幾秒，左季才意識到方才所見之情境，已是過去的事。

是幻術？

是左叔！

當左季闖入屋內時，他看見左叔裸著上身、抽著菸斗，而一名金髮碧眼的外國男子正替他處理身上的傷口。

「看到這裡發生的事了嗎？」左叔說。

並再次透過幻術展示屋內當時的情況，左季看見侯之初一進到屋內，便毫不猶豫背對聽著音樂的左叔斬殺。

「只不過他斬殺的，也是我用結界幻術所造的假體。」

說著左叔噴了口菸，解釋侯之初恐怕早有二心，他猜侯之初為了避免被讀取心思，長年利用分身和他見面，由於方陣複製出來的是「物」，人形分身則受本體操控，自身沒有雜念，所以這些年他才沒有察覺異狀；直到這次召集，他正好透過「全識魔眼」戒備台南全境，才發現侯之初離開麻豆代天府後，不是前往位在玉井的濟小塘廟，而是朝市區來，這才察覺不對。

「所以你召回了雲機社的刺客們……」

「我甚至在這棟主樓裡設下結界幻術『大槐安之國境』，讓他以為自己成功殺死我了，好讓我有時間趕往濟小塘廟與三毒人會合。」左叔又吸了口菸桿，說道：「我是這樣想的，侯之初隱藏這麼久，之所以選在這一刻反撲，必然與那對人偶有關，結果你知道我在那裡遇到誰了嗎？」

左季瞧見他繃帶下的右手有道獸爪般的傷口，以及頸部勒痕，沉下了臉。

「你遇到侯吾了？」

「對！這就是有趣的地方，三毒人隨便一人都非等閒之輩，又因為先前唐國壽在魔術聖地濟小塘廟被鬼王侯吾擄走，實為魔術界一天大醜聞，在那之後，各大家族在玉井山區設下重重結界，沿途還有式神把守，侯吾卻為了一對破人偶不惜涉險前來……事實證明，一切的源頭都來自於此。」

左叔說完，朝桌上吐出一口濃煙。

煙霧散盡，人偶乍現。

「侯吾沒有得逞？」望著那對人偶，左季驚訝地問。

「有本大爺在，侯吾自然是拿了兩塊木頭便喜孜孜地離開了。」就在左叔吹噓的同時，他身旁負責包紮的洋人突然啊了一聲，左叔的右手便像黏土一樣剝離脫落。

「是詛咒。」

洋人兩手一攤，不負責任地放棄了救治。

左叔苦笑：「我的手臂被那頭魔鬼抓了一下，便從傷口開始老化，先是皮膚乾裂、肌肉萎縮，然後就在我伸手想表演一個簡單的幻術時它就骨折了，哈哈哈哈……沒事的，季，只是少了一隻手出老千罷了，菸桿子的材質我也會換輕一點的，以免手瘦沒手可換。對了，我忘了介紹，這人是夫卡納的鍊金術助手，叫賽特。賽特精通十六國語言，還是化學和生物學的長才，冷謙回收了夫卡納的部分遺骸後，通知他前來取回。」

「還要先驅逐上頭的惡靈。」

提及主人的死，賽特僅是一臉無奈，並無太多悲傷的情緒，接著他便起身表示既然他治不了左叔的手臂，也取回了夫卡納僅存的頭顱，就不再打擾。左季送他到門邊時，一隻木鳥從別館那沿著湖面飛來，賽特下意識伸手捉住了那隻木鳥。

「很精緻，也很粗糙。」他若有所思地說。

「是我做的。」左季聳了聳肩。

賽特饒富興味把玩著那隻木鳥，然後把它還給了左季：「這東西科學的成分很低，但上頭的魔術卻做得異常細緻。」

「這不是當然的嗎？我是一個魔術師啊。」

左季一臉古怪地說道。

賽特搖頭。

「如果是左伯的話，就不會在這兩者間做區分。」

「你認識我大哥？」

「見過一面。」賽特說，「在他巡迴的時候，我們見過面，相談甚歡。他說他有一個弟弟想介紹給我認識，但他沒說他的弟弟總共有三個。我不知道他說的是哪一個，但顯然不會是你。」

望著賽特離去的背影，左季心情複雜地回到屋內。

他發現左叔將人偶兩端相接裝在一塊，遞了過來。

「你看。」

左季接過後，發現人偶身上開了道暗門，裡頭有一撮打結的頭髮，另一端則多了一道小孔，上頭嵌著玻璃，似乎是個萬花筒。他眼睛一瞇、湊了上去，隨即被那之間的光影變化給迷住了，先是一小撮碎花的拼湊相接，而後開始千變萬化。

當他從中脫離、已過半晌，他淚流滿面地問侯之末人呢？

那是唐代，一個中國歷史上最為繁榮的盛世王朝，文有李白、杜甫、白居易，武不築長城仍能統一疆土，科學突進、外交鞏固，國強而百業盛興，民安則娛樂多元。

魔術，便是其一。

街頭市集隨處可見魔術師敲著鑼鼓吆喝演出，藏物不見、吐火吞刀都是當代常見的戲法，更有御用的皇家魔術師會在一年初始的元會大節進行大型魔術表演，往往興雲起霧間，魔術師便能從中召來吉鯉祥龍、漫天游舞，叫人為之驚豔，常有江湖術士因戲法出神入化而受召入宮，拜得一官半職、朝廷供養，引來不少魔術師為此前仆後繼，爭相入宮，一時蔚為風潮。

侯元也不例外。

他是侯家頭一個擁有魔術天賦的孩子，因緣際會之下，自幼跟隨火宅真人修行，其後有師弟師妹二人，師弟的名字叫王皓，是個戰爭孤兒，小師妹雀兒則是師父從常去的青樓抱回的女兒，日後和侯元、王皓一同修習著道家方術。師徒四人遊走大江南北，一到人多的地方，便就地演出賺取旅費，路上餓了，師父就往他那神奇的鐵碗裡放點吃的，渴了在裡頭倒一小杯濁酒，如此即可食之不盡、飲之不竭。白天外出雀兒總是抓著師兄倆的衣角玩鬧，夜裡三人鋪著乾草、緊捱一塊香甜睡下。每每師父外出辦事，侯元就會偷買糖葫蘆給她吃，王皓則愛捉弄她，不是捏捏她紅撲撲的臉蛋兒，就是在夜裡講些鄉野怪談嚇唬她，一行四人作伴，日子清貧卻也過得十分愜意；直到有一天，火宅真人留他們在城郊破廟裡，一去便是三天三夜不見人影，侯元外出打聽，最終在城門前看見了師父。

火宅真人被人剝去了皮，脖子受套索反覆摩擦而頸椎外露，遠遠看去就像隻死透的貓，就這樣吊著，供人指劃。一隻烏鴉嘎嘎落在死屍的頭顱上，一腳抓著繩子、一腳站穩頭骨，脖子一彎，尖如匕首的嘴喙扎進了眼窩裡，攪弄啄食柔軟的組織。

城門上，他在捲起的風沙中來回擺盪。

「師父得道成仙了，他坐著鶴往西方飛去了。」

回到破廟，侯元撒了謊。雀兒一聽哇哇大哭。侯元遞給她一串糖葫蘆，哄著她睡去，然後他把王皓帶到一旁，告訴他師父是被官府吊死的。連年大旱造成饑荒，國境內有數百萬人因飢餓而死，急需大興土木、開闢水源澆灌良田，然而朝廷送來的賑銀卻在庫房裡不翼而飛；有人說看見賊人穿牆而入，也有人說這賊必會法術，再有一人從市集來，說見一道士夜裡青樓尋歡，白天則演繹神通戲法，荒誕之餘，那通天把戲看上去好不厲害。於是一行官兵前去，不由分說便將這道士抓入牢中，活活虐死，最後懸屍示眾，交差了事。

聽完後，王皓衝了出去，往城裡的方向去了。侯元等他等到了傍晚，才看見王皓垂頭喪氣從遠處走來。他一屁股坐在廟門前，一臉慘白地搖搖頭：「不可能是師父做的。」侯元也同意盜取賑銀的人不是師父，儘管火宅真人一生貪杯、放蕩、好女色，但從重兵把守的庫房盜取出財寶，那是絕無可能。

王皓縮著身子，把臉埋進膝蓋之間，說：「他們殺了師父。」

「嗯。」

「他們為什麼這樣做？」

「我不知道。」

「你怎麼可以不知道？你不是大師兄嗎？」

「你好煩！」

侯元背對師弟，咬牙望向點著火炬的城門，身後的王皓還是忍不住放聲大哭了。

「師父明明什麼也沒做——」

侯元連忙摀住他的嘴，深怕雀兒被吵醒。

「混蛋！小聲一點！」

王皓掙脫著大吼：「他們全部都是殺人凶手！官府的人、整個城的百姓，他們全部都是！」

聽著王皓聲嘶力竭的控訴，侯元終於也跟著哭了。

「對，他們全是殺人凶手！」

無論出於什麼原因，那些人捏造了一個必須有通天本領才得以犯下的罪行、凶殘殺了一個毫無魔術天賦，僅憑藉超凡身手和祖傳戲法走跳江湖、自稱真人的普通騙子。

隔年，王皓離開了多年來相依為命的師兄妹。

他說他不想當魔術師，更不想修仙，要去闖闖，拜別二人後便往洛陽走去。侯元知道，王皓喜歡與世無爭的修仙生活，也比任何人更憧憬成為師父那樣厲害的魔術師，只不過城門曝屍一事對他打擊太大了，有好幾回侯元在夜裡醒來，都發現王皓被惡夢驚醒後偷偷啜泣。

也好。

侯元心想，這樣也好。

王皓走了，他和雀兒可以想念他，好過三個人聚在一塊時、想念的對象都是師父要來得好。

幾年過去，侯元和雀兒成為了家喻戶曉的大魔術師，一個能斷頭再生、一個飛空不墜，所到之處無不是萬人空巷，名聲之大，很快朝廷便來了公公，詔兩人入宮面聖。侯元和雀兒互看一眼，心照不宣點了個頭，接旨謝恩後，便上馬隨公公入宮。

那是侯元頭一次入宮。

眼前一切，就和雀兒描述的一樣，宮廷裡瓊樓玉宇、奢華無邊，錦衣玉食的生活和城外百姓飢寒交迫的場景鮮明對比著，在多年未曾下雨的情況下，他們竟看見一名宮女從大缸裡舀出一瓢乾淨的水沖去台階上一粒鳥糞，這一幕著實看得兩人五味雜陳。

行經御花園時，侯元突然發現園中百花悄悄盛開。

雀兒伸手要碰，花兒頓時枯萎，連帶前方引路的公公也化成了泥。

「小心！有人用術——」

侯元出聲警告，卻被一串笑聲打斷。

緊接著，一道人影從花叢後走出，向兩人作揖。

「師兄師妹好。」

侯元和雀兒互看一眼，異口同聲說道：「王皓？」

這些年，王皓沒變魔術了、倒是靠科舉做了官，他本就天資聰慧，又逢皇帝愛才、大舉賢人入仕，很快便平步青雲，在宮裡做了大官。他嘻嘻笑道詔兩人入宮是他出的主意，本想炫耀一番自己的成功，怎知侯元面色難看推開了他，質問他這些年未曾有過一封書信，卻在當了大官後用這種方式把他們叫進宮來，究竟為何？

王皓臉上的笑意退去了。

他說：「為天下蒼生。」

接著他告訴侯元，他這些年都在追查是誰害死了師父，起初發現師父的死是官府設的局，氣得他上門想找縣令算帳，卻發現縣令府邸空虛，日子也僅比一般人家好過，毫無大富大貴之相。自古以來，每逢大災之年，朝廷撥銀放糧賑濟天下，銀糧無不被經手官員層層剋扣，到地方官員手中往往所剩無幾，卻因共犯結構龐大，申訴無門，眼看門外百姓捧著碗苦等賑粥發放，縣令怕是逼不得已，只得在受萬夫所指之前找人背鍋替死。

最後，王皓下了結論：「而那個倒楣蛋就是咱們師父。」

「虧你還記得咱們師父，結果你卻放過了那狗縣令！」侯元怒氣沖沖地指責他。

王皓搖頭。

「我大可以把那縣令剝皮吊死，再召來鬼差將其押入楚江大王的寒冰地獄，但那樣做只會打草驚蛇。」

「你是說你查到了幕後真凶？」

「我的意思是，縣衙庫房的門上繪有門神。」

「噢……」

「對吧？」王皓無可奈何地說：「沒人能用神通術法從門神面前搬走那麼大量的銀兩不被發現，所以賑災用的銀兩不是被偷，而是一開始就沒送進縣城裡。我一路追查，發現各縣都有同樣的情況，我猜這些銀兩從戶部撥下後就被動了手腳，定是宮裡有人作法致幻，讓各地縣令點收了壓根就不存在的銀糧，事後銀糧憑空消失，才讓這些地方官落入啞巴吃黃蓮的窘境。」

「所以你才找我們進宮……」話說到一半，侯元才意識到一旁的雀兒從頭到尾都太過安靜了。

他轉頭望向雀兒時，她正尷尬地撥弄花草。

「……等等，妳早就知道了？」

「嗯，也不是啦！我不是有跟你說過，我練習御空術時，有偷偷來看過宮廷嘛？」她小聲地說：「其實我在那個時候就被王皓看見了。」

侯元聽完一時語塞。

王皓連忙圓場：「是我不讓雀兒說的。」

「大師兄也別怪王皓，當時時候未到嘛！而且我也不是小孩子了，師父是怎麼死的我自然也有權力知道……好了，別再生氣了！現在我們三人又重新聚在一塊了，眼下最重要的是如何替師父報仇！」

兩人你一言我一語的，模樣緊張狼狽，弄得侯元又好氣又好笑，最終他嘆了口氣，說這事就這麼算了，王皓這才說出他的計劃。

「總之我已經打點好了，元會當晚要進獻的魔術表演，就有勞師兄師妹費心了，還請兩位不要藏私，關於這次晚宴上的節目，皇上讓各部大臣廣邀各地魔術師進宮表演，有傳言皇上想看的不是供人娛樂的人間戲法，而是真有神通道行的奇人術士。細想之下便能理解，這麼做自然是為了這場大旱。當朝的國師是個騙子，但騙術高明，面對連年大旱，國師總能讓他指定的地點下場小雨，但若問他能否解救國境於水火之中，他就會推託祭祀要費時準備，跟神靈溝通又會折損自身陽壽，於是祈雨儀式便拖拖拉拉進行著，小恩小惠宛如隔靴搔癢，卻又讓他深獲民心；偏偏當今聖上疑心甚重，怕是打心底不耐煩了吧！在我看來，國師祈雨一事，全是馬後炮罷了，以師兄的能力，完全能取而代之——對，這次入宮，我就是想讓侯元師兄成為國師，要找出害死師父的人，首先要在宮中站穩腳步……」

夜裡，雀兒扮成宮女在宮中蹓躂，卻被人逮了個正著。

「去哪！」那人從暗處走來，低聲喝道。

雀兒回頭見是王皓，繃直的身子才鬆下，長吁了口氣。

「王皓師兄故意嚇人！」

「雀兒，這宮帷禁地，不比外頭市井小巷，豈能容妳這般變裝閒晃？妳這樣會掉腦袋的！」

雀兒咧嘴笑道：「掉腦袋我也不怕，大師兄會幫我接回來。」

「胡說！殺頭之事，怎麼能亂開玩笑？」

「師兄說話的方式真像一個官。」雀兒嘟嘴說道。

王皓這才忍不住笑了出來。

「傻瓜，我就是一個貨真價實的官。」

「那好！敢問這位大官，負責皇帝吃飯的尚食局怎麼走呀？本姑娘想去嚐嚐。」

「尚食局？那是皇帝吃的，妳竟然打算——」

「噓！」她伸手摀住了王皓的嘴，「都說會殺頭了，你還這麼大聲！」

「……」

見硬來不行，雀兒只能改口哀求：「師兄拜託！我就想嚐一次這天下第一甜點，就這麼一次，此生足矣。」

「唉，算我輸了妳。」

在侍衛經過時，王皓拉著雀兒躲到一旁，待四下無人後，他從一旁的水缸裡沾了點水，不疾不徐在牆上畫了一扇門，嘴裡咕噥著咒語，接著一道微光沿著水痕流瀉而出，王皓輕輕一推，厚實的牆竟開了一扇小窗，溫熱濃郁的食物香氣頓時撲鼻而來。

「啊！是酪櫻桃！」

雀兒一探頭，看見桌上擺著著名的御用甜點，便立刻伸手去拿。

王皓則在後頭幫她留意著。

在廚子來來回回的間隙裡，雀兒已在懷裡兜了油炸的寒具、淋著蔗漿蜂蜜的白酥山、薄可透光的櫻桃饆饠，還有一小碗剛炊熟便淋上糖水的蔗漿飯，直到王皓在後頭直喊快點，雀兒才心不甘情不願地收手。

隨著水漬乾去，那牆上小窗也變回原樣。

「看來師兄這些年也沒荒廢了修行嘛。」

「不，是我資質過人啊。」

雀兒窩在大缸旁，嘴裡塞滿了平時只有皇帝才能享用的精緻甜品，臉上掩不住喜悅，而王皓坐在一旁台階，欣賞她吃東西的模樣，甚為滿足。雖然這些年兩人各自過著不同的人生，也都不再是當年能捱在一塊睡覺的毛頭小鬼了，但她愛吃糖、而他愛看她吃糖這事卻一點也沒變。

「喏，師兄也吃點。」

「妳吃都不夠了，哪裡還有我的份？」

「師兄又笑話我！」

王皓起身收起笑臉，道：「豈止是笑妳？師兄還要考妳法術呢！來，我替師父驗收一下，看看妳是不是仗著大師兄疼妳，這些年偷懶打混了？」

雀兒把最後一塊酥塞進嘴裡後拍拍屁股、站直了身子。

王皓雙手抱胸等著。

「要來囉！」

準備好後，雀兒開始了舞蹈。

寬闊的宮牆巷弄間，她緩慢地舞弄身姿，一雙衣袖隨她雙臂擺動猶如風中盤旋追戲的飛燕，如此來回反覆、勾人眼眸，其腳下舞步之輕盈甚至能上牆垣而不墜、空踏步行而不跌，這般婀娜可人、千嬌百媚，叫人難以移開雙目，最終她如雀鳥嬉戲般飛舞空中，輕輕落在簷上，身如柳枝向後仰倒，如一道弧光、輕慢墜下。

王皓見狀一個箭步上前接住了她，任憑她在懷中嘻嘻笑鬧，許久才停。

「御空術修行了得啊？」

「還多虧你上次送我的法寶，我再也沒有掉下來過了！」

王皓一愣，好一會才想起來事情原委。

那是一根黃金拉成的羽飾，現在就插在雀兒的頭髮上，當初他在宮中與其他大臣議事時，忽然看見天上有物墜下，外出查看，在花園一角發現了雀兒，重逢之餘，他才知道雀兒在修習御空術，因為好奇宮廷模樣、特地凌空而來，怎料被御花園的奇花異石之景所驚豔，凡心太重掉了下來，了解情況後，他送了那根黃金羽毛給她，同時騙她那羽毛有術法，能讓人凌空不墜，實則是藉此穩其心性，如今看來成效確實不錯。

「雀兒，那根羽毛——」

「啊！糟了，」雀兒跳起，「我剛剛跟大師兄說我只是出來方便，我要趕緊回去了！」

「不要半夜閒晃！就算要，也拜託扮成公主！」

望著雀兒匆忙離去的身影，王皓嘆了口氣。

隔日便是元會。

晚宴上侯元表演了斷頭戲碼，雀兒舞弄大刀，伴隨緊湊走位，她突然猛地躍起，飛空而上，看得文武百官各個杯懸空中、屏息以待，就連皇帝也不自覺挺直了身子，瞇眼凝視。霎時鑼鼓作響、篝火爆燃，含著烈酒的侯元走上斷頭台將脖子安放槽內，滯空的雀兒一傾身子、挾帶著刀光飛速閃落，一聲嗚響，侯元便人頭落地！皇帝大吃一驚，正要上前察看，忽然侯元翻身而起，一圈又一圈翻起了筋斗，鑼鼓再響，那滾落的頭顱竟滾回了侯元腳邊，彈地而起，倒裝回身，一百八十度轉正後，他朝篝火噴出口中那酒，火焰頓時炸起、幻化成無數金雨落下。

表演結束，在場官員無不連聲叫好。

皇帝龍心大悅，開口問賞。

侯元跪地磕頭，只要一物，皇帝問何物也，他說他要皇帝賜婚，將長年與他一同演出、同甘共苦的小師妹雀兒許配給他。皇帝一聽，神色略為黯淡，嘴裡喃喃說著可惜，隨後便展現氣度，一口允諾。

「朕准了！佳偶天成，賜金漆人偶一對，令你們擇日成婚。」

「謝皇上。」

倒是雀兒，得知婚事已定，低頭羞得跑離了晚宴會場，侯元連忙追去，引得眾人哈哈大笑。

緊接在後的是國師的獻禮。

皇帝坐回位子，問一句愛卿所獻何物，國師捻鬍微笑，道了個「雨」字。不等大夥反應，國師雙手一舉，祭壇從他腳下隆起，他召來狂風、聚來雨雲，隨他一手直指天際，電光隱隱、雷鳴轟隆，夜空寂靜一瞬，下一秒傾盆大雨嘩一聲落下。

「好！好啊！」

元會晚宴就這樣在皇帝的讚嘆聲中劃下了句點，百官齊聲祝賀，新的一年風調雨順、國泰民安，而國師則在雨中放聲狂笑，與凝視漆黑夜空、一臉驚恐的王皓呈現強烈對比。

那晚，人人只見風雨，而他卻瞧見了龍。

晚宴結束，王皓匆匆回屋拿出龜甲銅錢卜了卦象，之後又召來天兵天將、借天書一查，得知有一負責降雨的龍王失了蹤跡，天象因而大亂，他問兩位神將為何不尋龍王下落，並告知龍王有可能已遭惡人降服、受其差遣，怎料神將卻說一切皆有定數，王皓見兩位神將態度保留，又回頭看那桌上的銅錢卦一眼，大致明白是怎麼一回事了。

卦象顯示妖孽出世，國之將亡。

大唐若命數將盡，恐怕國師是帶天命而來、得令旗以號龍王大亂天象，那麼這個朝代早晚走向盡頭，而師父火宅真人的死，只是這妖人作孽下的一個冤魂罷了。

既有天命，便萬萬不可與此人為敵！

王皓想把這個發現告訴侯元和雀兒，天一亮立刻動身前往師兄妹居住的偏殿，卻發現房裡空無一人，怪的是，兩人的隨身行囊都留了下來並未帶走，望著眼前景象，一股不祥的預感湧上心頭，他回頭便抓了一打掃偏殿的太監詢問，才得知天未亮，國師便手持皇帝令牌帶人闖入，不由分說便將侯元雀兒兩人捉走。

「……說是盜雨妖魔化作人形入宮，想對皇帝不利，卻因皇帝威儀而妖法失靈，他才能破除詛咒，在晚宴上祈得天降甘霖……」

胡說八道。

全是胡說八道！

但在宮裡，每每有人胡說八道，便代表要壞事了。這是王皓這些年在官場闖蕩的心得。他飛奔著，並極力克制不要使用魔術穿牆速行，但愈是這樣，他便愈感無力。最後王皓在午門外看見了侯元。侯元被人用一條繩子縛住、掙脫不能，王皓凝神一視，認出那是道家法寶「捆仙繩」，被縛之人別說動彈不得，連半點神通法術都無法使出。國師在祭台上緩緩道出侯元搬弄妖法、盜雨害民的罪狀，就在此時，一名巨漢手持大刀來到侯元身後，王皓大喊刀下留人、刀下留人，但周遭一片死寂，只有國師扭曲事實的話語在午門前迴盪著。

王皓跌了一跤。他倉皇爬起，指著國師大吼：「是他、是他，是他困住了龍王盜走了雨！是他製造大旱、再偷天換日的盜取賑災銀兩！是他啊！那個禍害百姓的人還站在祭台上啊！」

然而話語無聲，天空卻再次烏雲密布。

王皓抬頭，明白逆天而行的人是自己。

彷彿應驗了國師的話語，在旁人看來，哪有什麼綑仙繩，只有在天子腳下戲法失靈的盜雨妖人罷了。

「狗賊！」侯元口裡噴血咆哮道，「我先行地獄告你一狀！」語畢，他望向一旁被關入囚車的雀兒，流下了男兒淚。

大勢已去，王皓跪倒在地。

他聽見侯元啞聲委屈地對雀兒說：「師妹，來生我再好好待妳。」

隨後國師扔出斬令，大刀落下。

加上之前九十九次表演，這是侯元第一百次人頭落地，只不過這回那頭顱不再神奇滾回，就這樣一動不動地睜眼死去。

王皓悲慟萬分，但一切都太遲了。

都怪他太晚發覺國師的真面目，才會被國師先一步下手、在皇帝耳邊搬弄是非，非但將盜雨一事栽贓到侯元身上，指其為妖道之徒，還說皇帝之所以被雀兒的美貌吸引，全因她並非人類，而是會凌空擒龍的飛空魔女，如此一來便能借刀殺人，將威脅到自己地位的侯元和雀兒斬盡殺絕。

王皓面見聖上，卻只得到允許，得以替兩人收屍、連同遺物帶回侯家厚葬。

與此同時，國師已讓軍隊押著囚車往市集裡去，他要讓天下百姓看看何為魔女、以及一個禍國殃民的魔女會有什麼下場。王皓追上囚車時，看見雀兒面無表情地任憑百姓唾罵，而後有人拾起石子扔去，雀兒原先白皙無瑕的額面頓時破了道口子。

鮮血淌下的那刻，她終於感到恐懼。

在此之前她只顧沉浸於師兄之死的悲痛之中，對自身處境毫無想法，直到那粒石子飛來，她才明白天下雖大，卻已無處能容她。

群眾的惡意有多麼真實，她的恐懼便真切如斯。

落下第一滴淚時，雀兒放聲尖叫。

霎時，囚車被震成了碎片，只見她掙脫鎖鍊後凌空而起，望著身下無知恐懼卻毫不猶豫對她施暴的人們，她猜想師父的死、是否也讓當時城中百姓在飢寒交迫之中感到內心飽足？

一定是的。

眾生如此，那她生無可戀。

隨著她愈飄愈高、愈飄愈高，來到足以粉身碎骨的高空時，她輕輕躺下。

像一朵雲吧……

她想。

……然後隨雨落下。

30

離家前，左季說出黑石借屍還魂一事也是侯之初用「返生樂傀」搞的鬼，並指出黑石雖能透過黃鶴的屍體移動，但已多處腐爛，被判官代筆勾走魂魄的同時，黃鶴的身軀也猶如敗土，灰飛煙滅。

左叔聽完，若有所思地提起了一件事：

……說到這個，賽特在領取夫卡納的屍體時，倒是提出一個有趣的假說，那就是人身是「土」這件事，在鍊金術的基礎理論中，構成世界的四大元素是土、水、火、風，而靈魂不屬於物質……

「……而靈魂不屬於物質，當土水火風四者齊聚、建構出一個類世界的穩固連結，再用某種方式將四者一同轉移，到那時，憑依在老唐身上的鬼王侯吾便能從中剝離。」

當左季提到風神廟，將這段話轉述給冷謙時，兩人不約而同望向神桌上祭祀的火、水、風三神。一覺可行，冷謙立刻著手安排行動。三毒人在大風的協助下於廟埕封口淨身，左叔則在家中發動「全識魔眼」探查侯吾的所在之處，驚覺唐國壽已不在國境之內，追尋氣息，發現一處郊外空屋受魔術扭曲，屋中殘留的陣法看上去與鍊金術有關，於是他進入所有的衛星、無線電波，以及任何形式的影音記錄系統，並藉由一名叫反舌鳥的女刺客代為發聲；當反舌鳥雙眼上吊、渾身僵直時，左叔粗啞地菸嗓從她口中傳來：「找到……他搭乘民航客機飛行……一萬兩千公尺高空……柏林直飛……我再重複一次，找到侯吾了……柏林直飛台灣，航班編號是……已過台灣海峽，再十分鐘就會抵達本島上空。」

時機成熟。

冷謙拿出一張金紙，折成一架紙飛機：「聽著，不管飛機上有什麼，你都必須撐住，絕不能讓這班飛機來到台灣上空。」

「如果我做不到呢？」

左季不安地問。

冷謙搖頭：「那表示你不是當今天下第一霸道之主，我也就不會讓你去了。」

說完，他朝紙飛機吹了口氣，朝左季雙眼之間直射而來。

當紙飛機的尖端碰到皮膚的那瞬間，一股來自一萬兩千公尺高空的冷冽沁透了皮膚、直竄腦門，下一秒，紙飛機彷若無阻地向前飛行，而左季神形抽離，回過神時他已進入了那架柏林直飛台灣的航班。

31

機內寂靜昏暗，剩座位上方的安全帶指示燈還亮著。

左季沿著走道朝前方走去，他發現沒有一位乘客是清醒的，彷彿中了術法，僅有兩名空姐在走道上巡視旅客狀況。冷不防，盡頭燈亮起，照在一團東西上。那是一具遭縱向解剖、無頭、皮骨外翻呈大字形的人體，那人內臟被掏出構成陣形，敞開的空軀之中刻有鍊金符號。左季瞇起了眼。那是夫卡納。受「返生樂傀」操控的夫卡納襲擊了總部，即便失去頭顱仍上了柏林飛台北的班機，用術開啟連通道，使侯吾得以來回。

回頭，左季便見老唐，正要上前、卻又止住腳步。

唐國壽盤坐在機艙門前，離地飄浮，接著緩緩轉向，一百八十度倒轉後他伸直了腿，倒身立於艙頂。

那不是他的師父。

左季低下了頭，怒不可遏地大吼：「我宰了你！」

唐國壽——不，鬼王侯吾咧嘴一笑，伸手指向左季面前那兩名空姐，頓時之間，正替旅客送餐的空姐突然打破酒瓶朝左季揮來，另一人則手持塑膠餐刀躍上了座椅，像巨型蜘蛛一樣飛速爬行，左季這才發現那兩名空姐脖子泛紫歪曲、七竅流血，早已死去。

他退開，以一招「如意行」繞到了其中一名空姐身後，抓起桌上的軟木塞扔進一杯紅酒中朝她灑去，隨後唸咒，利用酒水之中的鐵質和那粒軟木塞，造出一套枷鎖將其縛住；另一名空姐踩在旅客的臉上、背部弓起，全力從椅背上躍起，伴隨旅客腦門碎裂的喀啦聲，那空姐手中的塑膠餐刀已迅猛劃開左季的雙眼——

不，那刀撲了個空。

「抓到妳了！」

——聲音從地下來，一隻黑色的手從左季腳下的影子竄起，在空姐落地之前捉住了她的腳，使之重心失衡，一頭撞上地面，原先歪曲的脖子終於完全摔斷。隨後左季那看上去過於輕薄扁平的臉孔逐漸泛黑黯去，反之，地上的影子則愈發鮮明立體，那是他參考了百臉的「戲影」所創的「影武隨形」，能讓他和影子交替、化實為虛，躲過襲擊。

突然侯吾一聲低吼：「小把戲！」一股不可抗的浮力便將影子和實體從地上攫起，在完全離地之前，左季即時用術和一旁被縛的空姐交換了位置，那空姐便代替左季在高速上升中撞斷了脊骨。

面對侯吾的「闔浮眾生」，左季選擇逃跑。然而一轉身他便傻住了。

所有的旅客全都站起，在昏暗的機艙內同步晃動上身，模樣十分詭譎。

整架飛機百來名乘客全都成了侯吾的死僕，並在侯吾指向左季時，全數撲咬而來！

「混蛋，不會吧……」

退無可退之際，左季放棄似地閉起了眼睛。

彷彿在歷經死前的走馬燈，左季看見年幼的自己，躲在門外偷聽左伯和父親的談話。

「左伯，我不知道你為什麼會問我這個問題，但透過對魔術原理的理解，進行解構、修改，然後產出全新的魔術是常有的事。那是一個系統下的變化。就像『如意行』、『飛速』、『神行走水』三者皆是移動魔術的變形，只要精通該系統的魔術、再加上一點天賦，是完全有可能辦到的，左家的歷代祖先們共同寫下的《左氏百戲》裡便記載了他們成功創造的魔術……我記得我老早就跟你說過了，在你正式成為下一代當家時，在死之前將畢生絕學載入書裡，就成了你這一生中最重要的使命——」

「如果這樣的成功能被大量複製呢？」

「什麼意思？」

「父親，我的意思是，在一套魔術系統下成功演變出新的魔術這件事，如果有人能將這種成功大量複製呢？」

「不可能。」父親轉過身背對左伯，說：「天底下不可能有這樣的人。」

左伯沒有回話，而是瞥了一眼門上那道縫。

站在年幼自己身後的左季透過門縫和左伯對上了眼，直到這時，他才真正明白左伯口中那人是誰。

「如果有，那這人太過霸道；而霸道已非正道，魔術亦不魔術也。試想一把無法收鞘的利刃，往往落入妖刀之惡名、難成寶劍……」

聽著父親這麼說道，畫面一轉，左季看見年幼的自己在左伯的地下室裡，問大哥為什麼要花這麼多時間研究那些凡人演出的影片，左伯說，他需要觀摩，才能想出好的手法和橋段，然後他將他平常整理魔術的公式寫在了白板上，將三個詞連成一個三角形，分別是「理解」、「解構」、「構築」。接著左伯的視線忽然拉高，再次和左季對上了眼。

「術這個字的意思是『道路』、『方法』和『技藝』。」

左季向後看了看，確認自己身後沒有人，當他再次回過頭時，左伯已蹲下身對他年幼的小弟說道：「而『魔術』的意思就是，一個人如果沒有找到正確的道路、對的方法以及熟練的技藝，那就成魔了。小季，你懂我的意思嗎？」

年幼的左季似懂非懂點了個頭。

下一秒，左伯的視線再次上移，這次停在左季胸前。

「我的意思是，你不能總是隨心所欲做著這件事。」

當下，左季打了個冷顫。

那樣確實太過霸道。

左季搖頭：不，正確說來，是霸而無道——就像左伯說的，不能總是隨心所欲地做著這件事——既然這樣，那不如就把這套改寫魔術的方法當成一個全新的魔術吧。

「理解……解構……構築？」

年幼的左季試著記住白板上的那套公式。

與此同時，左季的思緒已回到機艙、睜開了眼：「就叫它『文本初始改寫創生』。」語畢，他渾身金光、宛如神體。

隨著左季反手一拍，彷彿遇上了亂流，整架飛機在一瞬間水平跌降！失重之後，由旅客屍身組成的死僕大軍騰空而起，下一秒，一股無形的力量由上而下、將死僕全數強壓在地！

「此術名為『地獄落』。」

左季走過緊貼在地動彈不得的死僕們，朝侯吾走去。

侯吾則面帶凝笑，沿艙頂直奔而來。

「和『閻浮眾生』使人飄浮不同，我叫人下墜。」說完，左季朝侯吾伸出手，打算再使一次地獄落，然而侯吾卻在這時分裂了，和左仲左叔描述的一樣，那是一個黑色的人形魔物，他立刻想起左叔老化、進而自體脫離的斷手，明白絕不能與之接觸。於是他再次發動了「文本初始改寫創生」，並以侯吾分裂為借鏡，反其道而行地創造了一個新的術。

「亂導塗裝。」

左季彈指後仰躺倒下，並在魔人掐住他的脖子之前，肉體自行分解、與機身的金屬分子進行了融合重組，在一瞬間便理解了機身飛行的原理，從而由內部完全控制整架客機。

而他的目的便是讓它在此墜落。

左季讓飛機以四十五度角爬升至八千五百公尺，將引擎切至待速，使其以四十五度角墜下後再重啟動力，形成一個等同自由落體的等加速拋物飛行，隨後他回到機艙內部，解除了能讓術者與無機物結合的「亂導塗裝」，並出其不意地朝發動了「閻浮眾生」的侯吾揮拳。

侯吾結結實實吃下一記重拳。

他吃驚看著不受術法影響的左季，完全無法理解發生了什麼事。

「我們失重了。」

左季解釋，並輕輕躍起、懸在半空。

利用拋物線飛行重現了太空中的無重力狀態，而一切就如他所想，侯吾的「闔浮眾生」也好、他的「地獄落」也罷，一旦機艙這個支撐點也進入了自由落體的狀態，重力便無法被人感知：「我曾經在書上看過，這是唯一能在地球上模擬太空無重力狀態的方法。是一種相對假象。既然重力的感受與否不是絕對的，所以我是這樣想的啦——人若沒死便無法復活，同理，難不成你還能使一個飄浮中的人飄浮嗎？侯吾。」

侯吾召回了魔人。

他伏在艙頂上，開口問道：「小鬼！為什麼要阻止我？這趟班機降落的那刻起，魔術師將會再返榮耀！」

「不，你只會再次引起獵巫，就像你殺害左伯後引起的騷動那樣！」

「我看過他的表演。」

「啊？」

侯吾語意不明地說道：「左伯。換作是他，一定能理解我的。因為一個才華洋溢的人，永遠不可能滿足現況。」

「你他媽到底在說什麼啊？」

「還不懂嗎？我和他是同一種人。這樣說吧：你覺得左伯那樣的人物，會把區區的魔女獵人放在眼裡嗎？」他問，「如果不會的話，又有什麼能讓我們停下腳步？小鬼，是你小看了你大哥，也小看了我。」

「閉嘴——」

「你說我會引起獵巫？」

侯吾重複左季的話，不禁搖頭失笑。

他張開雙臂，瘋狂地咆哮道：「要是真的發生了，那就全面開戰吧！」

左季被他話語中的悲傷震撼了。他驚覺比起一個不顧後果的革命家，此刻的侯吾更像一頭受傷的野獸；隨後他腦中閃過侯吾孤獨地坐在閣樓裡，流著淚、窺看著人偶萬花筒的淒涼畫面——先祖幾乎沒有離開過閣樓，有的話也只在家中活動；只有你父親釋出長老席次的那次他外出了，為了奪取席次，他不惜殺害包含黑石父親在內的多名魔術師——左季突然意識到侯吾滿腔的悲憤究竟從何而來，包括他吞食地獄人、不惜逆天而為的種種惡行，如今看來一切都說得通了。

他掩不住吃驚地朝侯吾問道：「你也看到了對吧？」

侯吾愣住了。

左季接著說出了自己的猜測：「侯元死後，那對帝賜的金漆人偶在侯家代代相傳，到了你這裡，暗藏其中的機關才被破解——你就是在那時看到了王皓封存在萬花筒裡的那段記憶，對吧？不只如此，你還發現了那個髮結，知道王皓在侯元和雀兒死後用兩人的頭髮做了一個『來生咒結』，讓他們來生能再續前緣……所以你才會藉著吃地獄人來得到自由進出地獄的能力，和魔鬼簽約活了數百年的目的也是這樣……侯吾，你該不會把自己當成侯元了吧？」

像被戳到了痛處，侯吾口中爆出一串悶聲咆哮。

眼見侯吾陷入混亂，左季趁隙讀取了他的心思，得知侯吾看準侯元和雀兒早晚會在同一個時代轉生、並再次結為夫妻，於是他痴迷地一遍遍造訪地獄尋找兩人的身影，也一遍又一遍透過那對人偶萬花筒進入那段千年前的記憶，在身軀不堪折磨而日漸敗壞的同時，他的精神也逐漸錯亂，開始以為自己就是侯元轉世，卻又遍尋不著雀兒，眼看自己一天天老去，於是他轉而奪取後代的壽命來延續自己的生命，想要等到那天來臨，最終他等到了侯之末出生、並在他眼前一天天長大——

「——那是上天欠我的。」

侯吾扭曲著臉孔，痛苦地在機艙裡飄浮。

侯吾說：「她和她簡直長得一模一樣！老天爺是想藉此提醒我飛空魔女的死，想讓我替整個族群對人類展開復仇！」左季知道侯吾指的是雀兒。在那只人偶萬花筒中、在王皓的記憶裡，飛空魔女雀兒長得和侯之末一模一樣。

左季和侯吾落下了。

兩人分別跌在走道和椅子上，那些死僕也盡數跌落。

「該死！」

失重的狀態解除了。

霎時，侯吾挾帶一股惡意逼人的風壓、橫衝直撞地朝左季撲來！就在左季因術而浮起的瞬間，他猛然瞥見窗外的景色驟變，先是傾斜的大海，然後是書庫、實驗室、墓園、宮殿，當風神廟的大殿在窗外閃現時，他看見冷謙捻著鬍子從窗外走過，並在危急之際穿過了玻璃，將他整個人拉出了客機。

回過神時，左季已回到了風神廟。

「——我讓客機衝進海裡了，我控制了飛機——侯吾他把自己當成了侯元，他也看了那只萬花筒，他想對人們復仇——飛機上全都是死僕，還有我看見那個魔人——」

32

廟外一陣鬼哭神號、雞犬走避，一眨眼的功夫天空便滿布烏雲紫電，頓時間風搖樹倒、枯葉飛旋，而唐國壽立於廟埕中央，作為一個容器裝載著鬼王侯吾，以及藏在裡頭、幾乎要破體而出的魔鬼，在七竅淌血的瞬間，他張口朝廟中左季發出撕心裂肺的尖叫。

終於那魔鬼從他口中脫出，伏到地上。

左季警告道：「小心，他又一分為二了。」

「各個擊破吧，我對付侯吾。」

話還沒說完，冷謙已瞬間消失來到了侯吾身後。

左季從爐中抓起一把香腳朝天空一灑，落下變作一排參天大柱將兩邊隔開，並開始用「如意行」與之周旋，很快他就發現魔人不像先前那般敏捷，應該說，牠那樣子看上去特別遲緩——就像……就像吃得太飽難以活動一樣。左季好一會才反應過來，魔人正如充氣一般膨脹變大，不知何時開始，周遭悄悄漫起大霧，左季察覺事態不妙時，街道上已人車禁止、時空凝結，魔人則因吞吃時間而膨脹得像個巨嬰，赤裸惡臭沾滿黑色的黏血，牠哭腔似笑，額上還凸出一根犄角，只見牠挺起上身嗅聞四周的空氣後，下一秒便尖聲哭喊，失控般迅速朝廟中爬來！

廟埕上響起了鐵鍊鏗鏘碰撞的聲音。

陰風颳起，左季打了個寒顫。

「本王說過，待你將遊蕩惡鬼殺回地府，便教你如何大敗侯吾！」

語音未落，那嬰狀魔物身旁閃現一眾地府鬼差，黑白無常領軍、用鐵鍊將其困縛，再由牛頭馬面持刀斧劈斬，隨後楚江大王的手從左季右肩穿過，直指廟門前皮開肉綻、放聲哭號的可怕嬰怪。

「相傳罪人死後一旦墜入閻府九殿平等大王轄下的大殿阿鼻，便將永受苦難、毫無間斷，故取其特性，又名『無間地獄』，這座地獄關押著時之魔鬼，地獄有牠，時間便宛如凝結，無絲毫作用。」

「無間？」

「對，東方有一古老魔獸，掌管時間，習性規律，每每到來便毀壞吃人，人們甚至以牠的來到作為一個時間週期的結束；曾幾何時，平等大王將其馴服，於轄下地獄人關押，還人們生活平靜，卻遭侯吾放出作亂，如今只要捉回這魔鬼，那侯吾自然不足為懼。」

左季想問的是，既然掌管無間地獄的地獄人已不在，要如何捉捕時之魔鬼？

楚江王看穿了他的心思。

他說：「地獄是不生不滅的。」就這一句話，左季當下彷若頓悟。

所以冷謙才說侯吾吃了地獄人。

這也說明為何需要憑依才能存於世間的魔鬼，在脫離侯吾後仍能單獨行動。

「對，」楚江王的嗓音異常低沉輕柔，「來，活人小子，跟我一起喊出那畜牲的名字。」左季跨出廟門，來到那頭被牛頭馬面黑白無常協力制住的犄角嬰怪前，當他伸出手觸碰嬰怪的臉，兩行黑水便從他白濁的眼窩中淌出。

左季低聲說道：「天曉得你被這樣困住了多久。」

隨後鬼差用竹竿高舉一串大紅炮，餘下人馬持刀碰撞發出刺耳噪音，鞭炮點燃的瞬間，左季和楚江王異口同聲喊出了魔鬼的名字。

——年。

那嬰兒碩大的頭顱像一顆熟爛的蕃茄，一陣蠕動、皮肉綳裂了。

一隻手從中竄出，被左季一把抓住、硬是從肉團中扯出一個活人。那即是被魔鬼反食、掌管無間地獄的地獄人。肉團破裂後擠壓重組，不再具有人形，轉而變成一隻額上長角、渾身鱗片的四足魔獸，剛要掙脫逃跑，旋即被鬼差們制伏在地。

那地獄人起身，渾身赤裸地朝年走去。

年獸更加躁動不安。

身後，楚江王袖子一揮，黑白無常和牛頭馬面隨之消散無蹤，他一聲退令，一眾鬼差也盡數遁入地下，只剩來到了年獸面前的地獄人、一手拽住犄角，便叫那年獸雙膝跪地，接著他回頭，透過紅柱間隙望向氣急敗壞、與冷謙鬥法的鬼王侯吾，對左季說道：

「年我帶走了，至於那侯吾嘛……某方面來講，他已非世間之物了。」

暗示楚江王不收服侯吾的原由後，地獄人點頭致意，然後與年一塊消失。

此時侯吾單腳站立，騰空而起，趁著冷謙引來天雷之際，他用返生樂傀將惡鬼附於樹叢中一隻死麻雀體內，腐爛大半的麻雀飛起，從旁啄抓著冷謙的臉龐，天雷落下之時，電光在廟埕炸裂，左季大喊一聲小心，冷謙眼前卻因雷電而一陣恍白，絲毫不知侯吾已凌空落到他的身後，左季揮手撤除紅柱朝侯吾衝去，但仍舊晚了一步，侯吾掐住冷謙的脖子，將其帶離了地面，隨著兩人愈飛愈高，冷謙便掙扎地愈發劇烈，像受火燒，卻又擺脫不了頸項的窒息感。

「侯吾！」左季憤怒地仰頭大吼、卻又無能為力。一會，天空掉下一具死屍。

是冷謙。

他的屍體很輕、卻又僵硬，在風中笨拙翻轉幾圈，筆直在廟埕上砸破腦袋。那是左季頭一次發覺人並沒有那麼偉大，就連從那麼高的地方墜下，也僅發出那微不足道的一點聲響。

趁左季失神，那隻半身腐敗的麻雀在空中盤旋，然後挺直嘴喙、朝左季的眼窩俯衝而來。

「畜牲。」

面對故技重施的侯吾，左季咒罵一聲，一把捉住麻雀，帶著聖光的火焰在他掌中燃起，連同裡頭的惡鬼一併焚燒殆盡。

侯吾衝了上來。

一群白鴿從兩人之間飛過，左季消失來到侯吾身後，侯吾又在左季用枯葉將他困縛前化作一陣黑煙遁至空中，兩人相互追擊、術法碰撞。左季使出《左氏百戲》裡記載的魔術，他幻影移形攻其不備，又行五鬼搬運造奇門遁甲之陣，若遭擊傷便使斷肢重接，化傷害於無形，如此術中藏術、殺著中還有殺著，幾乎不給侯吾喘息的機會；然而侯吾披帶詛咒猶如戰甲，能觸物即喪、叫人不得近身，硬是將不斷迫擊而來的左季逼退，頓時之間沙塵掩日雨降雷鳴，每當侯吾召喚周遭死物復生，左季便隨手抓來地上一把土來招撒豆成兵予以痛擊，如此一來雙方互拿不下，陷入僵局。

左季明白這樣的局勢將會由他這方先敗下陣來。

原因很簡單。

他必須一邊與侯吾纏鬥、一邊修復損傷，但對方全然不必如此；幾番激烈死鬥下來，老唐的身軀已傷痕累累、不堪負荷。見老唐赤裸的腳掌龜裂滲血，隨侯吾急攻留下一行血色腳印時，左季忍不住哭了。

「混蛋！」

左季將水霧凝成了冰劍，擋下侯吾用地裡死物枯骨所造的魔刀。

左季捱近後，對著那張熟悉的臉孔說道：「侯吾！我師父的身軀好用嗎？」接著便轉頭朝地上摔爛身子的冷謙大吼：「你打算睡到什麼時候？」

霎時，冷謙倏地爬起。

不只如此，廟埕上每片肉塊皆隨之立起，並一個個重新生成完整的冷謙，眨眼之間，侯吾便被數百名冷謙包圍，他們仰頭大笑並繞著侯吾轉著，像股渦流，又似逐漸成形的風暴，當冷謙們不約而同朝侯吾伸出手時，侯吾立刻察覺不對，他單腳一蹬凌空飛行，但在冷謙術法之下，一巨掌破開了雲層、以移山填海之力將他撵回廟埕！

侯吾只得重重落下。

在那已備好等他的是禿驢、神棍和流氓三毒人。

又或者說，是他們以自身修為、並在大風從旁協助下，終於成功請來的水、火、風三神。

接下來的事左季就無從插手了。

他看見侯吾像隻落入陷井裡的小兔子，驚慌失措地被三毒人圍困其中，因為他和左季同樣看見了矗立在那三人背後、達十米高的巨神，樣貌之猙獰肅殺，看來絕非人神，而是源於自然、真正叫人崇畏的上古神明。

那畫面太過震撼。

當青藍皮膚的水神、褚紅燃燒的火神，與那一身銅綠、紋著狂亂波紋的風神一同伸手指向唐國壽生於大地的肉身時，土、風、火、水四大元素產生了連結，就如鍊金術助手賽特所說，那連結之穩固，幾乎就是另一個獨立的物質世界，而困於其中的侯吾，終於張口發出淒厲慘叫。

冷不防，一道人影從後方走來。

「老弟，你可真是搶盡風頭了呢……但當時拋下父親獨自逃走的人是我，所以殺父之仇還是得由我來報。」

「！」

左季猛然回頭，左仲與之穿身而過。

——不存於世。

左季再次轉頭時，只見左仲拖著一跛一跛、並逐漸淡去的身影朝那元素陣中走去，他張口想叫住二哥，卻有種剛睡醒時夢境消退的無力感……不對呀，他剛才究竟想叫住誰？左季四下張望，慌張地流下眼淚。

「誰在那裡啊！」

他脫口而出時，侯吾彷彿被人重重一拳打在了臉上，接著風神、火神、水神，連同唐國壽在內，整個元素陣消失了，徒留一道黏糊糊的黑氣在廟埕中央胡亂飛竄，過程中不斷有血水般的液體滴落，速度也隨之慢下。當它來到左季面前時，左季伸出了雙手捧住了它。那東西很溫熱、甚至有點燙手，就像餘燼，但也就那麼一瞬間而已，下一秒便在左季掌中消散無蹤。

33

隔天的頭條是墜機事件。

新聞主播和文字媒體用不同的方式敘述著同一件事，不外乎就是一架載滿旅客、從柏林飛往台灣的航班，遇上亂流而失控墜入台灣海峽，機組人員與乘客全數罹難，打撈工作持續進行，但遲遲接收不到黑盒子的信號，最後主播熟練地以那句「會為觀眾進行追蹤報導」做結尾，報紙則愛怎麼收尾都行，反正只要標題足夠聳動，銷量便不成問題；倒是網路上出現各種謠言：有賞鳥協會的成員指出在觀測候鳥遷徙的時候，意外捕捉到機身呈現詭異飛行的畫面，認為客機是受操控而墜機的，應該是某種外星科技，黑盒子也理當被外星人強行關閉。也有人說在飛機墜機的時間點前後，台灣各地廟宇不是發爐便是閃現異光，早有凶兆，有的佛像臉上還出現眼淚般的水痕，彷彿在為即將發生的災難感到於心不忍。一個住在台南、自稱有陰陽眼的地方耆老更是聲稱飛機是被一陣神風掃落的，說是親眼看見風神顯靈了。

既有怪力亂神之說，便自然會有人趁隙牽扯國運不興才導致災事連年。

在有心人士的搧動下，各種抨擊執政者性別、或指稱妖女禍國的歪邪言論四起，企圖將輿論導向政治利益，從這刻開始，墜機事件的真相不再重要，風已再次吹起，散落在公園長椅旁的報紙受風翻頁，來到了娛樂版。

左季拾起了那份報紙，在紅淵身旁坐下。

在近乎滿版的女星離婚事件底下，有一小則篇幅，用來報導著前文化部長左眩三為台灣爭取的國際魔術比賽確定在高雄衛武營舉辦，一百多名國際知名的魔術師相繼來台，先前失去聯繫的評審團也在今天下午抵台、下榻高雄飯店。

左季放下報紙。

「失去聯繫是怎麼一回事？」

紅淵簡單解釋：「原評審全是兄弟會獎懲處的外派人員，他們全都在那班飛機上了。」

「那現在的這些人——」

「是守護處的隱術士。」

左季點了個頭。

守護處最重要的工作，便是確保族群祕密不被洩露。他們通常擅長幻術，或在完美的時機點製造破綻率，替那些由魔術造成的災害進行善後的同時，也讓魔術事件能被科學解釋。

因此，他需要紅淵的幫忙。

因為這則新聞被放在了娛樂版，就代表人們全然不知、那才是接下來最重要的一場戰役。能讀懂人心的左叔和同時存在於過去、現在、未來的冷謙，在兩人的說服下，魔術兄弟會殘存的人馬已重新集結，準備面對下一次的危機。至於老唐和左仲，大風在祖師爺廟找到了他們，所幸兩人受到神靈庇佑暫無大礙，只是老唐一身皮肉傷恐需住院治療，左仲則偶爾會從大家眼前消失，算是頻繁使用了「不存於世」的代價，這部份兄弟會請來了夫卡納的鍊金術助手賽特協助，正在尋找方法解決。

兩人討論著下一步行動時，紅淵突然說道：「其實我和左伯一直都在交往。」

奇怪的是，左季並不感到訝異。

紅淵彆扭地盯著鞋尖，好一會後，才又開口說：「回想起來，他真的是一個很無趣的人。」這倒叫人驚訝了。

「我還是第一次聽到關於左伯的負面評價。」左季挑眉說道。

「我是說真的！」紅淵吐了個舌頭，忍不住抱怨：「他總是在聊人間戲法、或大肆評論影片裡大師們的魔術手法，再不然就是大談表演的鋪陳技巧……我曾經問過他，可不可以不要這麼痴迷人間戲法，連出門約會都是去看魔術表演。結果你知道他回我什麼嗎？他竟然說：『傻瓜，妳以為妳看的是戲，那其實是我的人生。』」說完，兩人都笑了。

左季明白，左伯對魔術表演的認真，恰恰說明他為何受人喜愛。

收起笑容後，左季臉色沉了下來。

他說：「侯吾直到最後也沒有說他為什麼要對左伯下手。」

「嗯。」

「他只說左伯和他是同一類人。」他等著，希望紅淵否定這個說法。

但紅淵卻沒有反駁。

左季感到很受挫。

他先是想起先前賽特對他說過的話，那話語充滿了輕蔑，而謝大偉口中左伯對他的評價則像一列失控的火車，在左季試圖替自己解圍的當下直衝而來。他不禁思考這一切是不是有什麼誤會？左叔掌握侯之初的行蹤後，對侯之初接下來的行動進行了推敲，冷謙則聯絡紅淵、率領倖存的兄弟會成員重整旗鼓，而毫無疑問的，拯救世界的工作就這樣落在他的身上。

他不是英雄。

在家族光環下隱藏多年的他，壓根就不應該前往這一級戰線。

「這些日子，我發現我根本不認識左伯。」

左季委屈地說道。

紅淵嘆了口氣，彷彿早就知道問題出在哪裡：「小季，你其實不認識的是你自己。」

左季一愣，本想追問什麼，卻因為這句話的強大後勁而閉上了嘴。

紅淵接著說：「左叔應該跟你說過吧？左伯他很嫉妒你。除了左叔以外，恐怕這件事就只有我知道；因為以職權來說，任何可能威脅族群的人事物都會引來守護處的關注。包括像你這樣魔術天賦極高、卻不諳表演的人。一開始會接觸到左伯，也是因為方便就近監視你，尤其是你在上國小之前，在魔術的使用上最不穩定。」

「紅淵姊姊的意思是……妳以前會在我家站崗？」

紅淵笑著眨眨眼，不置可否地說道：「我們很擅長隱藏自己，像是障眼法、保護色或隱身，這也是為什麼侯吾攻陷兄弟會地堡時，活下來的大多是守護處人員的原因；而我更是使用這門魔術的佼佼者。我記得那天我穿著斗篷、在一場小雨中監控左家的動靜，左伯突然撐著傘出現朝我走來，你一定沒辦法想像我從他手中接過那杯熱牛奶的當下有多麼驚訝，我還在思考是不是我和同事交班時忘了施術隱形，下一秒，一個在雨中繞著公園外圍跑步的人剛閃過左伯、卻差點撞上了我，我才意識到有問題的人是左伯。我懷疑是不是有哪裡弄錯了——那個天賦極高、需要注意的人，難道不是這個左家的長子嗎？可是很快我就發現，除了極高天賦，他還具備成熟和穩定的特質，更重要的是，他對魔術並沒有太大的興趣。在那之後我們變得很常聊天，就像我說的，他會聊表演和人間戲法，除此之外，我們幾乎都在聊你。」

「我？」

「對，聊你是如何變得排斥表演，聊你看待魔術的態度之所以發生改變，很可能是來自對他的尊敬。」

「但那是因為——」

「對於這點，左伯感到很受傷。」紅淵打斷了他辯解。「你知道成為左家繼承人代表什麼嗎？代表他在正式承接家族的那刻起，必須從舞台上退隱，然後花一輩子的時間去修訂《左氏百戲》，並將改良精進的魔術傳於後代。這意味著左伯必須放棄他的表演夢，去背負本該是你的責任。是的，那是你的責任。你父親在你六歲那年，就已經決定家族要由你繼承，而你卻選擇讓自己成為一個有缺陷的魔術師。」

這一刻，左季終於明白了左伯討厭他的原因。

這不是理所當然的嗎？

到頭來，背叛了左伯期待的人是他，奪走左伯夢想的人也是他。如果侯吾真的和左伯的死無關，那殺死左伯的人不是別人、正是他自己；是他的自以為良善害死了左伯，而他卻還幼稚地認為眼前的爛攤子不該是由他來收拾。

「家族、婚姻、夢想，左伯失去太多太多了。」

「對不起……」

「小季，你有沒有想過，你的好意退讓，傷害的不只左伯一人。」紅淵意有所指地說，「這些年，你甚至因為顧慮左伯，一直不敢面對自己喜歡侯之末的心意，我沒說錯吧？」

左季抬起頭看著紅淵。

他心想：對，就像當年的王皓那樣。

34

左季搭乘自強號來到高雄，再轉搭捷運前往位在鳳山的衛武營，那是左伯世界巡迴首場的演出地點，為此，他特意選擇用凡人的方式來到魔術比賽的會場，並穿上左伯頭一次登上大舞台時、由陳明亮親手替他縫製的表演服。那是一套墨綠色的燕尾服，內搭海軍藍背心、紅色領結和白色襯衫。當他從媒體和參賽選手之間走過時，他注意到正在採訪外國選手的媒體突然停下，並小聲討論著他的身分，搶在記者直覺跟進前，他出示左叔替他準備的員工通行證過了售票處，進到建築內部。

來到一處角落、待四下無人後，左季觸碰牆面發動了他先前對付侯吾時自創的魔術「亂導塗裝」進而和整棟建築融合，只消一秒，他便找到了藏身於建築內部的侯之初。

戲劇院內正排演一齣簡陋的舞台劇，仔細一看便發現這些演員全是這裡的工作人員，他們臉上血淚交錯，被迫上演著國師斬侯元的戲碼，而角落擺著從音樂廳搬來的白色鋼琴，侯之初坐在那近乎瘋狂地彈著琴，隨著旋律加快，故事也進行到了魔女遊街的橋段。

這時，一名女性的工作人員凌空飛起、持續升高，像被翻過身的蟲子，揮舞四肢掙扎著。

左季知道接下來會發生什麼事。

她會在到達至高點後跌落摔死，就和雀兒一樣。

「還不打算出來嗎？」鋼琴前，侯之初仰頭高喊。

左季從高聳的天頂冒出、與建築分離，他即時攫住了那名女子，並張開大衣如大雁展翅般緩速落下。一重回地面，女子當即痛哭失聲。隨著左季彈響手指，連同那女子在內，在場的工作人員全都癱軟倒下、陷入熟睡，侯之初則嘲弄般地鼓起掌來。

「換了一身衣服，看上去也有幾分大師模樣了。」

「侯之末人呢？」

「我藏起來了。」他按下琴鍵，戲劇院內的燈光便隨之更換，氣氛也變得詭譎，接著鋼琴竟自己彈奏起來。

見侯之初那無所謂的態度，左季氣壞了。

但他更想知道究竟發生了什麼事：「你什麼時候開始和黑石共謀的？」

「其實我很早之前就認識他了。」侯之初雙手一攤，輕率地笑著說道，「在我發現有一個蠢貨每天拿著小刀在我家附近徘徊開始，我就知道有這麼一號人物。真正開始接觸是左伯那場自殺表演結束後，我奉左叔的指令前去一〇一周圍搜索屍體，黑石也正好在那，因為一些私人原因，他急欲想知道左伯是生是死；但不愧是左伯，除了一點殘存的咒術反應，我們連他一根頭髮都沒找到，只能斷定他八成是用了某種詛咒，能在他死後自動銷毀屍體。看到黑石得知仇人已死、他卻連鞭屍的機會都沒有的崩潰模樣，我突然有了一個再簡單不過的想法……我何不幫他報殺父之仇呢？」

「我父親從侯吾手中救了你——」

「是我跪著求他的，」侯之初提醒著左季那晚的情境，「拜託不要去美化左眩三的行為。那是一場交易。現在看來，我非但成為了他麾下最有能力的魔術刺客，甚至還把『女王』送到他的手中。」

左季遲了幾秒才意會過來。

「你指的是侯之末？」

「你覺得你父親將我編入雲機社，迫使我為了執行任務而遠走他鄉的目的是什麼？他如果還活著，絕不會允許侯之末離開湖邊別館半步的原因又是什麼？隨便是誰，你們家四兄弟只要有一人能娶侯之末即可，差別只在於左伯最接近適婚年齡，也最聽他的話。」

這些語意不明的話語讓左季感到厭惡。「我聽不懂你在說什麼。」

「那我換個說法好了，你覺得左眩三擁有幾乎預知未來的卜卦能力，會沒料到今天這個局面嗎？既然如此，他又為什麼要收留侯之末？」

左季被問得啞口無言。

侯之初則輕聲說道：「因為他知道侯之末將會成為這個世界的女王。」見左季那一臉不解的蠢樣，他不禁同情地眨了眨眼睛，「聽不懂對吧？我說，你那神通廣大的父親在和冷謙的某次會面時，提到他卦象中顯示的未來，侯之末會是那個統治人類世界的人。」

不可能。

左季搖頭：「她甚至都沒有使用過魔術——」

「是嗎？」侯之初粗魯地打斷他，「你真的這樣認為嗎？」

面對侯之初的反問，左季退縮了。

「侯之末之所以不諳魔術，是因為左眩三什麼也沒教她！」侯之初一臉嫌惡地搖頭，「因為他知道，哪怕只要讓她接觸那麼一點，這世界現有的秩序就會在一瞬間消失。所以他才想著，既然如此，不如就這樣把她攢在手裡，成為和她哥哥一樣，任憑家族擺弄的棋子。」

「鬼扯！」

左季怒聲咆哮。

侯之初聳了聳肩，說：「他就是那種人，不是嗎？難不成你要說黑魁的死他一點責任也沒有嗎？」

左季明白，侯之初說的一點也沒錯。他父親就是這樣的一個人，一個骨子裡流著政客血液的魔術師。

「但難道這樣我父親就應該要死嗎？」左季悲痛地問。

侯之初搖頭。

「我並沒有想要殺他，我只是想要奪回侯之末罷了。」他輕描淡寫地說道，「可惜的是，只要左眩三仍是那棟宅子的主人，我就不可能從他的眼皮底下把人帶走，更別說他本身還是兄弟會長老……接著我就想到了黑石。我只能說一個內心充滿仇恨的男人是很好操控的。是我教他如何利用網路輿論詆毀左伯的死來動搖左眩三在魔術兄弟會的地位，一旦左家勢力衰敗，我便有機可趁。果不其然，為了家族聲譽，左眩三毫不猶豫對外宣稱左伯已經死了；偏偏眼下左伯的死最大的疑點就是飄浮術，只要利用這點，黑石就能逼左眩三和侯吾互相廝殺。最叫我意外的還是你和黑石在祖師爺廟的那場辯論，當時黑石只是想毀掉左伯的名譽，是你替他將左伯的死推到侯吾身上的，現在看來，那也正好一把將你父親推入了死局。」

不是這樣的。

左季閉上了眼睛。

「這不是真的。」他說，「你休想把自己的惡行嫁接到別人身上。」

侯之初搗著嘴，若有所思地說：「不，也不全然是我吧。現在回想起來，你不覺得最早設局的人，其實是左伯嗎？」

「？」

「對……我怎麼沒有想到？」他在舞台上來回走動，一臉驚訝地說：「他可以有一千種死法，他是大師，是百年難得一見的天才，他大可以彈個手指就把自己變不見，但他偏偏選擇這種死法。飄浮。魔術界擅長以飄浮殺人的、與左氏一族有重大過節的，甚至是受萬夫所指、也懶得出面替自己說一句話的人，還有比先祖侯吾背這個黑鍋，更讓左家得利的事嗎？」

「夠了！」

「不！遠遠不夠！」暴怒之際，侯之初掄起拳頭朝鋼琴重重一捶，那架鋼琴頓時破成兩半，「所有人都在算計。」說這話時，他的語氣忽然變得很輕很輕，還帶了一點失望，「所有人都在相互妒嫉、指責，然後盤算自己的得失。醜陋得就像一個平庸的人類一樣。怎麼會是這樣呢？我想不透。真的。我們可是魔術師欸！我們這群被上天選中、萬裡挑一的人，卻做著和平凡人一樣的事。這太奇怪了，不是嗎？」

左季正要開口說他們和一般人沒什麼兩樣，卻被侯之初伸手制止了。

「不要、把我們、和人類，相提並論！」

侯之初一個字一個字說道。

當下，左季明顯感受到他話語間異常的憤怒，卻也同時更加困惑了。直到侯之初接下來這一番話，才讓他弄明白，那憤怒究竟是從何而來。

「你難道沒看到那日的場景嗎？」

「什麼？」

「午門斬首那幕，我看了一遍又一遍。每晚侯吾離開閣樓，到地窖說故事給侯之末聽時，我就會溜進房間裡找到那對金漆人偶，順著機關的卡榫把它們組裝在一塊，然後把眼睛湊上去——那些因愚昧而沉浸恐懼的君臣，和那個光是揮舞令旗便能擺弄天象使朝代衰亡的妖道國師，你覺得兩者是同一回事嗎？你覺得如果今天坐在龍椅上的人是侯元、雀兒或王皓任何一人，這個朝代還會走向滅亡嗎？」他冷冷哼笑一聲，說：「這就是魔術師和凡人的差別。」

「你錯了！」

「那就證明給我看啊！」侯之初大吼，「你現在就出去，當著那群記者的面把腦袋砍了再裝回去，你看看三天之內這個世界會發生什麼事！你看ＧＷＵＰ還會不會繼續假裝自己是由一群科學家組成的超能力調查組織。我跟你保證，獵巫行動會以你想像不到的速度席捲全球，而我們唯一能做的，就是搶在某個傻瓜魔術師不慎曝露自己身分引來殺身之禍之前，用魔術給予這個世界無法反擊的巨大衝擊！如此一來，才能徹底扭轉魔術師苟且偷生的命運。在我看來侯吾才是唯一清醒的人，只不過他的行動失敗了，顯然他還活在攻城掠地的老舊思維裡，現在這個時代玩的是資訊戰。曝光和流量才是最有效率的手段。」

「你想要做什麼？」

侯之初望著天頂、突然問道：「你覺得要怎麼做，才能讓一個長年受到壓抑的魔術師重拾她驚人的魔術天賦？痛苦？仇恨？你覺得我應該在她面前殺了你嗎？不對，這只會讓她在第一時間將怒火轉移到我身上，這不是我要的。我要的是一個和我一樣憎恨人類的女王。」

這時，戲劇院的門被推開了。

一個迷路的小男孩搖搖晃晃闖了進來，左季立刻用術挪動鋼琴殘骸，來遮擋舞台上昏睡的工作人員，避免那畫面太過詭異，接著他注意到男孩手裡拿著會場人員發送的氣球，上頭印有魔術師將長劍插入裝有女助手的魔術箱中、並刻意卡通化的表演圖案。左季失神般地盯著那個圖，直到孩子的母親進來一把將孩子拉走，他才從中回神。

「……由於比賽場地是衛武營，我們文化部和主辦方決定邀請市長來為我們做一個機關式的開幕表演，就是很常見的死亡魔術箱，到時舞台上會擺放一只設有機關的箱子，由市長將一把帶火的長劍刺進箱子上預留的縫隙，當箱子燒毀時，女助理會毫髮無傷地從中現身，將劍還給市長……」

除了這段開場表演，左眩三的助理還說，左眩三就是什麼都料到了，才會連比賽的形象圖都早早畫好。

不，不是的。

左季知道那才不是什麼形象圖，那是一個訊息。

看著小男孩被帶走，左季腦中閃過一個可怕的畫面：他看見侯之末站在著火的舞台上，布幕墜下、燈具破裂，她一手持劍、一手捧著死去的嬰孩，隨著她朝台下揮舞長劍，人們便在惡念中七竅流血死去。畫面之真實，當左季抬起頭、和侯之初對到眼時，他終於意識到，就在剛才，他和父親一樣預視了未來，而那駭人景象就要發生了。

——這不是我要的。我要的是一個和我一樣憎恨人類的女王——

察覺不妙，左季轉身使出「如意行」和「通透無我」，以極驚人的速度在建築物裡遁牆飛竄、直穿建築後朝這次作為比賽會場的歌劇院趕去！

下一秒，侯之初就追了上來。

「我不會讓你阻止的。」他說，並從口中抽出兩把長劍搶快來到前方準備擋下左季。

不料左季這次穿牆，改用了「亂導塗裝」代替「通透無我」，他順手摘下一根鋼筋，並在脫牆而出的同時擊斷侯之初手裡的長劍，雙方纏鬥，如意行再次發動！

開什麼玩笑？

左季咬牙低吼：「混蛋，那可是你外甥啊！」

35

垂掛紅色布幕的歌劇院內，市長拿著麥克風一邊向各國媒體朋友鞠躬哈腰、一邊又向評委和選手們點頭致意，一番矯揉造作後，他不合時宜地表示自己求學時是個窮光蛋，花不起錢帶女朋友看電影，只好退而求其次賞個五十塊給街頭藝人看看簡單的魔術表演，也覺得很是趣味，聽得在場幾家國內媒體面有難色，還得靠翻譯和手語老師代為緩頰，才不至於出盡洋相。夾雜噓聲的零星掌聲響起，市府人員連忙在旁提醒，既然已經遲到了，還是快點切入主題才好，市長才捲起袖子、三步併作兩步來到舞台中央的那只魔術箱前，當他歪著頭、咧嘴憨笑地握住那柄立於魔術箱前的帶鞘寶劍，箱內忽然一陣騷動，像是在提醒著觀眾箱內有人。

「顯然我們美麗漂亮又大方的女助理已經等不及了！」

這次台下傳來的是尷尬的笑聲。

說著庸俗字句的同時，市長向後一退，唰地一聲抽出鞘中寶劍，霎時，劍上銀光射向觀眾，隨後一抹蒼藍優雅的火焰沿著劍身燃起。

暗椿發揮了效果。

看在那火劍優美的份上，人們給予了還算熱烈的掌聲，但好景不長，冷不防台下有人一驚，伸手直指市長後方！市長順著他手指的方向回頭一瞥，竟看見身後牆面扭曲變形。

「市長小心！」

在市府人員大喊下，市長扔下火劍便抱頭逃竄，原以為牆面就要倒下，卻是一塊與牆身顏色相近的布料從牆上浮出，緊接著一個穿著華服的少年破開布面翻至台前。

那人正是左季。

與此同時，一座講台緩緩升起。一身正裝的左叔同講台一塊現身、面對台下鼓譟不安的觀眾，他憑藉個人的人格魅力，以及掌握群眾心理的驚人天賦，僅用一席發言便穩穩控制住了即將失控的現場：「各位評審、媒體朋友，各位觀眾，以及從世界各地飛來台灣、就為了參與這場盛會的偉大魔術師們，大家好。自古兄弟輩份乃是伯、仲、叔、季，而我是左昡三的三兒子，我叫左叔，很榮幸代替病危的家父前來，為這場盛會開場。今天是我大哥左伯的生日，很不幸的，他在世界巡演的最終場演出中意外喪生了，而衛武營，是他用來為百場巡演做開場的第一個舞台，魔術，則是他一生最愛。我記得我們小時候總是在父親的要求下練習魔術，為了讓這件事不那麼枯燥，我們兄弟四人便會一邊練習、一邊裝作我們是法力高強的巫師，用撲克牌和鋼圈進行鬥法。對我來說，那就像昨天發生的事一樣。話不多說，就讓我們家中的小弟左季、以及他的助手，為大家帶來一場結合魔術表演與武術的『魔鬥』，權當紀念我們心中的大魔術師左伯。」

左季走至台前，傾身向觀眾行禮，然後憑空從拳縫中抽出了那柄在市長逃離舞台時、早已不知落在哪裡的火劍，並指向身後的牆面，大喊一聲破！牆面頓時破開，一道人影手臂交叉於前、從中躍出。

是追擊而來的侯之初。

瓦礫四下飛濺，他一個前翻穩穩落在了舞台中央那只魔術箱上，隨著他袖中彈出兩把長劍、一臉乖戾地站起，台下竟響起了如雷掌聲。

就和左叔預想的一樣。

「表演，是唯一能讓魔術被大眾接受的形式。」

「三哥的意思是？」

左叔噴著菸，監控侯之初行動的同時，他也試著推演接下來可能發生的事。

「我猜，侯之初的目的是想曝光統治，破壞原有的社會秩序，只不過他這幾年遲遲沒有動作，就表示他不打算和侯吾一樣——就算要，他也希望那個面臨人類第一波反抗的是別人。他長年透過『方陣』製造分身來躲避我的讀心術，光從這點來看，大概就能知道他擅長隱藏、然後觀察局勢。既然如此，他一定會發現現存於各地的魔術族群都偏向保守生存，甚至有很多家族早已轉戰金融業和電影圈，或像我們父親那樣靠著魔術帶來的光環走入政壇。這是魔術受到資本主義社會洗禮後必然產生的結果。也就是說，我們可以假設他很清楚在這種情況下，無論是誰挑起戰火，都不會得到支持。」

「那他會怎麼做？」

「你應該要問的是，三哥，聰明如你，換作是你的話你會怎麼做？」

而答案就是用最快的速度去曝光。

左叔說：「他只需要使出一個不帶表演成分的魔術、來向這個社會揭露超自然族群的存在，如此一來，當大多數人們還在質疑真假，就會有人開始擔心原有的權力結構一旦動搖，是否會威脅到自身利益，然後獵巫就開始了。無端受到攻擊會使得魔術師們憤慨，會讓他們萌生恐懼，這個時候再推舉出一個合適的領袖——最好是女性，我是說真的。因為在歷史上人們遭受極端痛苦時，通常帶給人們希望的都不是聰明、勇敢、崇尚暴力的男性領袖，而是能撫慰人心、充滿堅定特質的女性，像克里米亞戰爭中救治傷患的南丁格爾、或是英法百年戰爭中領軍禦敵的聖女貞德，以及促進冷戰結束的柴契爾夫人；只要侯之初掌握到這幾個要點，到那時，為了重返和平，就算會使現有的社會結構重組，魔術師們也將不惜發起一場屬於我們的聖戰。」

左季急了：「那我們該怎麼辦？」

「沒什麼好怕的。天底下最危險的毒藥，往往解藥也唾手可得。面對侯吾那種攻城式的襲擊，我們還怕人手不夠，但如果侯之初的沉潛是打算利用這場比賽來進行宣示，那一切就再單純不過了。」

說著，左叔將一本破舊不堪、看上去充滿歷史的《巫術探索》交給了左季。

他說：「老祖宗不是都教過我們了嗎？就是表演啊！左季。」

表演，一個多麼簡單的答案。

舞台上，左季望著手中的火劍嘆了口氣：「到頭來還是得學會表演。」而凡人演出和魔術最大的區別，就在於凡事皆有因果。

樂隊奏響。

當侯之初使出二乘二方陣進行分身時，左季將火劍往台上一插，然後併攏雙腿、兩手大開，隨他仰頭大喊，劍上的火焰猛烈竄起，即時將侯之初分裂的畫面吞噬了，當四人持劍破火而出，台下再次爆出喝采。

「原來。」

侯之初面露獰笑，一個箭步將劍刺向左季，左季立刻吹起一顆氣球往劍尖一碰，氣球頓時爆破，彷彿在宣告那劍鋒利不假，當後方三名分身各從一方同時將劍刺入他身體時，左季扯去領結，一陣藍色的煙氣噴出，他整個人便像氣球一樣消風扁去，只留下一身的表演服，再次現身時人已在觀眾之間。

「接下來的表演會再更激烈一點，請給我掌聲。」

要和觀眾互動。

當他這麼做時，他彷彿聽見左伯這麼說道。

掌聲響起，左季的襯衫也跟著吹氣似地膨脹起來，他拔下一根頭髮，一吹成針後交給了離他最近的觀眾，在左季的示意下，那觀眾用針往左季身上一扎，左季便像氣球一樣炸開，噴出預先備好的亮片和彩帶，而左季已回到台上，並抓住了侯之初往牆上衝去！

侯之初笑道：「論體術你是贏不了我的。」接著他一拐子打彎了左季的手，腳步交錯，順勢將左季摔了出去。

落地時左季的肩胛骨斷了。

他痛得在地上打滾，觀眾也發出驚呼，他想爬起，卻被侯之初踩在腳下。

「如果你叫出聲來，你覺得他們還會認為我們是在作戲嗎？」說完，侯之初狠狠將匕首刺入左季的掌中。

左季張口卻沒發出聲音，倒是那柄火劍從他口中射出，侯之初立刻閃開，左季拔去掌中的匕首翻身而起，他握拳、然後張開手掌朝觀眾群掃去，刻意展示他毫髮無傷的掌心。

「肩膀好痛，但以破綻率來說很值得，」撇著頭，左季低聲說道，「事後如果出現我在表演過程意外摔斷肩膀的報導，就算等一下被你砍掉腦袋再接回去，也不會有人懷疑什麼了，不是嗎？是你輸了。」

「狗屁！」

毫無預警，廳內暗了下來。

侯之初立刻察覺舞台燈移動了，一束金黃色的燈光在台上游移後落在左季身上，隨著音樂漸快，那金色光束也愈來愈小、愈來愈微弱，光源完全轉移到了左季身上，像將光束給吸收了一般，實則不然，是他趁機發動了「文本初始改寫創生」。

此刻的左季渾身散發刺眼的金光。

侯之初舉起手試著遮擋光芒，卻只模糊看見左季搖了搖頭。

「接下來我會把你打得落花流水。」他宣示。

哈！

侯之初面露狂喜地大吼：「你在黑暗中把自己變成一顆燈泡，是打算當一個稱職的箭靶嗎？」話還沒說完，他手中的匕首已全數射出！

——九乘九方陣！

八十一把匕首直面飛來，卻都被左季以精確的步伐閃避，只見他用兩指夾住一把從視線死角射來的匕首，迴身射出，那匕首便銀光一閃從侯之初臉旁擦過，留下一絲血痕。

那過分敏捷的身手立刻引起侯之初的警戒。

左季也不打算隱瞞：「你不是說我的體術不如你嗎？我認真思考了一下，你說的一點也沒錯。所以我利用我獨有的魔術『文本初始改寫創生』，把左叔的『肉身凡體斷錯相連』做了點修改，讓大腦與肌肉神經進行百分之百的同步，只要是我想得出來的動作，身體都能做到。我把這招取名叫『神識修羅體』。」下一秒，左季一個躍身突進，一腳踹進了侯之初懷中：「簡單講，我在用大腦作戰啊，混蛋！」

腳下忽然踩空。

剛意識到自己被侯之初的分身引開了注意，左季眼角便瞥見一塊黑布從天而降，他立刻使出「通透無我」，然而黑布後頭，是正要發動「閻浮眾生」的侯之初。

左季用「疾風行」敏銳逃開，但侯之初再次跟進。

隨著兩人以驚人的速度在舞台上移動，舞台燈光也不斷閃爍，讓這不合常理的速度在間斷的光線下變得緩慢而難以連貫，每當侯之初即將使出致命且難以掩飾的魔術時，左季便會利用「神識修羅體」將他拖入牆中，並故技重施將牆面變得如布料般晃動，用以欺騙觀眾，讓他們認為那樣穿牆而過倚靠的不過是預先準備好的布幕道具。

台下觀眾緊盯這場由魔術表演為基礎的精采打鬥，各國媒體也不曾閒下，各個小心翼翼地調整著攝影機進行直播，深怕漏掉任何一個畫面，至於那些充滿掩蓋意味的燈光、音效和舞台置換，全在紅淵安插於會場的隱術士的掌控中，讓這場驚險的捉對廝殺得以維持在表演的範疇內，每當這場魔術死鬥太過失控，舞台便會噴起乾冰，製造大霧。

這時兩人剛摔出牆，擺脫觀眾視線後一路纏鬥到另一廳室。

「你打算這樣玩到什麼時候！」

「玩到你認輸為止！」

左季透過「神識修羅體」痛擊侯之初，侯之初也即時發動「金鋼不壞身」擋下狂風暴雨般的打擊，而他反手發起的「閻浮眾生」則被左季以取巧的方式對自身施加「地獄落」成功反制，兩人從歌劇院打到表演廳，又一路纏鬥到了外頭有如白色鐘乳洞的榕樹廣場。

最終還是侯之初占了上風。

靠的全是他在雲機社習得的殺人魔術，以及豐富的對戰經驗。

他先是拋出一張方巾、再透過「方陣」將其大量複製，最後他使出「戰術質變」讓扭動飄落的方巾鋼化，霎時，一道又一道不規則的銅牆鐵壁接連落下！眨眼之間便建構出一座如同迷宮般複雜的戰場。左季一邊閃躲鋼板，一邊在心裡暗道不妙，這個由歪曲鋼板交疊排列、刻意使其錯綜複雜的空間完全改變了戰局，在遮蔽視野的同時，也成了侯之初的專屬暗道。

「葫蘆立。」暗處，侯之初低語。

左季回頭時，看見侯之初倒身立於上方鐵壁，並以疾風般的速度狂襲而來，無論是牆面還是天頂，使用暗殺立技「葫蘆立」的侯之初非但不倒，還能像在平地移動那般自在而不受重力影響，在地勢、體術和刀具變化的組合攻勢下，左季被利刃砍得遍體鱗傷，很快地，侯之初的衣服上便沾滿了飛濺的鮮血；然而左季一身金光卻未曾消退，面對凌厲攻勢，他雙手護住頭頸、神情空洞，嘴裡喃喃自語著什麼，當侯之初從上方夾劍落下，準備給他致命一擊時，左季的「文本初始改寫創生」也完成了「葫蘆立」的術式分析。

他抬起一隻腳，開口道：「裏葫蘆立。」

隨著那腳踩向一旁方巾化作的鐵壁，世界頓時翻轉。侯之初大驚，但卻沒有半點反應時間，一旁牆柱襲來、將他撞倒在地，左季開始朝他狂奔，無論前方有任何阻礙，牆、梁、柱，只要他所經之處，整棟建築都會在傾刻間翻轉，順應成為他腳下平坦之地！和侯之初那個模仿葫蘆不倒特性的魔術完全相反，此刻的左季就像在葫蘆裡奔跑一般，整個世界隨他前進而滾動，蠻橫至極。

敗了。

這一招極度蠻霸的「裏葫蘆立」讓侯之初徹底認輸。

「難怪冷謙還沒見過面，就那樣說你——」侯之初扔下刀劍，張開了雙臂。

左季一拳打在他的臉上。

——千年一遇，天下第一霸道之主。

那拳衝力之大，兩人先後穿牆摔回了歌劇院，一陣交纏翻滾後，在眾人的注視下他們分開各自癱倒。侯之初口中咳著血泡，凹陷的頰骨青黑一片，視線也逐漸模糊；左季則緩緩爬起，他來到侯之初身旁蹲下，一陣低語後便起身、一跛一跛來到台前，當著台下觀眾的面，他拔起那把已經熄滅的長劍，將其高舉後仰頭朝劍吹了口氣，幽藍火焰再次燃起。

與此同時，侯之初倒抽一口氣後坐起身子。

他驚訝地發現他身上的傷都不見了，隨後才意識到自己身上沾染的左季的血正不斷相連重組、形成一個又一個術式，而他的傷口也逐一復原。

「傷害無效……」他喃喃。

他這才明白，先前他使出「方陣」、「戰術質變」和「葫蘆立」的組合式殺人戰技對付左季時，左季嘴裡暗自喃唸並不是在解析他的魔術，而是利用自己鮮血預先在他身上刻下術式 Invulnerability——傷害無效。

真是太瞧不起人了。

他對左季說道：「你不能否認，這是一個物競天擇弱肉強食的世界。未來還會有下一個侯吾，也還會有下一個侯之初。」

「嗯，當然是這樣啊。」

「……」

左季一臉平靜地說：「因為每個人都有表述自己想法的權力，不是嗎？就算同為魔術師，有安於現況的、也有激進求變的，自然也有完全脫離魔術師這個角色框架的人存在。因為我們人類就是這樣，不會因為與生俱來的天賦或限制，而侷限了想做的事。」

侯之初愣了愣，忍不住搖頭。

「你太天真了，只要我還活著，只要我還活著——」

「你才蠢。只要我還活著，我就會一次又一次阻止你。我是說真的，我會不厭其煩地阻止你。」左季打斷侯之初的話語後從旁走過，朝立於舞台中央的魔術箱走去。

在觀眾注視下，左季用手中的火劍劈向魔術箱。

看似厚重的箱子宛若薄紙、轉瞬便在劍下燃燒殆盡，侯之末從中跌出，左季便順勢將她抱起，霎時，台下的觀眾全都起身報以熱烈鼓掌，在樂隊演奏的催化下，左季看著眼前這一幕，突然紅了眼眶。

這就是左伯看到的景象。

於是他多少能夠理解了，那種打算終其一生沉浸在表演之中的瘋狂。左伯每次上台表演，都是為了這一刻吧！他想：這才是魔術。他對平躺在地、和他一同享受掌聲的侯之初說道，也說給自己聽，此刻的心情和他以往使用魔術時的負罪感完全不同，更遑論侯之初那種專門開發來殺人奪命的魔術了。

「起來和我一塊謝幕吧，侯之初。」他伸手拉起侯之初，然後說出左伯老早教會他的事：「表演最後一個訣竅，就是當魔術師雙手大開，低頭鞠躬，就是在告訴觀眾表演結束了，可以拍手了。」

布幕在熱烈的掌聲中緩緩落下。

「對不起。」

「幹麼對不起？」

「侯之初說的其實沒錯，一直以來，左家對妳的那種保護是不公平的。」

「是嗎？」

「嗯，不坦白對妳的感情也是。」

「噢。還有嗎？」

「還有就是，如果妳也想成為一個魔術大師，我會支持妳的。」

「可是我不想啊。」

「咦？」

那天兩人進入後台時，侯之末古怪地看著他，好像他說了什麼奇怪的話。

「魔術表演什麼的，或許真的很有魅力，但對我來說，我覺得我能帶給身旁的人幸福的，應該是做菜這件事吧。」她轉轉眼珠子，然後抬頭親了左季一口，說道：「還有就是做

36

「季，大家都到了喔。就等你一人了。」

左季回了句好。

今天是他的「入師祭」，也是他和侯之末的婚禮。按照古禮，他換上了充滿儀式感的古老服飾，和左伯入師時穿的黑色長袍不同，他的袍子是金黃色的，還有著華麗的刺繡，他梳起髮髻，加了冠，看上去頓時成熟了幾分。照理來說，他應該去湖下宗廟祭拜祖先，但他卻來到那扇連通濟小塘廟的木門前。看著兩旁褪色的春聯，左季似乎明白了些什麼，更不用說上頭的毛筆字還是父親親筆題的，上下兩聯對句，彷彿預示了侯吾那場大戰的結局。

在那之後發生了很多事。

在左家的贊助下，程大風的哀順宮順利重建，也派駐了新的請神人，他本人則受祖師爺徵召、委以重任，成為了新一代的濟小塘代言人，老唐也終於得償所願，在山腰上蓋一座農舍，專職當起了芒果農。一連兩次化解了危機後，左叔繼續經營左家的地下勢力，並在冷謙的推舉下代替左眩三得到了長老席次，經由新任十名長老共同表決，侯之初因其野心可能危害族群，必須接受隱術士的監控，且不得在沒有長老陪同的情況離開侯家古宅；一般會由左叔和冷謙輪流撥空前往探視，並相約出門散步。至於左仲，他在休養身體的這幾個月裡，記錄了他超脫維度和時間的經歷，以及他開發出「不存於世」時使用的複雜理論，最終完成了《宏觀的脫逃》這本書，一經發表，立刻就被兄弟會指定為高等逃脫魔術的聖經，這也讓他開始思考日後重回舞台的可能性。

還在猶豫，就被左季搶先一步。

那年秋天，左季以魔術師的身分正式出道了。

因為那場用作賽前開幕的魔術死鬥實在太過精彩，左季這個名字一夜之間便躍上國際版面，欣然接受大師稱號的同時，他也婉拒了謝大偉的經紀約，理由是他暫時不打算頻繁演出，因為再過幾個月，他和侯之末的孩子就要出生了；但事實是，除了魔術表演，他還有其他想做的事。

左季想要研究科學。

他想要找出科學和魔術的交叉點，他相信在某個時刻，這兩者會是完全相同的東西，只要能夠證明，魔術師與人們將不再有隔閡，獵巫也會正式走入歷史；為此他需要一個好老師，像是一個奉行神祕主義、介於科學與魔術之間的鍊金術師，而這樣一號人物，左伯早已替他物色、並私下推薦了。

「他的狀態比較穩定了。」夏季來到尾聲時，賽特帶回了左仲，「主要是他自己對於空間維度的認知已經進入另一個檔次，之後這種突然消失的情況應該會少很多。」

「謝謝你，夫卡納。」

鍊金術助手一臉吃驚地回頭，左季則會心地眨了眨眼。

「什麼時候發現的？」

「一開始吧。」左季聳聳肩說道，「我就覺得奇怪，在郵差的記憶裡，夫卡納被殺害後並沒有立刻被『返生樂傀』控制，反而還遭到侯吾囚禁，一副得了狂犬病的詭異模樣……我不禁這樣猜想：如果說那種癲狂，其實是肉身在排斥附體的亡靈呢？這樣一來，一切就都說得通了。牢裡那個夫卡納根本不是真正的人，而是人造的有機體，所以才會出現那種排斥反應，而人造人正是鍊金術師畢生致力研究的項目，不是嗎？」

面對左季敏銳的推論，賽特竟毫無辯駁的餘地。

左季繼續說道：「再來就是你的名字了：聖經裡，該隱殺死了亞伯，上帝為了彌補夏娃的喪子之痛，又給了她一個孩子取代死去的亞伯，那人就叫賽特，意指『替代的人』。於是我就想，如果說人們所熟知的夫卡納一直都是人造人，那他的本體究竟又在哪、做著什麼事？會不會那個代替夫卡納繼續活著進行研究的人，才是真正的夫卡納？」

賽特露出微笑。

既然被識破了，他也就大方承認：「夫卡納是我頭一個做出的人造人，我因為研究核能、在二戰時受到各國追捕，我知道有朝一日我會死於旺盛的求知慾，既然『不能讓夫卡納活著』有天將會是人們的共識，那代替夫卡納活著、並完成那些尚未完成的研究便成了我必須優先考慮的事，於是我讓他成為了我，而我則以賽特之名緊隨其後。」

左季一聽，立刻雙膝下跪。

他說：「請收我為助手吧！我想要研究科學，我想要知道所有的事情。」

「為什麼要？」

賽特——不，夫卡納傲慢地瞥了左季一眼，繞著他轉圈說道：

「你是名門之後，既有舉世無雙的魔術天賦，更有千年難遇的霸道命格，僅憑一場演出便享譽國際，如今的你大可以在得到名聲地位的同時、賺進大把大把的鈔票。這是多少人夢寐以求的人生。就連你大哥左伯窮盡一生付出，可能都比不過你一年的努力；而科研恰恰相反，這是一條冗長無趣的道路，你必須花費十年、二十年的時間去換一個里程碑，還不知道最後能走去哪，我實在不覺得以你這樣好的條件，能在這條路上走得長久。」

「一直以來，左伯就像一個怪胎。」

左季突然說道。

夫卡納眉毛微揚，安靜地等著。

「你因為我的先天條件而懷疑我的決心，但你卻認同了左伯，這不是很奇怪嗎？他是一個優秀的魔術師，卻沒有一次在表演中使用上真正的魔術，當所有人都在暗地裡笑他傻、覺得他是魔術界的怪胎，我相信你是尊敬他的。我想知道原因。我想知道，你是不是看到了魔術和人間戲法的交叉點，如果是的話，不管它有多遠，我希望有一天我能站在那個點上。不管要花多少時間，我想站在那裡，證明魔術和科學不是兩條平行線，到那時，人類和魔術師一定能打從心底互相理解。」

於是夫卡納同意了。

那天，左季牽著侯之末的手接受了眾人的祝福。

寬廣的庭院裡擠滿了前來祝賀的人，左叔戴著耳機在塔樓上抽著菸，侯之初則在冷謙的陪同下到場觀禮。穿越人群後侯之初來到妹妹面前，蹲下身將耳朵貼上了她微微隆起的肚子，這一舉動立刻引來全場警戒，還是程大風帶著一眾神靈前來，有關老爺子、地藏王菩薩，一連起乩，最後連楚江大王和平等王都相繼降駕恭賀，一陣手忙腳亂好似川劇的變臉，這才化解了現場嚴肅的氛圍。老唐帶來的賀禮是他自己種的芒果，他見左季那正經八百的東道主模樣心裡不快，於是上前一句拜見左大人，酸得左季窘迫地漲紅了脖子，眾人見狀紛紛大笑起來。

「好小子，你倒是學會表演了啊？」

「是師傅教得好。」左季說，「我是到今天才頓悟，所謂魔術表演就是一高明的騙術，自始至終都講究著如何使人愉悅。」

入師祭來到尾聲時，左季上了台。

講台上放著那張全家福，照片裡的他肩上站著麻雀，左仲抓準快門按下的瞬間讓帽子穿過腦袋，左伯拿著太宰治那本艱澀難讀的《人間失格》，左叔則在照片角落刻意與家人保持疏離，最後左季的目光落到了父親身上，此刻的他終於明白，以往那些看似專制蠻橫的言行，其實是一種笨拙、卻又已經替四個孩子安排好一切的偉大父愛。

他的家人們都選擇用自己的方式愛著彼此，沒有對錯。

唯一遺憾的是，他們常常忘了愛自己。

「我們總是在能不能成為魔術師、或能否退而求其次當個乩童這樣狹隘的議題上打轉，只因為我們與生俱來就擁有魔術天賦。就好比上帝突然給了我們一雙翅膀，我們便只去想著如果飛不高，至少也要學會用它滑翔，而完全忘了我們能走能跑。」

走下台時，左季看見了一個熟悉的人影。

一個穿著西裝、頭戴金魚魚缸的街頭藝人逕自闖入祭典，沒有太多人在意他的出現，畢竟這樣的場合不乏神祇鬼怪。那街頭藝人就這樣來到了庭院中央、脫去手套，把玩起桌上一瓶香檳，只見他簡單變了一個帽子戲法，將香檳用帽子蓋住，然而當他再次將帽子抽起，瓶子卻文風不動地留在原地，什麼也沒發生。

是那個無頭魔術師。

失敗的表演引來眾人噓聲後，他便默默鞠躬退場。

望著那人戴上手套離去的背影，左季注意到他的手掌外緣有一道燙傷的疤痕。左季頓了頓，不自覺走去拿起了那只酒瓶，隨著瓶身搖晃，酒水裡傳來微弱的叮噹響聲。望向瓶底，他瞇起眼睛。那是一枚戒指，上頭刻著一個「左」字，中間還串著一段鬆開的髮結。

左季先是一愣，隨即扔下酒瓶追了上去。

他用盡全力跑著。

當他一連摔了幾跤、破開結界，氣喘吁吁地追出了公園，十字路口的紅燈正好轉綠。車水馬龍間，左季站在公園入口處原地轉圈，目光狂亂搜尋，但四下早已不見那個街頭藝人的身影。就這樣過了好久好久，直到公園深處傳來侯之末的呼喚，霎時，左季終於明白了什麼，他掩面氣惱地笑著，笑得都要岔了氣，才循著侯之末的聲音、調頭朝林道深處走去。

（全文完）

魔術師的尋人啟事

那是一個溫熱祥和的午後，農田、小徑、堤防，一戶養雞人家座落在鄉野一隅，紅磚水槽上掩著浮萍，漏斗狀的飼料槽在風中發出空洞的嗡鳴，幾聲呼喊、無人回應，剛拆去輔助輪的腳踏車傾斜放倒在太陽曬得到的地方，前輪空轉，皮革座椅在陽光炙烤下散發出類似大人的味道。

左伯困惑地站在雞舍外頭，站在應該有門的地方，卻沒有門。

他繞著雞舍走，愈發感到困惑。

紅淵今天請假。

這是她這個月第三次生病請假了，左伯自願替老師來紅淵家拿觀察用的小雞，順便看看紅淵的狀況，中午一放學他便踩著腳踏車來到了位在市郊的養雞場。附近是大排水溝、防汛道路，以及同樣不受鄰里待見的廢五金回收站、屠宰廠和農機維修行。鐵皮屋裡沒人，左伯又按了幾次門鈴，喊了句有人在嗎？百無聊賴地退開後，他又回到了雞舍前，掏出口袋裡的彈力球，朝著水泥牆丟去，一下、兩下，球變成了三顆、四顆，等數量多到接不住了，他便熟練地減少球的數量。

這是魔術手法中常見的「出現」與「消失」。

若不是反覆練習從而熟能生巧、或透過障眼法來矇騙感官，就能無端使物體憑空倍增，那便是魔法、是巫術，是修仙必先習得的道家方術，在這個科學年代，術士們為了混淆視聽，統一同表演用的把戲稱為「魔術」。其中差異左伯還在拿捏，能確定的是前者為科學的產物，參透手法後人人能懂，後者則被世人視為邪魔歪道，若不慎遭人發覺將會引起恐慌，造成不可收拾的災難——左伯，我們的特別，不是人人都能接受的。這是父親一再告誡他的。

我們都生在一個必須隱藏天賦才得以安身立命的年代。

冷不防喇叭炸響，一串凶猛的狗吠聲緊接而來。

「掛號！」是郵差。

左伯方才一驚，手中的球悉數落下，一個緊張，想都沒想便彈指讓滿地的彈力球消失無蹤。

深綠色的打檔車上，郵差動也不動盯著左伯，時間一秒兩秒過去，正當左伯以為自己的行為被發現時，郵差皺起眉頭，讓他不要在離馬路那麼近的地方玩球，又讓左伯代為簽收信件，並問起養雞人家的小女孩，左伯說不知道，郵差又問你是她的同學吧？跟學校老師說一下，找時間來家庭訪問看看，說是送信來的時候，時常看見那個小女孩蹲在那裡哭。

郵差走了。

左伯握拳，再次張開時彈力球憑空出現在掌中。

當下，他像是想到什麼似地回到了雞舍前，遲疑了會，他彈響手指，本是結實牆堵的地方竟真的如他所想，在微風中粉碎消逝，露出一扇鏽蝕的紅色柵門，一股酸苦的雞屎味頓時撲面而來。左伯笑了。他拉開柵門進到雞舍裡，腳下踩著飼料，在漫天飛舞的羽毛裡前進，想像自己身處一座藏有吃人怪獸的迷宮，紅淵則是等待拯救的公主。左伯喜歡紅淵，雖然她瘦巴巴的，肩膀也有一點寬，但她笑起來的時候很好看。女孩有一個好看的笑容。小時候的喜歡就是這麼簡單，只是他從沒想過，往後日子裡這樣一個微笑，在這廣大世界是多麼珍貴難求。

越過追逐的雞隻，他看見了紅淵。

在雞舍角落一張工作桌上，她趴伏著，學校制服的百褶裙被掀了起來，隨著身後男子不斷撞擊，一聲聲虛弱的哭腔從紅淵小小的身子裡傳了出來。左伯手中的彈力球掉了。他不知道發生了什麼事，只知道紅淵在哭。回想起來，每當接近放學，紅淵都會變得無精打采，在家長接送區被爸爸牽走時，她總是筆直地看著前面，走得很慢很慢，有一次紅淵等得很晚，左伯問她爸爸什麼時候來，紅淵的嘴角彆扭地抽動著，然後有些失神地笑著。

她說：「我不知道。」

接著那個人就出現在校門口，那個左伯問了很多次、紅淵卻一次也沒說是她爸爸的人，禮貌向老師打了招呼後，便把紅淵帶走了。

大人們都以為孩子什麼都不懂。

那是錯的。

孩子們什麼都懂，也知道發生了什麼事，只是不知道怎麼反應而已。

左伯也是如此。

搖晃的工作桌上，紅淵撇過頭、看見了左伯，她流下眼淚，用顫抖無聲的唇語，頭一次發出求救訊號：「他不是我爸爸。」左伯睜大眼睛的同時，男子也停下了動作。

在孩子眼中，大人們總是那麼高大又充滿威脅。

男人也轉了過來，離開紅淵的身體後，他弓起了身子，像一頭憤怒的公牛筆直朝左伯衝來。

你看到了什麼？

更多精彩內容，歡迎上鏡文學官網繼續閱讀。

鏡小說 052

最後的魔術家族

作　　者：吳威邑
責任編輯：郭湘薇、林宛萱
責任企劃：劉凱瑛
整合行銷：何文君
副總編輯：林毓瑜、劉璞
總 編 輯：董成瑜
發 行 人：裴偉

封面插畫：Agathe Xu
封面設計：蕭旭芳
內頁排版：宸遠彩藝

出　　版：鏡文學股份有限公司
114066 臺北市內湖區堤頂大道一段 365 號 7 樓
電　　話：02-6633-3500
傳　　真：02-6633-3544
讀者服務信箱：MF.Publication@mirrorfiction.com

總 經 銷：大和書報圖書股份有限公司
248020 新北市新莊區五工五路 2 號
電　　話：02-8990-2588
傳　　真：02-2299-7900

印　　刷：漾格科技股份有限公司
出版日期：2021 年 12 月 初版一刷
I S B N：978-626-7054-07-9
定　　價：400 元

國家圖書館出版品預行編目 (CIP) 資料

最後的魔術家族/吳威邑著. -- 初版. -- 臺
北市 : 鏡文學股份有限公司, 2021.012
面 ; 14.8×21 公分
ISBN 978-626-7054-07-9(平裝)

863.57 110017350